DE DANS VAN DE WOLF

D1656819

MICHAEL BLAKE

# DE DANS VAN DE WOLF

dB

1990 – De Boekerij – Amsterdam

*Oorspronkelijke titel:* Dances with Wolves (Ballantine Books, New York)
*Vertaling:* Ans van der Graaff
*Omslagontwerp:* Arie van Rijn
*Omslagdia:* Meteor Film

**CIP-Gegevens Koninklijke Bibliotheek, Den Haag**

Blake, Michael

De dans van de wolf/ Michael Blake; [vert. uit het
Engels door Ans van der Graaff]. - Amsterdam: De Boekerij
Vert. van: Dances with wolves. - New York: Ballantine,
1988.
ISBN 90-225-1155-3
UDC 82-31 NUGI 334
Trefw.: romans; vertaald.

© 1988 by Michael Blake
© 1990 voor de Nederlandse taal: ECI, Vianen

All rights reserved.
Niets uit deze uitgave mag worden verveelvoudigd en/of openbaar gemaakt
door middel van druk, fotokopie, microfilm of op welke andere wijze ook,
zonder voorafgaande schriftelijke toestemming van de uitgever.

# 1

## *een*

Luitenant Dunbar werd niet echt opgeslokt. Maar dat was het eerste woord dat in zijn hoofd opkwam.

Alles was zo immens.

De weidse, wolkeloze hemel. De golvende oceaan van gras. En verder niets, waar hij ook keek. Geen weg. Zelfs geen wagenspoor dat de grote wagen kon volgen. Niets dan eindeloze ruimte.

Hij voelde zich zweverig. Zijn hart maakte een vreemd, maar duidelijk waarneembaar sprongetje.

Terwijl hij op de vlakke, onoverdekte bok zat en zijn lichaam liet meedeinen op de golvende prairie, concentreerden de gedachten van luitenant Dunbar zich op zijn opspringende hart. Hij was opgewonden. En toch had hij geen versnelde pols. Zijn bloed stroomde rustig. Het verwarrende daarvan hield op een plezierige manier zijn gedachten bezig. Woorden tolden door zijn hoofd terwijl hij zinnen of uitspraken probeerde te bedenken die konden beschrijven wat hij voelde. Het was moeilijk aan te duiden.

Op de derde dag van hun reis zei een stem in zijn hoofd: 'Dit is religieus,' en dat leek nog de meest treffende beschrijving. Maar luitenant Dunbar was nooit een godsdienstig man geweest, dus ook al leek de uitspraak juist, hij wist toch niet goed wat hij ermee aan moest.

Als hij niet zo ondersteboven was geweest, zou luitenant Dunbar de verklaring waarschijnlijk al wel gevonden hebben, maar in zijn dromerige toestand ging hij eraan voorbij.

Luitenant Dunbar was verliefd geworden. Verliefd op dit ruige, prachtige land en alles wat er bijhoorde. Het was het soort liefde waarvan veel mensen dromen: onzelfzuchtig en zonder twijfel, eerbiedig en eeuwigdurend. Zijn geest was verlicht en zijn hart maakte sprongetjes. Misschien was dat de reden dat de knappe cavalerieluitenant aan religie had moeten denken.

Vanuit zijn ooghoek zag hij hoe Timmons zijn hoofd uitstak en voor de duizendste keer in het heuphoge buffelgras spuugde. Zoals zo vaak kwam het speeksel er in een ongelijke stroom uit en de wagenmenner graaide naar zijn mond. Dunbar zei niets, maar heimelijk gruwelde hij van het voortdurende spugen van Timmons.

Het was natuurlijk niets belangrijks, maar toch irriteerde het hem, zoals wanneer je constant moet aanzien hoe iemand in zijn neus peutert.

Hij zat de hele ochtend al naast Timmons. Maar alleen omdat de wind uit de goede hoek kwam. Ze zaten nauwelijks een meter van elkaar vandaan, maar doordat de wind goed stond kon luitenant Dunbar Timmons niet ruiken. In zijn nauwelijks dertigjarige leven had hij vaak genoeg de dood geroken, en niets was zo erg als dat. Maar de dood werd tenminste afgeweerd, begraven of opzij geschoven en dat kon je met Timmons niet doen. Als de wind omsloeg, werd luitenant Dunbar door zijn stank omhuld als door een smerige, onzichtbare deken.

Dus wanneer de wind verkeerd stond, liet de luitenant zich van de bok glijden en klom op de stapel voorraden in de huifkar. Soms reed hij zo uren mee en soms sprong hij van de wagen in het hoge gras en maakte Cisco los om een paar kilometer vooruit te rijden.

Hij keek nu om naar Cisco die naast de wagen voortstapte, zijn neus tevreden in de voederzak, zijn bruingele vacht glanzend in het licht van de zon. Dunbar glimlachte bij het zien van zijn paard en wenste even dat paarden net zo oud konden worden als mensen. Met wat geluk kon hij Cisco nog wel tien of twaalf jaar houden. Er zouden andere paarden komen, maar dit was een dier zoals je maar eens in je leven tegenkwam. Geen enkel ander paard zou hem kunnen vervangen wanneer hij eenmaal dood was.

Onder de blik van luitenant Dunbar sloeg het tamelijk kleine bruingele paard plotseling de amberkleurige ogen op boven de rand van zijn voederzak, alsof het zich ervan wilde vergewissen waar de luitenant was, en knabbelde toen, tevredengesteld met een enkele blik, verder aan zijn graan.

Dunbar ging recht zitten en stak een hand in zijn tuniek om er een opgevouwen vel papier uit te halen. Hij maakte zich zorgen om dit stuk legerpapier, omdat zijn orders erop neergeschreven waren. Sinds hij Fort Hays had verlaten, had hij zijn donkere ogen al wel een half dozijn keer over het papier laten gaan, maar hoe vaak hij het ook bestudeerde, hij voelde zich er niet beter door.

Zijn naam was twee keer verkeerd gespeld. De naar drank ruikende majoor die het papier had ondertekend, had onhandig met zijn mouw over de nog natte inkt geveegd en de officiële handtekening was gevlekt. Het bevel was niet gedateerd, dus had luitenant Dunbar zelf de datum ingevuld toen hij eenmaal op weg was. Maar hij had dat met potlood gedaan, en dat kwam niet overeen met het pengekrabbel van de majoor en de standaardtekst op het formulier.

Luitenant Dunbar zuchtte bij het zien van het officiële document. Het zag er niet uit als een legerorder. Het zag eruit als rommel.

Terwijl hij naar de order keek dacht hij weer aan hoe hij die gekregen had, en dat zat hem nog meer dwars. Dat vreemde gesprek met de naar drank ruikende majoor.

In zijn gretigheid om te worden gestationeerd, was hij recht van het treindepot naar het hoofdkwartier gegaan. De majoor was de eerste en enige die hij te spreken kreeg tussen het moment van zijn aankomst en het moment later op die middag toen hij naast de stinkende Timmons op de wagen klom.

De bloeddoorlopen ogen van de majoor hadden hem lange tijd aangestaard. Toen hij eindelijk sprak, was zijn toon ronduit sarcastisch.

'Indianenvechter, hè?'

Luitenant Dunbar had nooit een Indiaan gezien, laat staan ertegen gevochten.

'Nou, nooit geweest, majoor. Ik neem aan dat ik het zou kunnen worden. Ik kan vechten.'

'Een vechter, hè?'

Luitenant Dunbar had daarop niet geantwoord. Ze keken elkaar een hele poos zwijgend aan voordat de majoor begon te schrijven. Hij schreef gejaagd, zich niet bewust van het zweet dat langs zijn slapen omlaag drupte. Dunbar ontdekte nog meer olieachtige druppels op het bijna kale hoofd. De laatste haren van de majoor zaten in vettige slierten tegen zijn schedel geplakt. Het maakte op luitenant Dunbar een ongezonde indruk.

De majoor onderbrak zijn gekrabbel slechts één keer. Hij hoestte een slijmerige fluim op en spuugde die in een vieze emmer naast zijn bureau. Op dat moment wenste luitenant Dunbar dat de ontmoeting voorbij was. Alles aan die man deed hem aan ziekte denken.

Luitenant Dunbar zat dichter bij de waarheid dan hij zelf wist, want het verstand van de majoor hing al lange tijd aan een heel dun draadje en tien minuten voor luitenant Dunbar zijn kantoor binnen was komen lopen, was die draad eindelijk gebroken. De majoor had rustig achter zijn bureau gezeten, zijn handen in elkaar geslagen en zijn hele leven vergeten. Het was een leven zonder macht geweest, gevoed door de jammerlijke beloningen voor degenen die gehoorzaam dienen maar zich nergens door onderscheiden. Maar al die jaren waarin anderen hem waren voorbijgestreefd, al die jaren als eenzame vrijgezel, al die jaren van het gevecht met de fles waren als bij toverslag verdwenen. De bittere sleur van majoor Fambroughs bestaan werd doorbroken door de op handen zijnde grote gebeurtenis. Hij zou kort voor het avondmaal tot koning van Fort Hays worden gekroond.

De majoor stopte met schrijven en hield het document omhoog.

'Ik stationeer je op Fort Sedgewick; je brengt rechtstreeks verslag uit aan kapitein Cargill.'

Luitenant Dunbar keek neer op het vlekkerige formulier.

'Jawel, majoor. Hoe kom ik daar, majoor?'

'Je denkt toch niet dat ik dat weet?' viel de majoor fel uit.

'Nee, majoor, zeker niet. Het is alleen dat ík het niet weet.'

De majoor leunde achterover in zijn stoel, veegde met beide handen over de voorkant van zijn broekspijpen en glimlachte zelfvoldaan.

'Ik ben in een goede bui en ik zal je helpen. Er vertrekt straks een wagen met voorraden naar het fort. Zoek de boer die zichzelf Timmons noemt en rijd met hem mee.' Hij wees nu naar het vel papier dat luitenant Dunbar vasthield. 'Mijn zegel garandeert je een veilige doortocht door tweehonderdvijftig kilometer territorium van de heidenen.'

Al sinds het begin van zijn carrière wist luitenant Dunbar dat hij niet moest ingaan op het excentrieke gedrag van hoofdofficieren. Hij had netjes gesalueerd, 'jawel, majoor,' gezegd en zich op zijn hakken omgedraaid. Hij had Timmons opgezocht, was naar de trein teruggegaan om Cisco op te halen en reed nauwelijks een half uur later Fort Hays uit.

En nu hij honderdvijftig kilometer had afgelegd, dacht hij dat het allemaal wel in orde zou komen.

Hij voelde dat de wagen langzamer ging rijden. Toen ze stilstonden wees Timmons naar iets in het buffelgras.

'Kijk daar.'

Op ruim vijf meter afstand van de wagen lag iets wits in het gras en de twee mannen klommen van de bok om te kijken wat het was.

Het was een menselijk skelet waarvan de beenderen helder wit waren gebleekt en de schedel omhoog staarde naar de hemel.

Luitenant Dunbar knielde naast het geraamte neer. Er groeide gras door de ribbenkast. En er staken een stel pijlen uit als naalden uit een speldenkussen. Dunbar trok er een uit de grond en rolde hem om in zijn handen. Terwijl hij zijn vingers over de schacht liet glijden, riep Timmons over zijn schouder.

'Ginds in het oosten vraagt iemand zich af waarom hij niet meer schrijft.'

## *twee*

Die avond regende het pijpestelen. Maar het ging echt met vlagen, zoals gewoonlijk met zomerbuien, die op de een of andere manier minder vochtig leken dan in andere jaargetijden. De twee reizigers sliepen lekker droog onder de met zeildoek overdekte wagen.

De vierde dag verstreek ongeveer zoals de eerste drie, zonder dat er iets gebeurde. Evenals de vijfde en de zesde. Luitenant Dunbar was teleurgesteld over het uitblijven van bizons. Hij had er nog niet één gezien. Timmons zei dat de grote kudden soms helemaal verdwenen. Hij zei ook dat de luitenant zich geen zorgen hoefde te maken omdat, wanneer ze wel voor de dag kwamen, ze zo dicht op elkaar zouden zitten als een zwerm sprinkhanen.

Ze hadden ook nog niet één Indiaan gezien en daar had Timmons geen verklaring voor. Hij zei wel dat het voor hem niet lang genoeg kon duren voor hij weer een Indiaan zag, en dat ze veel beter af waren nu ze niet door dieven en bedelaars werden achtervolgd.

Maar op de zevende dag luisterde Dunbar maar half naar wat Timmons allemaal zei.

Hij dacht tijdens hun laatste kilometers steeds meer aan zijn nieuwe post.

## *drie*

Kapitein Cargill staarde omhoog en concentreerde zich terwijl hij in zijn mond voelde. Zijn gezicht toonde iets van besef, snel gevolgd door een frons.

Weer een tand los, dacht hij. Godverdomme.

Naargeestig keek de kapitein van de ene naar de andere muur in zijn klamme kwartier van graszoden. Er was absoluut niets te zien. Het leek wel een cel.

Kwartier, dacht hij sarcastisch. Godverdomd kwartier.

Iedereen gebruikte die term al meer dan een maand, zelfs de kapitein. Hij gebruikte hem zonder schaamte, ook tegenover de mannen. En zij tegenover hem. Maar het was geen luchthartige grap onder kameraden. Het was echt een vervloeking.

Ze maakten een zware tijd door.

Kapitein Cargill liet zijn hand zakken. Hij zat alleen in de duisternis van zijn godverdomde kwartier te luisteren. Buiten was het stil en die stilte brak Cargills hart. Onder normale omstandigheden zou de lucht buiten vervuld zijn van het geluid van mannen die hun plicht vervulden. Maar er waren al dagenlang geen plichten meer. Zelfs aan tijdverdrijf werd niets meer gedaan. En de kapitein kon er niets aan veranderen. Dat deed hem pijn.

Terwijl hij luisterde naar de vreselijke stilte om hem heen wist hij dat hij niet langer kon wachten. Vandaag zou hij de actie moeten ondernemen waar hij zo tegenop zag. Ook al bracht dat schande met zich mee. Of het einde van zijn carrière. Of erger.

Hij zette het 'of erger' van zich af en kwam moeizaam overeind. Op weg naar de deur voelde hij even aan een losse knoop van zijn tuniek. De knoop viel eraf en rolde over de vloer. Hij nam niet de moeite hem op te rapen. Er was toch niets om hem weer mee vast te naaien.

Kapitein Cargill stapte het heldere zonlicht tegemoet en permitteerde zich nog een laatste keer de illusie dat er een wagen uit Fort Hays voor hem zou staan.

Maar er was geen wagen. Alleen dit vreselijke oord, deze zweer op het land die zelfs geen naam verdiende.

Fort Sedgewick.

Kapitein Cargill zag er verlopen uit zoals hij daar in de deuropening van zijn plaggencel stond. Zonder pet op zijn hoofd en uitgeput als hij was maakte hij een laatste inventarisatie.

Er stonden geen paarden in de gammele kraal die er nog niet zo lang geleden vijftig had geherbergd. De afgelopen tweeëneenhalve maand waren de paarden gestolen, vervangen en opnieuw gestolen. De Comanches hadden ze allemaal meegenomen.

Zijn ogen dwaalden naar de provisiehut. Behalve zijn eigen godverdomde kwartier was dat het enige staande gebouw in Fort Sedgewick. Het was van het begin af aan niets geweest. Niemand wist hoe je met plaggen moest bouwen en twee weken nadat het was opgericht, was een groot deel van het dak ingezakt. Een van de muren hing zo scheef, dat het onmogelijk leek dat hij nog overeind bleef. Die zou wel gauw instorten.

Het doet er niet toe, dacht kapitein Cargill, een geeuw onderdrukkend.

De provisiehut was leeg, al bijna een maand. Ze leefden van wat er nog over was aan droge crackers en wat ze op de prairie wisten te schieten, voornamelijk konijnen en parelhoenders. Hij had zo gehoopt dat de bizons terug zouden komen. Zelfs nu sprongen zijn smaakpapillen open bij de gedachte aan een stuk vlees. Cargill klemde zijn lippen op elkaar en verzette zich tegen de plotseling opkomende tranen.

Er was niets te eten.

Hij liep vijftig meter over de kale grond naar de rand van de klif waarop Fort Sedgewick was gebouwd en staarde neer op het riviertje dat dertig meter lager luidruchtig voorbij kronkelde. Langs beide oevers lag een hele strook rommel en zelfs zonder dat de wind in zijn richting woei, vulde de ranzige geur van menselijk afval de neusgaten van de kapitein. Menselijk afval vermengd met wat er verder allemaal nog lag te rotten.

De blik van de kapitein gleed langs de helling omlaag, juist toen twee mannen uit een van de pakweg twintig uitgegraven slaapholen kropen die de helling als pokken overdekten. De vuile mannen knipperden tegen het heldere zonlicht. Ze staarden stom naar de kapitein maar gaven geen blijk van herkenning. Evenmin als Cargill. De soldaten kropen terug in hun holen alsof de aanblik van de kapitein hen daartoe had gedwongen en lieten de kapitein eenzaam boven op de klif staan.

Hij dacht aan de kleine deputatie die zijn mannen een dag of acht geleden naar zijn plaggenhut hadden gestuurd. Hun verzoek was redelijk geweest. Noodzakelijk zelfs. Maar de kapitein had zich ertegen uitgesproken. Hij hoopte nog steeds op een wagen. Hij vond het zijn plicht op een wagen te hopen.

In de acht dagen die sindsdien waren verstreken, had niemand tegen hem gesproken, geen woord. Behalve tijdens de jacht 's middags waren de mannen bij hun slaapholen gebleven, zonder te communiceren, bijna zonder zich te laten zien.

Kapitein Cargill liep terug naar zijn godverdomde kwartier, maar hield halverwege in. Hij stond midden op het plein stil en keek naar de punten van zijn schilferende laarzen. Na enkele ogenblikken van overpeinzing mompelde hij: 'Nu,' en keerde op zijn schreden terug. Zijn pas was kwieker toen hij de rand van de klif bereikte.

Drie keer riep hij korporaal Guest alvorens er bij een van de holen iets bewoog. Een stel magere schouders in een mouwloos jasje kwam te voorschijn en een verveeld gezicht keek omhoog naar de kapitein. De soldaat werd plotseling overvallen door een hoestbui en Cargill wachtte geduldig met praten tot die was weggestorven.

'Verzamel de mannen binnen vijf minuten voor mijn godverdomde kwartier. Allemaal, ook degenen die niet fit genoeg zijn om te werken.' De soldaat tikte loom met zijn vingers tegen zijn hoofd en verdween weer in zijn hol.

Twintig minuten later hadden de mannen van Fort Sedgewick, die er eerder uitzagen als een troep afschuwelijk slecht behandelde gevangenen dan als soldaten, zich verzameld op de vlakke, open ruimte voor Cargills hut.

Het waren er achttien. Achttien van de oorspronkelijke achtenvijftig. Drieëndertig waren ervandoor gegaan om een kans te wagen tegen wat hen op de prairie te wachten stond. Cargill had een bereden patrouille van zeven man achter de grootste groep deserteurs aangestuurd. Misschien waren ze dood, of ook gedeserteerd. Hij had ze nooit teruggezien.

Nu had hij alleen nog deze achttien betreurenswaardige mannen.

Kapitein Cargill schraapte zijn keel.

'Ik ben er trots op dat jullie gebleven zijn,' begon hij.

De kleine verzameling zombies zei niets.

'Pak jullie wapens en alles wat je verder hiervandaan wilt meenemen. Zodra jullie klaar zijn marcheren we terug naar Fort Hays.'

De achttien mannen waren al weg voor hij was uitgesproken. Ze renden als dronkaards naar hun slaapholen onder de rand van de klif, alsof ze bang waren dat de kapitein van gedachten zou veranderen als ze niet snel genoeg waren.

Het duurde nog geen vijftien minuten. Kapitein Cargill en zijn spookachtige commando strompelden snel de prairie op en zetten een oostelijke koers uit voor de tweehonderdvijftig kilometer terug naar Fort Hays.

De stilte rondom het in de steek gelaten legermonument was volkomen toen zij eenmaal weg waren. Binnen vijf minuten verscheen op de andere oever van de stroom bij Fort Sedgewick een eenzame wolf, die even stilstond om de lucht op te snuiven die hem tegemoet woei. Hij besloot dat het beter was deze doodse plek te verlaten en liep verder.

En zo lag de verste voorpost van het leger, de speerpunt van een groots plan om de beschaving tot diep in het hart van het Westen te laten doordringen, volstrekt verlaten. Het leger zou het slechts beschouwen als een terugval, uitstel van een uitbreiding die misschien zou moeten wachten tot de Burgeroorlog voorbij was, tot fatsoenlijke hulpmiddelen konden worden benut om een hele reeks forten te bevoorraden. Ze zouden er natuurlijk terugkomen, maar voorlopig was de geschreven geschiedenis van Fort Sedgewick somber geëindigd. Het verloren hoofdstuk in de geschiedenis van Fort Sedgewick en het enige dat ooit een beetje glorie zou kunnen verwerven, stond op het punt te beginnen.

## *vier*

Luitenant Dunbar begon de dag met plezier. Hij dacht al aan Fort Sedgewick toen hij voor het eerst zijn ogen opende en naar de houten bodemplanken van de wagen pakweg een meter boven zijn hoofd keek. Hij was benieuwd naar kapitein Cargill en de mannen en de ligging van het fort en hoe zijn eerste patrouille zou zijn en naar wel duizend andere dingen die opgewonden door zijn hoofd speelden.

Dit was de dag waarop hij eindelijk zijn post zou bereiken, waarop een lang gekoesterde droom om in het Westen te dienen in vervulling zou gaan.

Hij gooide zijn beddegoed opzij en rolde onder de wagen vandaan. Huiverend in het vroege ochtendlicht trok hij zijn laarzen aan en liep ongeduldig stampend rond.

'Timmons,' fluisterde hij, zich onder de wagen buigend.

De stinkende wagenmenner was nog vast in slaap. De luitenant stootte hem aan met de punt van zijn laars.

'Timmons.'

'Ja, wat?' brabbelde de man en kwam geschrokken overeind.

'Laten we gaan.'

## *vijf*

De colonne van kapitein Cargill was goed gevorderd en had vroeg in de middag al ruim vijftien kilometer afgelegd.

De stemming was ook verbeterd. De mannen zongen trotse, opgewekte liederen tijdens hun tocht over de prairie. Bij het horen daarvan verbeterde ook Cargills stemming. Het zingen maakte hem vastberaden. Het leger kon hem voor het vuurpeloton zetten als het dat wilde, maar hij zou zijn laatste sigaret roken met een glimlach rond de mond. Hij had de juiste beslissing genomen. Dat kon niemand hem afnemen.

En terwijl hij zo door het grasland stapte, voelde hij een al lang verloren gevoel van bevrediging terugkeren. De bevrediging van gezag. Hij dacht weer als een commandant. Hij wilde dat dit een echte mars was, eentje met bereden troepen.

Ik zou nu flankverkenners hebben uitgestuurd, dacht hij. Anderhalve kilometer naar het noorden en naar het zuiden.

Hij keek zelfs even naar het zuiden toen de gedachte aan flankverkenners in hem opkwam.

Daarna keek Cargill weer voor zich zonder te weten dat als er anderhalve kilometer zuidelijker werkelijk flankverkenners hadden gereden, ze iets gevonden zouden hebben.

Ze zouden twee reizigers hebben gevonden die hun tocht hadden onderbroken om een uitgebrande wagen te bekijken die in een ondiepe greppel lag. De een zou een vies luchtje om zich heen hebben hangen en de ander, een buitengewoon knappe jongeman, zou een uniform dragen.

Maar er waren geen flankverkenners, dus werd niets van dit alles ontdekt.

De colonne van kapitein Cargill marcheerde resoluut verder, zingend op weg naar Fort Hays in het oosten.

En de jonge luitenant en de wagenmenner kropen na de korte onderbreking terug op de wagen en reden verder naar Fort Sedgewick.

# 2

*een*

Op de tweede dag schoten kapitein Cargill en zijn mannen een zware bizonkoe uit een kleine, twaalf stuks tellende kudde en onderbraken hun tocht voor een paar uur om met het heerlijke vlees een feestmaal in Indianenstijl aan te richten. De mannen stonden erop een stuk te roosteren voor hun kapitein, die tranen in de ogen kreeg van genoegen toen hij zijn nog resterende tanden erin zette en het malse vlees in zijn mond voelde smelten.

Het geluk bleef de colonne goedgezind; omstreeks de middag van de vierde dag ontmoetten ze een grote verkenningstroep van het leger. De dienstdoende majoor kon uit de toestand van Cargills mannen wel opmaken dat ze de waarheid spraken en reageerde onmiddellijk met grote sympathie.

Met zes geleende paarden en een wagen voor de zieken vorderde de colonne van kapitein Cargill uitstekend en arriveerde vier dagen later in Fort Hays.

*twee*

Soms is het zo dat de dingen die we het meest vrezen het minst erg blijken te zijn, en dat gold ook voor kapitein Cargill. Hij werd niet gearresteerd omdat hij Fort Sedgewick had verlaten, verre van dat. Zijn mannen, die er een paar dagen tevoren nog gevaarlijk na aan toe waren hem zijn gezag te ontnemen, vertelden het verhaal van hun ontberingen; stuk voor stuk schilderden ze kapitein Cargill af als een leider in wie ze het volste vertrouwen hadden. Als één man getuigden ze dat ze het zonder kapitein Cargill geen van allen gehaald zouden hebben.

Het grensleger, dat nauwelijks nog over middelen en over moreel beschikte, luisterde met genoegen naar die positieve getuigenissen.

Er werden onmiddellijk twee stappen ondernomen. De postcommandant speelde het volledige verhaal van het verlies van Fort Sedgewick door aan generaal Tide op het regionale hoofdkwartier in St. Louis en besloot zijn rapport met de aanbeveling Fort Sedgewick leeg te laten staan, tenminste tot nader order. Generaal Tide gaf grif toe en binnen een paar dagen was er niets meer dat Fort Sedgewick met de regering van de Verenigde Staten verbond. Het bestond niet meer.

De tweede stap betrof kapitein Cargill. Hij werd verheven tot de status van een held en ontving kort na elkaar een medaille voor heldhaftigheid en een promotie tot majoor. Te zijner ere werd een 'overwinningsdiner' georganiseerd in de officiersmess.

Tijdens dat diner, bij een drankje na de maaltijd, hoorde Cargill het vreemde verhaal dat kort voor zijn triomfantelijke aankomst het grootste onderwerp van gesprek was geweest op de post.

De oude majoor Fambrough, een middelmatig leider met een glansloos dossier, was stapelgek geworden. Op een middag begon hij midden op het exercitieplein onsamenhangende taal uit te slaan over zijn koninkrijk en steeds maar om zijn kroon te vragen. De arme kerel was een paar dagen geleden teruggestuurd naar het Oosten.

Terwijl de kapitein de details van die vreemde gebeurtenis te horen kreeg, had hij er natuurlijk geen idee van dat majoor Fambroughs trieste vertrek ook ieder spoor had weggevaagd van luitenant Dunbar. Officieel bestond de jonge officier alleen in het verwarde brein van majoor Fambrough.

Cargill hoorde dat de onfortuinlijke majoor, ironisch genoeg, ook eindelijk een wagen vol provisie naar Fort Sedgewick had gestuurd. Ze moesten die tijdens hun mars hebben gepasseerd. Kapitein Cargill en zijn kennis lachten hartelijk toen ze zich voorstelden hoe de wagenmenner bij die vreselijke plek zou aankomen en zich afvragen wat er in godsnaam was gebeurd. Ze speculeerden er zelfs heel serieus op wat de menner zou doen en besloten dat hij, als hij slim was, verder zou doorrijden naar het westen om de proviand bij diverse handelsposten te verkopen. Pas in de kleine uurtjes strompelde Cargill halfdronken naar zijn kwartier en zijn hoofd raakte het kussen met de heerlijke gedachte dat Fort Sedgewick nog slechts een herinnering was.

Zo kwam het dat nog slechts één persoon op de wereld enig idee had van de verblijfplaats of zelfs het bestaan van luitenant Dunbar.

En die persoon was een slechte verzorgde vrijgezelle burger om wie niemand iets gaf.

Timmons.

# 3

*een*

Het enige teken van leven was het gerafelde stuk canvas dat zachtjes hing te fladderen in de deuropening van de ingestorte provisiehut. Er was die middag een bries opgestoken, maar het enige dat bewoog was dat stuk canvas.

Als hij de letters niet had gezien die ruw uit de balk boven kapitein Cargills vroegere residentie waren gegutst, zou luitenant Dunbar niet hebben geloofd dat dit het nou was. Maar het stond er duidelijk.

'Fort Sedgewick.'

De mannen bleven zwijgend op de bok van de wagen zitten en staarden naar de schamele ruïne die hun eindbestemming bleek te zijn.

Ten slotte sprong luitenant Dunbar naar beneden en stapte voorzichtig Cargills hut binnen. Enkele seconden later kwam hij weer naar buiten en wierp een blik op Timmons, die nog steeds op de bok zat.

'Niet bepaald een druk lopende zaak,' riep Timmons hem toe.

Maar de luitenant gaf geen antwoord. Hij liep naar de provisiehut, trok het canvas opzij en leunde naar binnen. Er was niets te zien en even later liep hij terug naar de wagen.

Timmons staarde op hem neer en begon zijn hoofd te schudden.

'We kunnen maar beter uitladen,' zei de luitenant rustig.

'Waarom, luitenant?'

'Omdat we er zijn.'

Timmons schoof heen en weer op de bok. 'Er is hier helemaal niets,' kraste hij.

Luitenant Dunbar keek rond op zijn post.

'Op het moment niet, nee.'

Er hing een stilzwijgen tussen hen, een stilzwijgen dat geladen was met ingehouden spanning. Dunbars armen hingen losjes langs zijn zijden terwijl Timmons met de teugels van het span paarden speelde. Hij spuugde over de zijkant van de wagen.

'Iedereen is hem gesmeerd... of is dood.' Hij staarde de luitenant vastberaden aan, alsof hij niet nog meer van die onzin zou accepteren. 'We kunnen beter omdraaien en teruggaan.'

Maar luitenant Dunbar was niet van plan terug te gaan. Hij moest uitzoeken wat er met Fort Sedgewick was gebeurd. Misschien was iedereen wel weggelopen of misschien waren ze inderdaad dood. Misschien ook waren er overlevenden die, slechts een uur hiervandaan, trachtten het fort te bereiken.

En hij had een diepere reden om te blijven die niets met zijn grote plichtsgevoel te maken had. Soms wil iemand iets zo graag dat de prijs of de voorwaarden niet langer een obstakel voor hem zijn. Luitenant Dunbar had boven alles naar het Westen gewild. En nu was hij hier. De aanblik of de omstandigheden van Fort Sedgewick deden er voor hem niet toe. Hij was vastbesloten.

Dus dwaalde zijn blik niet af toen hij sprak en klonk zijn stem uiterst kalm.

'Dit is mijn post en dat is de proviand voor mijn post.'

Ze staarden elkaar opnieuw aan. Er brak een glimlach door op het gezicht van Timmons. Hij lachte.

'Ben je gek, jongen?'

Timmons zei dat in de overtuiging dat de luitenant nog een groentje was, dat hij waarschijnlijk nog nooit had gevochten, dat hij nog nooit in het Westen was geweest en dat hij niet oud genoeg was om ook maar iets te weten. 'Ben je gek, jongen?' De woorden hadden geklonken als uit de mond van een vader die genoeg heeft van het gezeur.

Hij had het mis.

Luitenant Dunbar was geen groentje. Hij was goedmoedig en plichtsgetrouw en soms braaf. Maar hij was geen groentje.

Hij kende al bijna zijn hele leven strijd. En hij had succes gehad in de strijd omdat hij een zeldzame eigenschap bezat. Dunbar had een aangeboren besef, een soort zesde zintuig, dat hem vertelde wanneer hij hard moest zijn. En wanneer het zover was, dan werden zijn levensprincipes door iets ontastbaars aan de kant geschoven en veranderde luitenant Dunbar in een hersenloze, dodelijke machine die niet afgezet kon worden. Niet voor hij zijn doel had bereikt. Wanneer een zetje uitdraaide op een duw, gaf de luitenant de eerste zet. En wie terugduwde kreeg daar spijt van.

De woorden: 'Ben je gek, jongen?' hadden het mechanisme van de machine in werking gesteld en Timmons' glimlach vervaagde toen hij Dunbars ogen zwart zag worden. Een ogenblik later zag Timmons de rechterhand van de luitenant langzaam omhoog komen. Hij zag Dunbars handpalm zacht neerkomen op de kolf van de grote legerrevolver die hij op zijn heup droeg. Hij zag de wijsvinger van de luitenant soepeltjes langs de trekker glijden.

'Kom met je reet van die wagen en help me uitladen.'

De toon van die woorden had een sterk effect op Timmons. De toon vertelde hem dat de dood plotseling ten tonele was verschenen. Zijn eigen dood.

Timmons knipperde zelfs niet met zijn ogen. En hij zei helemaal niets. Bijna in één vloeiende beweging bond hij de teugels aan de rem, sprong van de bok, liep vlot naar de achterkant van de wagen, gooide de achterplank los en pakte het eerste het beste dat hij te pakken kon krijgen.

## *twee*

Ze borgen zoveel mogelijk in de half ingestorte provisiehut en sloegen de rest op in wat Cargills kwartier was geweest.

# 4

### *een*

Onder het voorwendsel dat het die nacht volle maan was en dat hij voort wilde maken, vertrok Timmons in de avondschemering.

Luitenant Dunbar ging op de grond zitten, rolde een sigaret en keek hoe de wagen in de verte kleiner werd. De zon verdween ongeveer tegelijk met de wagen en hij bleef lange tijd in het donker zitten, blij met het gezelschap van de stilte. Na een uur begon hij stijf te worden, dus stond hij op en stapte naar de hut van kapitein Cargill.

Hij voelde zich plotseling moe en liet zich geheel gekleed op het kleine bed te midden van de voorraden vallen en legde zijn hoofd op het kussen.

Hij hoorde die nacht van alles. De slaap wilde maar niet komen. Ieder geluidje in de duisternis vroeg om een verklaring die Dunbar niet kon geven. Er was 's nachts iets vreemds aan deze plek dat hij overdag niet had gevoeld.

Net als hij begon weg te doezelen, maakte het kraken van een twijgje of een verre plons in de stroom hem weer klaarwakker. Dat ging zo lange tijd door, tot luitenant Dunbar ten slotte uitgeput raakte. Hij was moe en rusteloos en die combinatie opende de deur voor een onwelkome bezoeker. Door de open deur van Dunbars slapeloze slaap kwam de twijfel binnen. De twijfel was groot die eerste nacht en fluisterde vreselijke dingen in zijn oor. Hij was een dwaas geweest. Hij had het helemaal mis. Hij was waardeloos. Hij kon evengoed dood zijn. De twijfel bracht hem die nacht op het randje van tranen. Luitenant Dunbar vocht ertegen, stelde zichzelf gerust met positieve gedachten. Hij vocht tot ver in de ochtend en in de kleine uurtjes kort voor het ochtendgloren sloot hij eindelijk de twijfel buiten en viel in slaap.

## *twee*

Ze waren gestopt.

Ze waren met z'n zessen.

Ze waren Pawnee, de vreselijkste van alle stammen. Kortgeknipt haar en vroege rimpels en een collectieve geestesgesteldheid, ongeveer zoals de machine die luitenant Dunbar soms toevallig werd. Maar er was niets toevalligs aan de manier waarop de Pawnee de dingen zagen. Ze keken met weinig subtiele maar meedogenloos efficiënte ogen die, wanneer ze eenmaal op een bepaald onderwerp waren gericht, in een oogopslag beslisten of het zou leven of sterven. En als was besloten dat het onderwerp moest ophouden te leven, dan doodden de Pawnee het met psychotische precisie. Als het om de dood ging, waren de Pawnee automaten en alle andere Indianen van de vlakten vreesden hen meer dan wie ook.

De zes Pawnee waren ertoe gekomen te stoppen door iets wat ze hadden gezien. En nu zaten ze op hun magere paarden en keken uit over een reeks van greppels. Een dun sliertje rook kringelde pakweg een kilometer verderop in de vroege ochtendlucht omhoog.

Vanaf hun uitkijkpost op een lage heuvel konden ze de rook duidelijk zien. Maar niet de bron ervan. De bron was verborgen in de verste greppel. En omdat ze niet alles zagen wat ze wilden zien, stonden de mannen erover te praten; ze spraken met zachte keelklanken over de rook en wat het zou kunnen zijn. Als ze zich sterker hadden gevoeld, waren ze er wellicht meteen heen gereden, maar ze waren al lange tijd van huis weg, en die tijd was rampzalig geweest.

Ze waren met een kleine groep van elf man aan de tocht naar het zuiden begonnen om uit stelen te gaan bij de paardenrijke Comanches. Nadat ze bijna een week hadden gereden waren ze bij het oversteken van een rivier verrast door een grote groep Kiowa's. Het was een geluk dat ze hadden weten te ontkomen met slechts één dode en een gewonde.

De gewonde man had het met een doorboorde long nog een week volgehouden en de last die hij vormde, hield de groep erg op. Toen hij eindelijk stierf en de negen plunderende Pawnee hun rooftocht ongehinderd konden vervolgen, werden ze door pech achtervolgd. De Comanches waren steeds een paar passen voor op de weinig succesvolle Pawnee en meer dan twee weken vonden ze niets dan koude sporen.

Eindelijk ontdekten ze een groot kamp met veel goede paarden en verheugden zich in het verdrijven van de donkere wolk die hen al zo lang volgde. Maar de Pawnee wisten niet dat het geluk nog altijd niet met hen was. Het was zelfs de grootst mogelijke pech die hen naar dit dorp had geleid, want deze troep Comanches was pas een paar dagen geleden aangevallen door een sterke troep Utes, die verscheidene goede krijgers hadden gedood en ervandoor waren gegaan met dertig paarden.

De hele troep Comanches was alert... en wraakzuchtig. De Pawnee werden ontdekt op het moment dat ze het dorp wilden binnensluipen en vluchtten met de hete adem van het halve kamp in hun nek, strompelend door de onbekende duisternis op hun uitgeputte pony's. Pas in de terugtocht vonden ze eindelijk weer het geluk. Ze hadden die nacht allemaal moeten sterven. Maar uiteindelijk verloren ze nog slechts drie krijgers.

Zodoende vroegen deze zes ontmoedigde mannen boven op die eenzame heuvel, wier magere pony's te moe waren om nog onder hen voort te stappen, zich af wat ze met die dunne sliert rook een kilometer verderop moesten doen.

Debatteren over het al dan niet uitvoeren van een aanval was typisch Indiaans. Maar een half uur debatteren over een enkele rookpluim was iets heel anders, en het toonde aan hoe ver het zelfvertrouwen van deze Pawnee was gedaald. De meningen van de zes waren verdeeld; een groepje wilde zich terugtrekken, het andere wilde gaan kijken. Slechts één man, de sterkste onder hen, was van het begin af aan vastberaden. Hij wilde onmiddellijk op de rook af en terwijl de anderen maar bleven kletsen, werd hij steeds norser.

Na een half uur verwijderde hij zich van zijn broeders en reed zwijgend de helling af. De andere vijf kwamen naast hem rijden en vroegen wat hij van plan was te doen.

De norse krijger antwoordde vinnig dat zij geen Pawnee waren en dat hij niet langer met vrouwen kon rijden. Hij zei dat ze maar met de staart tussen hun benen naar huis moesten lopen. Hij zei dat ze geen Pawnee waren en dat hij nog liever stierf dan te moeten kibbelen met mannen die helemaal geen mannen waren.

Hij reed de rook tegemoet.

De anderen volgden.

## *drie*

Al had hij een hekel aan Indianen, Timmons wist feitelijk niets van hen af. Dit gebied was al lange tijd tamelijk veilig. Maar hij was maar alleen en had niet echt iets om zich mee te verdedigen, en hij had toch moeten weten dat hij een niet-rokend vuur moest aanleggen.

Maar hij was die morgen met een reusachtige honger uit zijn stinkende dekens gekropen. Hij dacht alleen maar aan spek en koffie en had snel een klein vuurtje gemaakt met groen hout.

Het was het vuur van Timmons dat het gekwelde troepje Pawnee had aangetrokken.

Hij zat gehurkt bij het vuur, zijn hand rond de steel van de koekepan, en snoof de heerlijke geur van het spek op toen de pijl hem trof. Hij drong diep in zijn rechterbil, met zoveel kracht dat hij over het vuur heen viel. Hij hoorde het gejoel voor hij iemand zag en het geschreeuw bracht hem in paniek. Hij hupte de greppel in en klom er zonder zijn tempo te onderbreken aan de andere kant weer uit, een vrolijk gevederde Pawnee-pijl in zijn achterwerk.

Toen ze zagen dat het maar één man was, namen de Pawnee de tijd. Terwijl de anderen de wagen doorzochten, galoppeerde de sterke krijger die hen tot actie had overgehaald langzaam achter Timmons aan.

Hij haalde de wagenmenner juist in toen die aan de andere kant uit de greppel klom. Daar viel Timmons plotseling op een knie en toen hij overeind kwam keek hij op bij het geluid van de paardehoeven.

Maar het paard of de ruiter kreeg hij nooit te zien. Een onderdeel van een seconde zag hij de stenen knuppel. Toen klapte die met zoveel kracht tegen de zijkant van zijn schedel dat Timmons' hoofd letterlijk openbarstte.

## *vier*

De Pawnee doorzochten de voorraden en namen zoveel mee als ze konden dragen. Ze maakten het mooie span legerpaarden los, verbrandden de wagen en reden zonder zelfs een laatste blik langs het mishandelde lichaam van Timmons. Ze hadden er alles afgehaald wat ze hebben wilden. De scalp van de wagenmenner hing boven aan de lans van zijn moordenaar.

Het lichaam lag de hele dag in het lange gras te wachten tot de wolven het bij het vallen van de avond zouden ontdekken. Maar de dood van Timmons betekende meer dan slechts het einde van een enkel leven. Met zijn dood was een ongewone cirkel van omstandigheden voltooid.

De cirkel had zich gesloten rond luitenant J. Dunbar.

Niemand was zo alleen als hij.

# 5

*een*

Ook hij legde die ochtend een vuurtje aan, maar het zijne brandde veel eerder dan dat van Timmons. Een uur voor de wagenmenner werd gedood zat de luitenant al aan zijn eerste kop koffie.

Bij de lading zaten ook twee vouwstoelen. Hij zette een daarvan voor Cargills plaggenhut en bleef daar lange tijd met een deken om zijn schouders en een grote mok in zijn handen zitten kijken hoe de eerste dag op Fort Sedgewick zich voor zijn ogen ontvouwde. Ook zijn gedachten kwamen snel op gang en opnieuw deed de twijfel zijn intrede.

De luitenant voelde zich plotseling volkomen overweldigd. Hij kwam tot het besef dat hij geen idee had waar hij moest beginnen, wat voor functie hij had of zelfs wat hij van zichzelf moest denken. Hij had geen taken, geen programma dat hij kon volgen en geen status.

Terwijl achter hem de zon gestaag rees, merkte Dunbar dat hij in de schaduw van de hut kwam te zitten, dus vulde hij zijn mok bij en zette de vouwstoel midden in de zon.

De luitenant ging net weer zitten toen hij de wolf zag die op de hoge oever aan de overkant van de rivier stond. Zijn eerste impuls was hem met een paar schoten te verjagen, maar hoe langer hij naar zijn bezoeker keek, des te minder voelde hij daarvoor. Zelfs van een afstand kon hij zien dat het dier alleen nieuwsgierig was. En ergens ver weg in zijn achterhoofd zweefde iets dat eigenlijk nooit helemaal naar de oppervlakte kwam; hij was blij met dat beetje gezelschap.

Cisco stond te snuiven in de kraal en onmiddellijk was de luitenant vol aandacht. Hij was zijn paard helemaal vergeten. Op weg naar de provisiehut keek hij over zijn schouder en zag dat zijn vroege bezoeker zich had omgedraaid en achter de hoge klif verdween.

## *twee*

Het idee kwam bij hem op toen hij Cisco's graan in een ondiepe pan schudde. Het was een eenvoudige oplossing die opnieuw de twijfel buitensloot.

Hij zou voorlopig zijn taken zelf verzinnen.

Dunbar inspecteerde snel Cargills hut, de provisiehut, de kraal en de rivier. Toen ging hij aan het werk, beginnend met de rommel die de oevers van het stroompje verstikte.

Al was hij niet kieskeurig van aard, hij vond de verzameling afval echt een schande. Overal lagen flessen en vuilnis. Brokstukken van gereedschap en stukjes uniformstof lagen overal verspreid. Het ergste waren de in diverse stadia van ontbinding verkerende karkassen die gedachteloos langs de rivier waren gegooid. De meeste waren van klein wild, konijnen en parelhoenders. Er lag een hele antilope en een groot stuk van een tweede.

Bij het zien van al die vuiligheid kreeg Dunbar een eerste aanwijzing van wat er op Fort Sedgewick aan de hand kon zijn geweest. Het was kennelijk een plek geworden waar niemand meer trots op was. Hij wist zelf niet hoe dicht hij hiermee bij de waarheid kwam.

Misschien was het het eten, dacht hij. Misschien waren ze verhongerd.

Slechts gekleed in een lang hemd, een vuile broek en een paar oude laarzen was hij tot ver na de middag bezig met het methodisch uitzoeken van de rommel langs de rivier.

Er lagen ook nog karkassen verzonken in de stroom zelf en toen hij de druipende dierenlichamen uit de stinkende modder van het ondiepe water trok kwam zijn maag in opstand.

Hij stapelde alles op een canvas doek. Wanneer er genoeg op lag bond hij het doek als een zak bij elkaar en liet het vervolgens door Cisco tegen de steile oever omhoog slepen.

Halverwege de middag was de stroom schoon en hoewel hij het niet met zekerheid kon zeggen, zou de luitenant bijna zweren dat het water nu sneller liep. Hij rolde een sigaret en bleef een poosje zitten kijken hoe de rivier voorbijstroomde. Bevrijd van de smerige parasieten zag hij er weer uit als een echt riviertje en de luitenant voelde zich trots op wat hij had gedaan.

Toen hij overeind kwam voelde hij de pijn in zijn rug. Hij was dit soort werk niet gewend, maar vond de pijn niet onplezierig. Het betekende dat hij iets had bereikt.

Nadat hij de laatste, kleine stukjes smerigheid had opgeruimd, klom hij tegen de steile oever op en keek naar de stapel vuil die bijna tot zijn schouders reikte. Hij goot er een paar liter olie over uit en stak de stapel in brand.

Een tijdlang keek hij toe hoe de grote wolk vettige zwarte rook omhoog kolkte naar de hemel. Maar het hart zonk hem plotseling in de schoenen toen hij besefte wat hij had gedaan. Hij had dat vuur nooit mogen aansteken. Hier betekende een vuur van die afmetingen ongeveer hetzelfde als een lichtbaken in een maanloze nacht. Het was alsof een reusachtige pijl van vuur uitnodigend naar Fort Sedgewick wees.

Er zou beslist iemand op de rookkolom afkomen, en dat zouden zeer waarschijnlijk Indianen zijn.

## *drie*

Luitenant Dunbar bleef tot in de schemering voor de hut zitten en tuurde onophoudelijk in alle richtingen de horizon af.

Er kwam niemand.

Hij was opgelucht, maar de hele middag dat hij daar zat, met een Springfield-geweer en zijn grote legerpistool binnen handbereik, nam zijn gevoel van eenzaamheid toe. Op een gegeven moment drong het woord *geïsoleerd* zijn gedachten binnen. Hij huiverde. Hij wist dat het de juiste uitdrukking was. En hij wist dat hij waarschijnlijk nog wel een poosje alleen zou zijn. Eigenlijk wilde hij wel alleen zijn, maar dit isolement had niets van de euforie die hij had gevoeld tijdens de tocht met Timmons hierheen.

Dit was ontnuchterend.

Hij at een schamele maaltijd en vulde zijn eerste dagrapport in. Luitenant Dunbar kon goed schrijven en had dan ook niet zo'n hekel aan het papierwerk als de meeste militairen. Bovendien wilde hij graag een minutieus verslag bijhouden van zijn verblijf in Fort Sedgewick, met name gezien de bizarre omstandigheden.

*12 april 1863*

*Ik vond Fort Sedgewick volkomen onbemand. Het ligt hier al een tijd te rotten. Als er hier kort voor mijn komst nog een contingent was, is dat waarschijnlijk ook weggerot.*

*Ik weet niet wat ik moet doen.*

*Fort Sedgewick is mijn post, maar er is niemand aan wie ik rapport kan uitbrengen. Communicatie is alleen mogelijk als ik hier wegga, en ik wil mijn post niet verlaten.*

*Er zijn voldoende voorraden.*

*Heb mezelf opgelegd de zaak hier schoon te maken. Zal proberen de provisiehut te versterken, maar weet niet of ik dat in mijn eentje kan.*

*Het is rustig hier in het Westen.*

*Lt. John J. Dunbar, U.S. Army.*

Toen hij die avond op het punt stond in slaap te vallen, kreeg hij het idee voor de luifel. Een luifel voor de hut. Een lang zonnescherm boven de deur. Een plek om te zitten of te werken op dagen dat de hitte binnen niet te verdragen was. Een aanwinst voor het fort.

En een raam, uitgestoken in de plaggen. Een raam zou veel verschil maken. Hij kon de kraal wat kleiner maken en de extra palen gebruiken voor andere constructies. Misschien kon hij toch wel iets aan de provisiehut doen.

Dunbar was in slaap gevallen voor hij alle mogelijkheden om zichzelf bezig te houden had genoteerd. Het was een diepe slaap met levendige dromen.

Hij bevond zich in een veldhospitaal in Pennsylvania. Artsen hadden zich aan het voeteneind van zijn bed verzameld; wel een half dozijn, in lange, witte schorten, doordrenkt van het bloed van andere 'gevallen'.

Ze bespraken of ze zijn voet bij de enkel zouden amputeren of bij de knie. De discussie werd een meningsverschil, het meningsverschil draaide uit op ruzie en onder de verschrikte ogen van de luitenant begonnen ze te vechten.

Ze sloegen elkaar met eerder geamputeerde ledematen. En terwijl zij zwierend met hun grote knuppels door het ziekenhuis renden, liepen of kropen patiënten die ledematen hadden verloren van hun bedden, en gingen wanhopig op zoek naar hun eigen armen of benen in de puinhoop die de vechtende artsen achterlieten.

Midden in alle drukte wist Dunbar te ontsnappen en galoppeerde als een waanzinnige met zijn half kapotgeschoten voet door de grote deur.

Hij hobbelde een stralend groen grasveld op dat was overdekt met lijken van Unie-soldaten en van Geconfedereerden. Als in een omgekeerde dominoreactie kwamen de lijken wanneer hij langs ze rende overeind en richtten hun pistolen op hem.

Luitenant Dunbar merkte dat hij een wapen in zijn hand hield en schoot de lijken neer voor ze een salvo op hem konden afvuren. Hij schoot snel en elk van zijn kogels raakte een hoofd. En elk hoofd spatte bij de inslag meteen uit elkaar. Ze zagen eruit als een lange rij meloenen, die om beurten op de schouders van de doden explodeerden.

Luitenant Dunbar zag zichzelf vanuit de verte, een angstige figuur in een bebloed ziekenhuishemd die spitsroeden liep tussen een massa lijken wier hoofden uit elkaar klapten wanneer hij langskwam.

Opeens waren de lijken verdwenen en was het schieten voorbij.

Maar achter hem riep iemand met een lieflijke stem.

'Lieveling... lieveling.'

Dunbar keek over zijn schouder.

Er liep een vrouw achter hem aan, een knappe vrouw met rode wangen, dik, zandkleurig haar en ogen zo vol hartstocht dat hij voelde hoe zijn hartslag krachtiger werd. Ze droeg alleen een mannenbroek en hield een bloederige voet in haar uitgestrekte hand, alsof ze hem die wilde geven.

De luitenant keek omlaag naar zijn eigen gewonde voet en zag dat die weg was. Hij rende op een witte stomp van bot.

Hij werd wakker, kwam geschrokken overeind en graaide naar zijn voet aan het voeteneind van het bed. Hij zat er nog.

Zijn lakens waren nat van het zweet. Hij rommelde onder het

bed op zoek naar zijn tabaksdoosje en draaide snel een sigaret. Toen schopte hij de klamme lakens van zich af en ging op het kussen zitten roken, wachtend tot het licht werd.

Hij wist precies waar de droom vandaan kwam. De belangrijkste elementen hadden werkelijk plaatsgevonden. Dunbar liet zijn gedachten terugdwalen naar die gebeurtenissen.

Hij was gewond geraakt aan zijn voet. Een granaat. Hij had een poos in een veldhospitaal gelegen en men sprak erover zijn voet af te zetten. Omdat hij de gedachte daaraan niet kon verdragen, was luitenant Dunbar ontsnapt. Midden in de nacht, terwijl het akelige gekreun van gewonde mannen door de ziekenzaal weerklonk, was hij uit bed geglipt en had wat verbandmiddelen gestolen. Hij behandelde de voet met antiseptisch poeder, pakte hem dik in met gaasverband en stak hem op de een of andere manier in zijn laars.

Toen was hij door de zijdeur weggeslopen, had een paard gestolen en was, omdat hij nergens anders heen kon, in de vroege ochtend naar zijn eenheid teruggekeerd, waar hij een sterk verhaal ophing over een vleeswond aan zijn teen.

Hij glimlachte nu en vroeg zich af wat hij had gedacht.

Na twee dagen was de pijn zo erg geworden dat de luitenant niets liever wilde dan sterven. Toen de kans zich voordeed, greep hij die.

Twee elkaar vijandige eenheden losten al bijna de hele middag zo nu en dan een schot op elkaar over een kale vlakte van driehonderd meter breed. Ze lagen verscholen achter lage stenen muurtjes die beide zijden van de vlakte begrensden. Beide eenheden waren onzeker over de sterkte van de ander en wisten niet of ze tot de aanval over moesten gaan.

De eenheid van luitenant Dunbar had een observatieballon opgelaten, maar de rebellen hadden die prompt neergeschoten.

De zaak bleef onzeker en toen de situatie laat in de middag tot een climax kwam, bereikte luitenant Dunbar zijn eigen breekpunt. Het enige waaraan hij nog dacht was een einde aan zijn leven te maken.

Hij meldde zich aan om uit te rijden en de vijand zo uit zijn tent te lokken.

De kolonel die de leiding had over het regiment was niet geschikt voor de oorlog. Hij was een sul met een zwakke maag.

Normaal gesproken zou hij zoiets nooit hebben toegestaan, maar die middag stond hij onder extreem grote druk. De arme man wist absoluut niet wat hij moest doen en om de een of andere reden drongen zich telkens weer beelden van een grote schaal met perzikenijs aan hem op.

Om het nog erger te maken, had generaal Tipton westelijk van hen met zijn assistenten een observatiepost ingenomen boven op een hoge heuvel. Het optreden van de kolonel werd in de gaten gehouden, maar hij was volstrekt niet tot actie in staat.

Toen kwam ook nog die jonge luitenant met zijn lijkbleke gelaat, die hem met opeengeklemde tanden voorstelde de vijand tot schieten te verleiden. Zijn wilde ogen zonder pupillen joegen de kolonel angst aan.

De incompetente commandant stemde in met het plan.

Omdat zijn eigen paard zo lelijk hoestte, mocht Dunbar een ander paard uitkiezen. Hij nam een nieuw paard, een klein, sterk, bruingeel dier dat Cisco heette, en slaagde erin in het zadel te klimmen zonder het waar alle mannen bij waren uit te brullen van pijn.

Toen hij met het paard naar de lage stenen muur liep, klonken een paar geweerschoten over het veld, maar verder was het doodstil en luitenant Dunbar vroeg zich af of die stilte werkelijkheid was of dat het zo hoorde in de ogenblikken voordat je stierf.

Hij trapte Cisco fel tussen de ribben, sprong over de muur en reed over het kale veld, recht naar het midden van de stenen muur waarachter de vijand zich verschool. Even waren de rebellen te geschokt om te schieten en de luitenant legde de eerste honderd meter af in een geluidloos vacuüm.

Toen openden ze het vuur. Kogels vulden de lucht om hem heen als een wolk uit een verstuiver. De luitenant nam niet de moeite terug te vuren. Hij ging rechtop zitten om een beter doelwit te vormen en gaf Cisco opnieuw de sporen. Het kleine paard legde de oren plat en vloog op de muur af. Al die tijd wachtte Dunbar tot een van de kogels hem zou raken.

Maar dat deden ze niet en toen hij zó dichtbij was dat hij de vijand in de ogen kon zien, draaiden hij en Cisco naar links en renden recht naar het noorden, op vijftig meter afstand van de muur. Cisco rende zo hard dat de zandkluiten van zijn achterhoeven opvlogen als het zog van een snelle boot. De luitenant bleef rechtop zitten en die verleiding bleken de Geconfedereerden niet te kunnen weerstaan. Ze kwamen overeind als schietschijven in een schiettent en vuurden, terwijl de eenzame ruiter voorbijraasde, een kogelregen af.

Ze konden hem niet raken.

Luitenant Dunbar hoorde het schieten stoppen. Hij was aan het einde van de rij schutters gekomen. Toen hij vaart minderde, voelde hij iets in zijn bovenarm branden en ontdekte dat hij in zijn biceps was geraakt. De prikkelende hitte bracht hem heel even weer bij zinnen. Hij keek naar de rij waar hij zojuist langs was gereden en zag dat de Geconfedereerden achter de muur ongelovig door elkaar krioelden.

Zijn oren werkten plotseling weer en hij hoorde geschreeuwde aanmoedigingen van zijn eigen mensen aan de andere kant van het veld. Toen werd hij zich weer bewust van zijn voet, die diep in zijn laars klopte als een hamer.

Hij liet Cisco rechtsomkeert maken en toen het kleine dier in het bit hapte, hoorde Dunbar een donderend gejuich. Hij keek het veld over. Zijn wapenbroeders kwamen massaal overeind achter de muur.

Hij zette zijn hakken in Cisco's flanken en suisde weg om nu de andere flank van de Geconfedereerden te onderzoeken. De mannen die hij al was gepasseerd waren volkomen verrast en hij zag hoe ze haastig herlaadden toen hij voorbijreed.

Maar vóór hem, langs de nog niet onderzochte flank, zag hij schutters overeind komen met hun geweren geschouderd.

Vastbesloten zichzelf niet teleur te stellen, liet de luitenant plotseling de teugels vallen en stak zijn handen hoog in de lucht. Hij zag er misschien uit als een circusruiter, maar wat hij voelde was belangrijker. Hij had zijn handen opgestoken als een laatste gebaar van afscheid van dit leven. Iemand die toekeek zou het waarschijnlijk verkeerd interpreteren. Het leek wellicht een uiting van triomf.

Natuurlijk had luitenant Dunbar het niet als een teken aan iemand bedoeld. Hij wilde alleen maar sterven. Maar zijn kameraden van de Unie voelden hun hart toch al in hun keel kloppen en toen ze de armen van de luitenant in de hoogte zagen gaan, was dat meer dan ze konden verdragen.

Ze stroomden de muur over, een spontaan vertoon van krijgers, zo uitbundig brullend dat het bloed van de Geconfedereerde troepen aan de kook raakte.

De mannen in de lichtbruine uniformen vluchtten massaal en strompelden over elkaar heen in de richting van het bos achter hen.

Tegen de tijd dat luitenant Dunbar Cisco tot staan had gebracht, waren de troepen van de Unie al over de muur en achtervolgden nu de angstige rebellen de bossen in.

Zijn hoofd werd plotseling helder.

De wereld om hem heen begon te tollen.

De kolonel en zijn assistenten naderden van de ene kant en generaal Tipton met zijn mensen van de andere. Ze hadden hem allebei bewusteloos uit het zadel zien tuimelen en beiden versnelden hun pas. Terwijl ze naar de plek in het lege veld renden waar Cisco stilletjes bleef staan naast de vormeloze figuur aan zijn voeten, deelden de kolonel en generaal Tipton dezelfde gevoelens, gevoelens die zeldzaam waren bij hoge officieren, met name in oorlogstijd.

Ze voelden allebei een diep en waarachtig medeleven met een enkel individu.

Generaal Tipton was nog het meest overweldigd. In de zevenentwintig jaar dat hij militair was had hij vele moedige daden gezien, maar geen daarvan kon tippen aan datgene waarvan hij die middag getuige was geweest.

Toen Dunbar bijkwam, knielde de generaal naast hem neer met de vervoering van een vader aan de zijde van zijn gevallen zoon.

En toen hij ontdekte dat de dappere luitenant het veld in was gereden met al een verwonding aan zijn voet, sloeg de generaal de ogen neer als in gebed en deed iets wat hij sinds zijn jeugd niet meer had gedaan. Tranen rolden in zijn grijzende baard.

Luitenant Dunbar was niet in staat om veel te praten, maar zag nog wel kans een enkel verzoek uit te brengen. Hij herhaalde het diverse keren.

'Haal mijn voet er niet af.'

Generaal Tipton hoorde dat verzoek en nam het in zich op als een bevel Gods. Luitenant Dunbar werd in de ambulance van de generaal zelf het veld afgereden, naar zijn regimentshoofdkwartier gebracht en daar onder de supervisie van de lijfarts van de generaal geplaatst.

Er deed zich een korte scène voor toen ze daar arriveerden. Generaal Tipton beval zijn lijfarts de voet van de jongeman te redden, maar na een vluchtig onderzoek antwoordde de arts dat de kans zeer groot was dat hij zou moeten amputeren.

Generaal Tipton nam de dokter terzijde en zei tegen hem: 'Als je de voet van die jongen niet redt, laat ik je ontslaan wegens incompetentie. Al is het het laatste dat ik doe.'

Het herstel van luitenant Dunbar werd een obsessie voor de generaal. Hij maakte elke dag tijd vrij om de jonge luitenant te bezoeken en tegelijk over de schouder van de dokter mee te kijken, die in de twee weken die het hem kostte de voet van luitenant Dunbar te redden voortdurend stond de zweten.

De generaal zei in die periode weinig tegen de patiënt. Hij toonde alleen vaderlijke bezorgdheid. Maar toen de voet eindelijk buiten gevaar was, kwam hij op een middag de tent binnen, trok een stoel bij het bed en begon hartstochtelijk te vertellen over de ideeën die zich in zijn hoofd hadden gevormd.

Dunbar luisterde stomverbaasd naar de generaal. Hij vond dat de oorlog voorbij moest zijn voor luitenant Dunbar, omdat diens daden in het veld, daden waaraan de generaal nog steeds dacht, genoeg waren voor één man in één oorlog.

En hij wilde dat de luitenant hem nog iets meer vroeg; hier ging de generaal zachter spreken. 'We staan allemaal bij je in de schuld. Ik sta bij je in de schuld.'

De luitenant glimlachte even en zei: 'Nou... ik heb mijn voet nog, generaal.'

Generaal Tipton beantwoordde de glimlach niet.

'Wat wil je hebben?' vroeg hij.

Dunbar sloot zijn ogen en dacht na.

Eindelijk zei hij: 'Ik heb altijd al in het Westen gestationeerd willen worden.'

'Waar?'

'Maakt niet uit... gewoon in het grensgebied.'

De generaal stond op. 'Goed,' zei hij en wilde de tent uitlopen.

'Generaal?'

De generaal bleef direct staan en toen hij omkeek naar het bed was dat met ontwapenende genegenheid.

'Ik zou graag het paard willen houden... Mag dat?'
'Natuurlijk mag dat.'

Luitenant Dunbar had de rest van die middag over het gesprek met de generaal liggen piekeren. Hij was opgewonden over de plotselinge nieuwe vooruitzichten voor zijn leven. Maar hij had ook iets van schuld gevoeld bij de gedachte aan de genegenheid die hij op het gezicht van de generaal had gezien. Hij had niemand verteld dat hij alleen maar had getracht zelfmoord te plegen. Maar daarvoor leek het nu veel te laat. Hij besloot die middag dat hij het nooit zou vertellen.

En nu, hier tussen de klamme dekens, rolde Dunbar zijn derde sigaret in een half uur en dacht na over de mysterieuze wegen van het lot dat hem uiteindelijk naar Fort Sedgewick had gebracht.

Het vertrek werd lichter, net als de stemming van de luitenant. Hij voerde zijn gedachten weg van het verleden. Met het enthousiasme van een man die tevreden is met zichzelf, begon hij na te denken over de fase van de schoonmaakcampagne voor die dag.

# 6

*een*

Als een kind dat liever de groenten overslaat en meteen aan het dessert begint, liet luitenant Dunbar de moeilijke taak om de provisiehut te herstellen wachten om te beginnen met de veel plezieriger bezigheid van het maken van de luifel.

Bij het doorzoeken van de voorraden vond hij een paar veldtenten die het canvas konden leveren, maar hoe hij ook zocht, hij vond geen geschikt instrument om mee te naaien, en wilde maar dat hij de karkassen niet zo snel had verbrand.

Gedurende een groot deel van de ochtend speurde hij de oevers stroomafwaarts af voor hij een klein skelet vond dat diverse botsplinters opleverde waarmee hij kon naaien.

Terug bij de provisiehut vond hij een dun touw dat hij uitrafelde tot de draaddikte die hij zich had voorgesteld. Leer zou duurzamer zijn geweest, maar luitenant Dunbar vond het prettig een tijdelijk aspect aan zijn werk toe te schrijven. Het fort in stand houden, dacht hij en grinnikte zacht. Het fort in stand houden tot het bij de komst van nieuwe troepen weer vol leven zou zijn.

Hoewel hij ervoor oppaste geen verwachtingen bij zichzelf te wekken, was hij ervan overtuigd dat er vroeg of laat iemand zou komen.

Het naaien ging moeizaam, maar de rest van die tweede dag stikte hij met veel volharding in het canvas en maakte goede vorderingen. Toen hij er laat in de middag echter mee stopte, waren zijn handen zo pijnlijk en gezwollen dat het hem moeite kostte koffie te zetten.

De volgende ochtend leken zijn vingers wel van steen en veel te stijf om te naaien. Hij kwam in de verleiding het toch te proberen, omdat hij bijna klaar was, maar deed het niet.

In plaats daarvan richtte hij zijn aandacht op de kraal. Na een zorgvuldige bestudering verwijderde hij vier van de langste en sterkste palen. Ze waren niet diep ingegraven en het kostte weinig tijd ze eruit te trekken.

Cisco zou niet weglopen en de luitenant speelde even met het idee de kraal open te laten. Uiteindelijk besloot hij echter dat een open kraal in strijd was met de geest van de herstelcampagne, dus besteedde hij nog een uur aan het herstellen van het hekwerk.

Toen spreidde hij het canvas voor de slaaphut uit, groef de palen diep in en stampte het zware zand zo stevig mogelijk aan.

Het was warm geworden en toen hij klaar was met de palen, sleepte de luitenant zich naar de schaduw van de plaggenhut. Hij ging op de rand van het bed zitten en leunde tegen de muur. Zijn oogleden werden zwaar. Hij ging op het bed liggen om even te rusten en viel prompt in een diepe, verkwikkende slaap.

## *twee*

Hij werd wakker met de sensuele warmte over zich die je voelt wanneer je je volledig hebt overgegeven, in dit geval aan een tukje. Hij rekte zich loom uit, liet zijn hand van het bed vallen en liet, als een dromerig kind, zijn vingertoppen over de zandvloer glijden.

Hij voelde zich heerlijk zoals hij daar lag met niets omhanden en bedacht dat hij, behalve zijn eigen taken verzinnen, ook zijn eigen tempo kon bepalen. Voorlopig althans. Hij besloot dat, net zoals hij zich had overgegeven aan dat tukje, hij zich ook wat meer vrijheid zou gunnen voor andere genoegens. Het kan geen kwaad het mezelf een beetje gemakkelijk te maken, dacht hij.

Schaduwen kropen langs de deuropening van de hut en, nieuwsgierig hoelang hij had geslapen, stak Dunbar zijn hand in zijn broekzak en haalde er het eenvoudige oude zakhorloge uit dat van zijn vader was geweest. Toen hij het voor zijn gezicht hield, zag hij dat het stilstond. Even dacht hij erover het ongeveer goed te zetten, maar toen legde hij het oude klokje op zijn maag en ging liggen nadenken.

Wat had de tijd nu eigenlijk voor belang? Wat had die ooit voor belang? Nou, misschien was het noodzakelijk in de beweging van dingen, mensen en materialen, bijvoorbeeld. Om eten goed te koken. Voor scholen en huwelijken en kerkdiensten en werk.

Maar wat voor betekenis had de tijd hier buiten?

Luitenant Dunbar rolde een sigaret en hing het erfstuk een meter van het bed vandaan aan een haakje. Hij staarde onder het roken naar de cijfers op het horloge en bedacht dat het veel efficiënter zou zijn te werken wanneer je daar zin in had, te eten wanneer je honger had en te slapen wanneer je moe was.

Hij nam een lange haal aan de sigaret, legde tevreden zijn armen achter zijn hoofd en blies een blauwe rookwolk uit.

Wat zal het heerlijk zijn een poosje zonder tijd te leven, dacht hij.

Plotseling hoorde hij buiten het geluid van hoeven. Het begon, hield op en begon opnieuw. Een schaduw bewoog langs de ingang van de hut en even later stak Cisco zijn hoofd door de deuropening. Zijn oren stonden recht overeind en zijn ogen waren groot van verbazing. Hij keek als een kind dat op een zondagochtend het heiligdom van de ouderlijke slaapkamer is binnengedrongen.

Luitenant Dunbar lachte hard. Het paard legde zijn oren plat neer en schudde langzaam met zijn hoofd, alsof hij het wilde doen voorkomen dat het incident niet had plaatsgevonden. Zijn ogen keken enigszins afstandelijk de kamer rond. Toen keek hij duidelijk naar de luitenant en stampte met zijn hoef zoals paarden doen wanneer ze de vliegen willen verjagen.

Dunbar wist dat hij iets wilde.

Een ritje waarschijnlijk.

Hij stond al twee dagen stil.

## *drie*

Luitenant Dunbar was geen showruiter. Hij was niet onderricht in de fijne kneepjes van het ruiterschap. Zijn slanke, maar verraderlijk sterke lichaam had nooit georganiseerde atletiek gekend.

Maar hij had iets met paarden. Hij hield al sinds zijn vroege jeugd van ze; misschien was dat de reden. Maar de reden is niet echt belangrijk. Belangrijk is dat er iets bijzonders gebeurde wanneer Dunbar op de rug van een paard sprong, vooral wanneer het zo'n begaafd paard was als Cisco.

Er was sprake van communicatie tussen paarden en luitenant Dunbar. Hij kon de taal van een paard ontcijferen. En zodra je je die hebt meester gemaakt, zijn de mogelijkheden onbegrensd. Hij had zich Cisco's dialect bijna onmiddellijk meester gemaakt, en er was weinig wat ze niet samen konden doen. Wanneer ze uitreden was dat met de gratie van een danskoppel.

En hoe puurder hoe liever. Dunbar had altijd al het liefst zonder zadel gereden, maar dat stond het leger natuurlijk niet toe. Je kon gewond raken en bij lange campagnes was het uit den boze.

Dus toen de luitenant de provisiehut instapte, ging zijn hand automatisch naar het zadel in de hoek.

Hij dacht even na. De enige legerman hier was hij zelf en luitenant Dunbar wist dat hij niet gewond zou raken.

Hij pakte alleen Cisco's hoofdstel en liet het zadel hangen.

Ze waren nog geen twintig meter buiten de kraal toen hij de wolf weer zag. Het dier staarde hem aan vanaf de plek waar het de vorige dag had gestaan, op de rand van de klif aan de overkant van de rivier.

De wolf was in beweging gekomen, maar toen hij zag dat Cisco stilstond verstarde hij, stapte langzaam terug naar zijn oorspronkelijke positie en staarde opnieuw naar de luitenant.

Dunbar staarde ook, met meer interesse dan de vorige dag. Het was dezelfde wolf, met twee witte sokken aan de voorpoten. Hij was groot en fors, maar iets aan hem gaf Dunbar de indruk dat hij niet erg jong meer was. Zijn vacht was vuil en de luitenant meende een rafelige streep over de snuit te zien lopen, waarschijnlijk een oud litteken. Hij had een alertheid over zich die zijn leeftijd kenmerkte. Hij leek alles in de gaten te houden zonder een spier te verroeren. Wijsheid was het woord waaraan de luitenant moest denken. Wijsheid was de bonus voor vele jaren overleven en deze getaande ouwe kerel met zijn waakzame ogen had zijn deel ruimschoots gehad.

Grappig dat hij is teruggekomen, dacht luitenant Dunbar.

Hij gaf Cisco een duwtje met zijn knieën en het dier begon te stappen. Terwijl hij dat deed, ving Dunbars oog een beweging op en hij keek de rivier over.

De wolf begon ook te lopen.

Hij liep zelfs gelijk met hen op. Dat ging zo'n honderd meter door tot de luitenant Cisco weer liet stoppen.

De wolf stopte ook.

De luitenant liet Cisco plotseling een kwartslag draaien in de richting van de afgrond. Hij staarde nu recht in de ogen van de wolf en de luitenant was er zeker van dat hij daar iets in kon lezen. Zoiets als verlangen.

Hij begon zich af te vragen wat voor verlangen dat kon zijn toen de wolf geeuwde en zich afwendde. Hij verdween op een draf.

## *vier*

*13 april 1863*

*Hoewel goed bevoorraad, heb ik besloten mijn goederen te rantsoeneren. Het vermiste garnizoen of een vervanging daarvan kan nu elk moment hier zijn. Ik kan me niet voorstellen dat het nog veel langer zal duren.*

*Hoe dan ook, ik doe mijn best levensmiddelen te nuttigen alsof ik deel uitmaak van de post, in plaats van de enige aanwezige te zijn. Het zal moeilijk zijn wat de koffie betreft, maar ik zal mijn best doen.*

*Ben begonnen aan de luifel. Als mijn handen, die er nu slecht aan toe zijn, morgenochtend weer in orde zijn, kan ik rond de middag klaar zijn.*

*Vanmiddag een korte patrouille gemaakt. Niets ontdekt.*

*Er zwerft een wolf rond die zich schijnt te interesseren voor wat hier gebeurt. Hij lijkt echter niet van plan het me lastig te maken en is, afgezien van mijn paard, de enige bezoeker die ik hier heb gehad. Hij is de afgelopen dagen elke middag verschenen. Als hij morgen weer komt, noem ik hem Twee Sokken. Hij heeft melkwitte sokken aan zijn voorpoten.*

*Lt. John J. Dunbar, U.S. Army*

# 7

## *een*

De volgende dag verliep gladjes.

De handen van luitenant Dunbar waren hersteld en hij maakte de luifel af. Twintig minuten nadat hij die had opgericht, toen hij gebogen over een vat in de schaduw van de luifel een sigaret zat te draaien, kwam de wind opzetten en zakte het ding in elkaar.

Hij voelde zich belachelijk, kroop eronderuit en keek een paar minuten naar de mislukking, waarna hij op het idee kwam om scheerlijnen te spannen. Hij pakte touw en voordat de zon onderging zat Dunbar weer in de schaduw, met gesloten ogen aan een zelf gedraaide sigaret te trekken en te luisteren naar het plezierige geluid van het canvas dat zachtjes boven zijn hoofd klapperde.

Met een bajonet zaagde hij een breed raam uit in de plaggenhut en hing er een stuk canvas voor.

Hij werkte lang en hard aan de provisiehut, maar buiten dat hij een groot deel van de ingestorte muur verwijderde, maakte hij weinig vorderingen. Een gapend gat was het eindresultaat. De oorspronkelijke plaggen verkruimelden telkens wanneer hij ze weer probeerde op te stapelen, dus bedekte luitenant Dunbar het gat met nog een stuk canvas doek en liet het er verder maar bij zitten. De provisiehut was van het begin af aan geen succes geweest.

Wanneer hij laat in de middag op zijn brits lag, keerde Dunbar telkens terug naar het probleem van de provisiehut, maar naarmate de dagen verstreken, dacht hij er steeds minder aan. Het weer was prachtig, zonder de hevige weersveranderingen van de lente. De temperatuur had niet beter kunnen zijn, de lucht was vederlicht, en de bries die laat in de middag het canvas boven zijn hoofd deed bollen, was zoet.

De kleine dagelijkse problemen leken met het verstrijken van de tijd gemakkelijker oplosbaar te worden en wanneer zijn werk gedaan was ging de luitenant met zijn sigaret op de brits liggen en verwonderde zich over de rust die hij voelde. Onveranderlijk werden zijn ogen zwaar en hij ontwikkelde de gewoonte om voor het avondeten een half uurtje te slapen.

Twee Sokken werd ook een gewoonte. Hij verscheen elke middag op zijn vaste plek boven op de steile oever en na twee of drie dagen begon luitenant Dunbar zijn stille komen en gaan voor vanzelfsprekend aan te nemen. Soms zag hij de wolf komen aanlopen, maar veel vaker gebeurde het dat de luitenant opkeek van een karweitje en hem daar zag zitten, uitkijkend over de rivier met die vreemde, maar onmiskenbaar verlangende blik.

Op een avond, toen Twee Sokken toekeek, legde hij een stuk spekzwoerd ter grootte van een vuist aan zijn kant van de rivier neer. De volgende ochtend was er geen spoor van het spek en hoewel hij het niet kon bewijzen, was Dunbar ervan overtuigd dat Twee Sokken het had gepakt.

## *twee*

Luitenant Dunbar miste een aantal dingen. Hij miste het gezelschap van mensen. Hij miste het genoegen van een straffe borrel. Boven alles miste hij vrouwen, of beter gezegd een vrouw. Seks kwam nauwelijks in hem op. Hij dacht meer aan dingen samen delen. Hoe meer hij gewend raakte aan het vrije en gemakkelijke leefpatroon op Fort Sedgewick, des te meer verlangde hij ernaar het met iemand anders te delen, en wanneer de luitenant aan dat ontbrekende element dacht, liet hij zijn hoofd zakken en staarde somber in het niets.

Gelukkig gingen die sombere buien snel voorbij. Wat hij misschien miste, viel in het niet bij wat hij wel had. Zijn geest was vrij. Er bestond geen werk en geen spel. Alles was één. Het maakte niet uit of hij water haalde bij de stroom of aanzat voor een stevige maaltijd. Alles was hetzelfde en hij vond het absoluut niet saai. Hij dacht aan zichzelf als een enkele stroming in een diepe rivier. Hij was een deel van iets en tegelijkertijd toch een geheel. Het was een heerlijk gevoel.

Hij genoot van de dagelijkse verkenningsritten op Cisco's ongezadelde rug. Elke dag reden ze in een andere richting, soms wel acht tot tien kilometer van het fort vandaan. Hij zag geen bizons en geen Indianen. Maar dat was geen grote teleurstelling. De prairie was prachtig, overdekt met wilde bloemen en vol wild. Het buffelgras was het mooist, levend als een oceaan, wuivend in de wind zover zijn ogen konden kijken. Het was een aanblik waarvan hij nooit genoeg zou krijgen.

Op de middag voor de dag dat luitenant Dunbar zijn was deed, toen hij en Cisco nauwelijks een kilometer van het fort vandaan waren en hij toevallig over zijn schouder keek, zag hij Twee Sokken een paar honderd meter achter hen aan komen lopen.

Luitenant Dunbar bleef staan en de wolf hield in.

Maar het dier bleef niet stilstaan.

Hij liep in een wijde boog om hen heen en verviel weer in zijn gemakkelijke gang. Toen hij op dezelfde hoogte was als zij, hield de wolf vijftig meter links van de luitenant stil en ging zitten, schijnbaar wachtend op een teken om verder te gaan.

Ze reden verder de prairie op en Twee Sokken ging met hen mee. Dunbars nieuwsgierigheid bracht hem ertoe een paar keer te stoppen en weer verder te gaan. Twee Sokken, met zijn waakzame gele ogen, bleef steeds bij hem.

Zelfs wanneer Dunbar van koers veranderde en nu en dan zigzagde, bleef de wolf volgen, waarbij hij steeds zo'n vijftig meter afstand hield.

De luitenant bracht Cisco in een rustige galop en was verrast te zien dat ook Twee Sokken in een soepele gang was vervallen.

Toen ze stopten, keek hij naar zijn trouwe volger en probeerde een verklaring te vinden. Dit dier had vast ooit al mensen gekend. Misschien was hij voor de helft hond. Maar toen de luitenant naar de wildernis om hen heen keek, die overal doorliep tot aan de horizon, kon hij zich Twee Sokken alleen maar voorstellen als een wolf.

'Oké,' riep de luitenant.

Twee Sokken spitste zijn oren.

'Laten we gaan.'

Ze hadden gedrieën nog anderhalve kilometer afgelegd toen ze een kleine kudde antilopen verrasten. De luitenant keek hoe de witbuikige gaffelantilopen over de prairie wegsprongen tot ze bijna uit het zicht verdwenen waren.

Toen hij omkeek om de reactie van Twee Sokken te peilen, zag hij hem niet meer.
De wolf was verdwenen.
In het westen ontstonden wolken, grote donderkoppen die onweer aankondigden. Terwijl hij en Cisco terugkeerden, hield Dunbar het stormfront in de gaten. Het kwam in hun richting en het vooruitzicht van regen bracht een gemelijke uitdrukking op Dunbars gezicht.
Hij moest echt de was doen.
De dekens stonken naar vuile sokken.

# 8

## *een*

Luitenant Dunbar liep mooi in de pas met de geëerde traditie van de weersvoorspelling.

Hij had het mis.

Het spectaculaire onweer gleed 's nachts over Fort Sedgewick zonder een druppel regen te laten vallen en de volgende dag begon prachtig pastelblauw, met een geur in de lucht die je wel zou willen drinken en een genadige zon die alles wat hij aanraakte verwarmde zonder een grasssprietje te verschroeien.

Bij de koffie herlas hij zijn officiële rapporten van voorbije dagen en concludeerde dat hij het er nog niet zo slecht had afgebracht met het vermelden van feiten. Hij dacht een poosje na over de diverse onderwerpen. Meer dan eens nam hij een pen ter hand om een regel door te strepen, maar uiteindelijk veranderde hij niets.

Hij schonk juist een tweede kop koffie in toen hij de vreemde wolk ver in het westen opmerkte. Het was een dikke, donkerbruine wolk, laag aan de hemel.

De wolk was te dampig om een gewone wolk te kunnen zijn. Het leek eerder rook van een vuur. De bliksem van de vorige avond moest ergens zijn ingeslagen. Misschien stond de prairie in brand. Hij nam zich voor de rookwolk in de gaten te houden en zijn middagrit in die richting te maken als de wolk bleef hangen. Hij had gehoord dat prairiebranden reusachtig en snel konden zijn.

## *twee*

Ze waren de dag tevoren gekomen, kort voor het donker, en in tegenstelling tot luitenant Dunbar waren zij wel natgeregend.

Maar dat had hun stemming niet in het minst verpest. Het laatste stuk van een lange tocht vanuit hun winterkamp in het zuiden zat erop. Dat en de komst van de lente zorgde voor een gelukkige tijd. Hun pony's werden met de dag dikker en sterker, de mars had iedereen verkwikt na maanden van relatieve inactiviteit en ze konden meteen voorbereidingen gaan treffen voor de zomerse jacht. Dat maakte hen nog gelukkiger, gelukkig tot diep in hun maag. De bizons kwamen. Feestmalen wachtten vlak om de hoek.

En omdat dit al generaties lang hun zomerkamp was geweest, waren de harten van alle 172 mannen, vrouwen en kinderen vervuld van een sterk gevoel van thuiskomst.

De winter was zacht geweest en de troep had hem uitstekend doorstaan. Vandaag, op de eerste ochtend thuis, werd overal in het kamp geglimlacht. Kinderen speelden bij de kudde pony's, krijgers vertelden verhalen, en de vrouwen deden hun werk voor het ontbijt met meer plezier dan anders.

Ze waren Comanches.

De rookwolk die luitenant Dunbar voor een prairiebrand had aangezien, was opgestegen van hun kookvuren.

Ze hadden hun kamp aan dezelfde stroom, dertien kilometer ten westen van Fort Sedgewick.

## *drie*

Dunbar pakte alles wat gewassen moest worden bijeen en stopte het in een rugzak. Toen hing hij de vuile dekens over zijn schouders, pakte een stuk zeep en liep een stuk stroomafwaarts.

Toen hij bij de stroom neerhurkte en de was uit de zak trok, bedacht hij, dat hij ook de kleren die hij droeg zou willen wassen.

Maar dan had hij niets meer te dragen terwijl alles droogde.

Hij had de overjas.

Wat idioot, dacht hij. Zacht lachend zei hij hardop: 'Ik ben hier alleen met de prairie.'

Het was een prettig gevoel om naakt te zijn. Hij zette zelfs zijn officierspet af.

Toen hij zich met een arm vol kleren voorover naar het water boog, zag hij een weerspiegeling van zichzelf op het heldere oppervlak, de eerste die hij in twee weken had gezien. Het gaf hem wat om over na te denken.

Zijn haar was langer. Zijn gezicht leek smaller, ondanks de baard die hij inmiddels had. Hij was beslist wat afgevallen. Maar de luitenant vond dat hij er goed uitzag. Zijn ogen stonden helderder dan hij ze ooit had gezien en hij glimlachte jongensachtig tegen zijn spiegelbeeld.

Hoe langer hij naar de baard keek, des te minder stond de aanblik hem aan. Hij rende terug om zijn scheermes te halen.

De luitenant dacht tijdens het scheren niet na over zijn huid. Zijn huid was altijd al zo geweest. Je hebt blanken in diverse schakeringen. Sommigen zijn zo wit als sneeuw.

Luitenant Dunbar was zo wit dat het pijn deed aan je ogen.

## *vier*

Schoppende Vogel had voor het ochtendgloren het kamp verlaten. Hij wist dat niemand vragen zou stellen over zijn vertrek. Hij hoefde nooit verantwoording af te leggen over zijn gaan en staan, en zelden over zijn daden. Tenzij hij ze niet goed uitoefende. Onjuist uitgeoefende daden konden tot een catastrofe leiden. Maar ook al was hij nieuw, ook al was hij pas sinds een jaar een volwas medicijnman, geen van zijn daden had tot catastrofes geleid.

Hij deed zijn werk zelfs heel goed. Twee keer had hij een klein wonder bewerkstelligd. Die wonderen gaven hem een goed gevoel, maar dat kreeg hij evengoed van het gewone werk, de zorg voor het dagelijks welzijn van de troep. Hij vervulde veel bestuurlijke taken, trad op tijdens belangrijke schermutselingen, oefende de geneeskunst uit en had zitting in de eindeloze vergaderingen die dagelijks plaatshadden. En zorgde bovendien voor zijn twee vrouwen en vier kinderen. En dat alles met een oor en een oog gericht op de Grote Geest; voortdurend luisterend, voortdurend uitkijkend naar het kleinste geluid of teken.

Schoppende Vogel vervulde zijn vele plichten eervol, en iedereen wist dat. Ze wisten het omdat ze hem kenden. Schoppende Vogel had geen bot in zijn lijf dat niet voor honderd procent gedienstig was, en overal waar hij kwam genoot hij veel respect.

Sommigen van de anderen die vroeg wakker waren hadden zich misschien afgevraagd waar hij die eerste ochtend heenging, maar ze peinsden er niet over het hem te vragen.

Schoppende Vogel was niet op een speciale missie. Hij was gewoon de prairie opgereden om een helder hoofd te krijgen. Hij hield niet van de grote bewegingen: van winter naar zomer, van zomer naar winter. Het reusachtige lawaai daarvan leidde hem af. Het leidde het oog en het oor af dat hij op de Grote Geest gericht probeerde te houden, en hij wist dat de drukte van het opzetten van het kamp op deze eerste ochtend na de lange mars meer zou zijn dan hij kon verdragen.

Dus had hij zijn beste pony gepakt, een vos met een brede rug, was naar de rivier gereden en had die een aantal kilometers gevolgd tot hij bij een verhoging in het landschap kwam die hij al sinds zijn jeugd kende.

Daar wachtte hij tot de prairie zich aan hem zou onthullen, en Schoppende Vogel was heel blij toen dat gebeurde. De prairie had er in zijn ogen nog nooit zo mooi uitgezien. Alles wees op een zomer vol overvloed. Er zouden natuurlijk vijanden zijn, maar de troep was nu erg sterk. Schoppende Vogel kon een glimlach niet onderdrukken. Hij wist zeker dat het een welvarend seizoen zou worden.

Een uur later was hij nog altijd even opgewekt en Schoppende Vogel zei tegen zichzelf, dat hij een ritje in dit prachtige land ging maken, en hij spoorde zijn pony aan, de nog steeds rijzende zon in.

## *vijf*

Hij had allebei de dekens al in het water laten zakken toen hij zich herinnerde dat je wasgoed schoon moest slaan. Er was nergens een steen te zien.

Met de druipende dekens en de rest van de was tegen zijn borst gedrukt begaf luitenant Dunbar zich, als een wasserij-novice, vlot lopend op zijn blote voeten, stroomafwaarts.

Nog geen halve kilometer verderop vond hij een stuk grond dat aardig dienst kon doen als wasplaats. Hij maakte flink wat schuim en wreef, als een echte novice, de zeep aarzelend in een van de dekens.

Gaandeweg kreeg hij het in de vingers. Met ieder voorwerp groeide de routine van het inzepen, slaan en spoelen en tegen het einde vloog Dunbar door het werk heen met de doelgerichtheid, zij het niet de precisie, van een doorgewinterde wasvrouw.

In slechts twee weken hier buiten had hij een nieuw gevoel voor details ontwikkeld en, wetend dat de eerste stukken niet goed gedaan waren, deed hij ze opnieuw.

Halverwege de helling groeide een schamele eik en daaraan hing hij zijn was op. Het was een goede plek, met veel zon en niet te veel wind. Toch zou het wel een poosje duren voor alles droog was en hij had zijn tabakszak vergeten.

De naakte luitenant besloot niet te wachten.

Hij ging op weg naar het fort.

## *zes*

Schoppende Vogel had verontrustende verhalen gehoord over hun aantallen. Meer dan eens had hij de mensen horen zeggen dat ze zo talrijk waren als de vogels, en dat gaf de sjamaan ergens in zijn achterhoofd een gevoel van onrust.

En toch riepen de ‘haarmonden’, op basis van wat hij had gezien, slechts medelijden in hem op.

Ze leken een triest ras.

Die arme soldaten in het fort, zo rijk aan goederen, zo arm aan al het andere. Ze schoten slecht met hun geweren, ze bereden hun grote, langzame paarden slecht. Ze moesten de krijgers van de blanke voorstellen, maar ze waren niet alert. En ze waren erg schrikachtig. Het wegnemen van hun paarden was een lachertje geweest, even simpel als bessen plukken van een struik.

Ze vormden een groot mysterie voor Schoppende Vogel, die blanken. Hij kon niet aan hen denken zonder verward te raken.

De soldaten in het fort bijvoorbeeld. Ze leefden zonder hun

gezinnen. En ze leefden zonder hun grootste opperhoofden. Terwijl de Grote Geest zichtbaar voor iedereen alomtegenwoordig was, vereerden zij dingen die op papier geschreven stonden. En ze waren zo smerig. Ze hielden zichzelf niet eens schoon.

Schoppende Vogel kon zich niet voorstellen hoe de haarmonden zich zelfs maar een jaar staande konden houden. En toch werd gezegd dat ze goed gedijden. Dat begreep hij niet.

Hij dacht daaraan toen hij op het idee kwam naar het fort te gaan. Hij verwachtte dat ze weg zouden zijn, maar wilde toch maar gaan kijken. En nu hij op zijn pony over de prairie uitkeek, zag hij in één oogopslag dat het fort er beter uitzag. Het fort van de blanke was schoon. Een stuk tentdoek bolde op in de wind. In de kraal stond een mooi, klein paard. Er was geen beweging merkbaar. Zelfs geen geluid. Het fort zou dood moeten zijn. Maar iemand had het in leven gehouden.

Schoppende Vogel spoorde zijn pony aan erheen te stappen. Hij moest dit van dichterbij bekijken.

### *zeven*

Luitenant Dunbar liep treuzelend langs de stroom terug. Er was zoveel te zien.

Op een vreemd ironische manier voelde hij zich zonder zijn kleren veel minder opvallend. Misschien was dat ook zo. Ieder plantje, ieder zoemend insekt leek zijn aandacht te trekken. Alles was opmerkelijk levendig.

Een roodstaartbuizerd met een eekhoorn tussen zijn klauwen vloog recht voor hem uit, maar een paar meter boven hem.

Halverwege de terugweg stopte hij even in de schaduw van een populier om naar een das te kijken die een stukje boven de waterlijn zijn hol uitgroef. Zo nu en dan keek de das om naar de naakte luitenant, maar hij ging gewoon door met graven.

Dicht bij het fort stopte Dunbar om naar de omstrengeling van twee gelieven te kijken. Een paar zwarte waterslangen kronkelde in extase door de ondiepe stroom en als alle minnaars waren ze zich van niets anders bewust, zelfs niet toen de schaduw van de luitenant over het water viel. Hij beklom verrukt de helling, en voelde zich vreselijk sterk hier buiten, een echte prairiebewoner.

Toen zijn hoofd boven de helling uitstak, zag hij de vos staan. Op hetzelfde moment zag hij het silhouet van iemand die in de schaduw onder de luifel rondkroop. Nog geen seconde later stapte de figuur het zonlicht in en Dunbar dook omlaag in een spleet net onder de rand van de oever.

Hij zat gehurkt op bibberende benen, zijn oren zo groot als schoteltjes en luisterde met een concentratie die hem het gevoel gaf dat het gehoor zijn enige zintuig was.

Zijn geest werkte als een razende. Fantastische beelden dansten voor zijn gesloten ogen langs. Broek met franjes. Mocassins met kralen. Een bijltje waaraan haren hingen. Een borstplaat van glimmende botten. Het dikke, glanzende haar dat tot halverwege de rug hing. De zwarte, diepliggende ogen. De brede neus. De kleikleurige huid. De veer op zijn achterhoofd die wuifde in de wind.

Hij wist dat het een Indiaan was, maar hij had nooit iets zo wilds verwacht en hij was even ondersteboven door de schok als hij door een klap op zijn hoofd zou zijn geweest.

Dunbar bleef gehurkt onder de rand van de klif zitten; zijn billen raakten de grond, zijn voorhoofd was bedekt met grote zweetdruppels. Hij kon wat hij had gezien niet bevatten. Hij durfde niet nog eens te kijken.

Hij hoorde een paard hinniken, raapte al zijn moed bij elkaar en keek langzaam over de rand van de afgrond.

De Indiaan stond in de kraal. Hij liep naar Cisco toe met in zijn hand een stuk touw waar een lus in zat.

Toen luitenant Dunbar dat zag, verdween zijn verlamming. Hij hield helemaal op te denken, sprong overeind en kroop over de rand van de afgrond. Hij schreeuwde en zijn gebrul doorbrak de stilte als een schot.

'Jij daar!'

## *acht*

Schoppende Vogel vloog recht omhoog.

Toen hij rondtolde om degene te zien die hem de stuipen op het lijf had gejaagd, stond de Comanche-medicijnman oog in oog met de vreemdste aanblik die hij ooit had aanschouwd.

Een naakte man. Een naakte man die over het erf kwam aanlopen met gebalde vuisten, een gespannen kaak en een huid zo wit dat het pijn deed aan je ogen.

Schoppende Vogel strompelde vol afgrijzen achteruit, rechtte zijn rug en liep pal door het hek rond de kraal heen in plaats van eroverheen te springen. Hij rende het erf over, sprong op zijn pony en reed weg alsof de duivel hem op de hielen zat.

Hij keek niet één keer om.

# 9

***een***

*7 april 1863*

*Heb eerste contact gehad met een wilde Indiaan.*

*Er kwam er een naar het fort om mijn paard te stelen. Toen ik te voorschijn kwam werd hij bang en verdween. Weet niet hoeveel er nog in de omgeving zijn, maar neem aan dat waar er één is er wel meer zullen zijn.*

*Onderneem stappen ter voorbereiding op een tweede bezoek. Ik kan me niet afdoende verdedigen, maar zal proberen flink wat indruk te maken wanneer ze terugkomen.*

*Ben echter nog steeds alleen en als er niet gauw troepen komen, zal wellicht alles verloren zijn.*

*De man die ik heb gezien, zag er indrukwekkend uit.*

*Lt. John J. Dunbar, U.S. Army*

Dunbar bracht de volgende twee dagen door met het ondernemen van een aantal stappen, waarvan de meeste bedoeld waren om een indruk van sterkte en stabiliteit te geven. Het leek misschien waanzinnig, één man die zich trachtte voor te bereiden op de aanval van talloze vijanden, maar de luitenant had een sterk karakter dat hem in staat stelde hard te werken wanneer hij weinig had. Het was een goede eigenschap die hem tot een goed soldaat maakte.

Hij trof zijn voorbereidingen alsof hij gewoon een van de vele mannen op de post was. Zijn eerste werk was om de proviand te verbergen. Hij sorteerde de hele inventaris en hield alleen de meest essentiële dingen apart. De rest begroef hij met grote zorg in kuilen rondom het fort.

Hij borg het gereedschap, de lampenolie, verscheidene vaatjes spijkers en diverse andere bouwmaterialen in een van de oude slaapkuilen. Toen bedekte hij de kuil met een stuk canvas doek, gooide er een flinke lading zand overheen en na uren van nauwkeurige landschapsvorming zag de schuilplaats eruit als een natuurlijk deel van de helling.

Hij droeg twee kisten met geweren en zes vaatjes buskruit en hagel het grasland in. Daar stak hij meer dan twintig graszoden uit, met de kluit eraan, groef daarna een diep gat van ruwweg twee bij twee meter en legde zijn arsenaal erin. Tegen het eind van de middag had hij de graszoden zo zorgvuldig teruggelegd dat zelfs het meest geoefende oog geen verschil met de omgeving kon zien. Hij markeerde de plek met een gebleekte bizonrib die hij een paar meter voor de geheime bergplaats in de grond stak.

In de provisiehut vond hij een paar Amerikaanse vlaggen, en met twee palen van de kraal als mast hees hij er een op het dak van de provisiehut en de andere op het dak van zijn kwartier.

De middagritjes werden bekort tot cirkelvormige patrouilles rondom het fort, dat hij voortdurend in het oog hield.

Twee Sokken verscheen zoals gewoonlijk op de andere oever, maar Dunbar had het te druk om veel aandacht aan hem te besteden.

Hij droeg nu steeds een volledig uniform, zorgde dat zijn hoge rijlaarzen glansden, zijn pet stofvrij en zijn gezicht gladgeschoren was. Hij ging nergens heen, zelfs niet naar de stroom, zonder een geweer, een revolver en een gordel vol munitie.

Na twee dagen van koortsachtige activiteit was hij zo goed voorbereid als hij maar zijn kon.

*29 april 1863*

*Mijn aanwezigheid hier moet inmiddels gemeld zijn.*
*Heb alle denkbare voorbereidingen getroffen.*
*Wacht.*

*Lt. John J. Dunbar, U.S. Army*

*twee*

Maar zijn aanwezigheid in Fort Sedgewick was niet gemeld.

Schoppende Vogel had De Man Die Straalt Als Sneeuw weggeborgen in zijn eigen gedachten. Twee dagen lang bleef de medicijnman alleen, zeer verward over wat hij had gezien, ingespannen zoekend naar de betekenis van wat hij aanvankelijk aanzag voor een nachtmerrieachtige hallucinatie.

Na veel overpeinzingen erkende hij echter bij zichzelf dat wat hij had gezien echt was.

In zekere zin schiep die conclusie meer problemen. De man was echt. Hij leefde. Hij was daarginds. Schoppende Vogel kwam verder tot de conclusie dat De Man Die Straalt Als Sneeuw op de een of andere manier met het lot van de troep verbonden moest zijn, anders zou de Grote Geest niet de moeite hebben genomen om de man aan hem te tonen.

Hij had het op zich genomen de betekenis hiervan vast te stellen, maar hoe hij ook zijn best deed, het lukte hem niet. De hele situatie baarde hem meer zorgen dan hij ooit tevoren had gekend.

Zijn vrouwen wisten dat er iets aan de hand was zodra hij van de noodlottige rit naar Fort Sedgewick terugkeerde. Ze zagen een duidelijke verandering in de blik in zijn ogen. Maar behalve dat ze extra goed voor hem zorgden, zeiden de vrouwen niets en gingen gewoon door met hun werk.

*drie*

Er was een handvol mannen die, net als Schoppende Vogel, veel invloed had in de troep. Niemand was zo invloedrijk als Tien Beren. Hij werd het meest vereerd, en met zijn zestig jaren werden zijn hardheid, zijn wijsheid en de opmerkelijk vaste hand waarmee hij de troep leidde, slechts overtroffen door zijn onvoorstelbare vermogen te bepalen in welke richting de winden van het fortuin – hoe groot of klein ook – in de toekomst zouden waaien.

Tien Beren zag in één oogopslag dat er iets aan de hand was met Schoppende Vogel, die hij als een belangrijk lid van de raad beschouwde. Maar ook hij zei niets. Het was zijn gewoonte – een goede gewoonte – te wachten en kijken.

Maar tegen het einde van de tweede dag leek het Tien Beren duidelijk dat er wellicht iets ernstigs gebeurd was en hij bracht laat in de middag een bezoekje aan de woning van Schoppende Vogel.

Twintig minuten lang rookten ze zwijgend de tabak van de medicijnman alvorens ze over wat onbelangrijke dingen begonnen te keuvelen.

Op precies het juiste moment verdiepte Tien Beren de conversatie met een algemene vraag. Hij vroeg wat Schoppende Vogel, vanuit spiritueel gezichtspunt, over de vooruitzichten voor de zomer dacht.

Zonder in details te treden, vertelde de medicijnman dat de voortekenen gunstig waren. Een priester die niet wenst uit te weiden over zijn werk... dat vertelde Tien Beren alles wat hij weten moest. Hij was ervan overtuigd dat de ander iets verzweeg.

Tien Beren vroeg daarop met de vaardigheid van een groot diplomaat naar mogelijke negatieve voortekenen.

De twee mannen keken elkaar in de ogen. Tien Beren had hem heel voorzichtig in de val gelokt.

'Er is er een,' zei Schoppende Vogel.

Zodra hij dat had gezegd voelde Schoppende Vogel zich plotseling opgelucht, alsof zijn handen van de boeien werden bevrijd en hij gooide alles eruit: de rit, het fort, het prachtige bruingele paard, en De Man Die Straalt Als Sneeuw.

Toen hij klaar was, stak Tien Beren de pijp weer aan en pafte er peinzend aan alvorens hem tussen hen in te leggen.

'Zag hij eruit als een god?' vroeg hij.

'Nee. Hij zag eruit als een man,' antwoordde Schoppende Vogel. 'Hij liep als een man, klonk als een man. Zijn vorm was die van een man. Zelfs zijn geslachtsorgaan was dat van een man.'

'Ik heb nog nooit van een blanke man zonder kleren gehoord,' zei Tien Beren en zijn gezicht kreeg een argwanende uitdrukking. 'Weerkaatste zijn huid werkelijk de zon?'

'Het deed pijn aan mijn ogen.'

De mannen vervielen opnieuw in stilzwijgen.

Tien Beren kwam overeind.

'Ik zal hier nu over nadenken.'

## *vier*

Tien Beren joeg iedereen uit zijn tent en zat meer dan een uur in zijn eentje na te denken over wat Schoppende Vogel hem had verteld.

Het was zwaar denkwerk.

Hij had slechts een paar maal blanken gezien en kon evenmin als Schoppende Vogel wijs worden uit hun gedragingen. Gezien hun schijnbaar grote aantallen zouden ze in de gaten gehouden en bedwongen moeten worden, maar tot dusver hadden ze niet meer gedaan dan voortdurend zijn gedachten plagen.

Tien Beren dacht niet graag aan hen.

Hoe kon een ras zo verward zijn, dacht hij.

Maar hij dwaalde af, en inwendig beschimpte Tien Beren zichzelf om zijn rommelige denkwijze. Wat wist hij nou werkelijk over de blanken? Hij wist bijna niets... Dat moest hij toegeven.

Dat vreemde wezen in het fort. Misschien was het een geest. Misschien was het een ander soort blanke. Het was mogelijk, bedacht Tien Beren, dat het wezen dat Schoppende Vogel had gezien het eerste van een heel nieuw mensenras was.

De oude hoofdman zuchtte toen zijn hoofd begon over te lopen. Er was al zoveel werk te doen, voor de zomerse jacht. En nu dit.

Hij kon niet tot een besluit komen.

Tien Beren besloot de raad bijeen te roepen.

## *vijf*

De vergadering begon voor zonsondergang, maar duurde voort tot laat in de avond, lang genoeg om de aandacht van het hele dorp te trekken, vooral van de jongemannen die in kleine groepjes bij elkaar kwamen om te speculeren over wat de ouderen te bespreken hadden.

Na ongeveer een uur inleidend gepraat kwamen ze ter zake. Schoppende Vogel vertelde zijn verhaal. Toen hij klaar was, vroeg Tien Beren naar de mening van de aanwezigen.

Ze waren met velen en waren zeer verschillend.

Wind In Zijn Haar was de jongste onder hen, een impulsieve,

maar doorgewinterde strijder. Hij vond dat ze onmiddellijk een krijgstroep moesten sturen die erheen moest rijden en de blanke man volschieten met pijlen. Als hij een god was, zouden de pijlen geen effect hebben. Als hij sterfelijk was, hadden ze weer een haarmond minder om zich zorgen over te maken. Wind In Zijn Haar zou de troep met plezier aanvoeren.

Zijn voorstel werd door de anderen verworpen. Als deze persoon een god was, zou het geen goed idee zijn hem met pijlen te beschieten. En het doden van een blanke moest met een zekere omzichtigheid gebeuren. Eén dode blanke kon vele levenden tot gevolg hebben.

Hoornstier stond bekend als conservatief. Niemand zou aan zijn moed durven twijfelen, maar het was een feit dat hij in de meeste gevallen de voorkeur gaf aan discretie. Hij deed een eenvoudig voorstel. Stuur een delegatie om met De Man Die Straalt Als Sneeuw te praten.

Wind In Zijn Haar wachtte tot Hoornstier klaar was met zijn tamelijk lange verklaring. Toen protesteerde hij zo heftig tegen het idee dat niemand iets tegen zijn betoog in durfde te brengen. Comanches zonden geen gerespecteerde krijgers om te vragen wat een enkele onbetekenende blanke indringer kwam doen.

Daarna zei niemand nog veel, en toen ze weer begonnen te praten, verschoof het gesprek naar andere onderwerpen, zoals de voorbereidingen voor de jacht en de mogelijkheid om krijgstroepen naar diverse stammen te sturen. Nog een uur behandelden de mannen allerlei geruchten en harde feiten die van belang zouden kunnen zijn voor het welzijn van de troep.

Toen ze ten slotte op de gevoelige kwestie van de blanke terugkwamen, vielen de ogen van Tien Beren dicht en begon hij te knikkebollen. Het had geen zin die avond nog verder te gaan. De oude man zat al zacht te snurken toen ze zijn tent verlieten.

De zaak bleef onopgelost.

Maar dat betekende niet dat er geen actie ondernomen werd.

In een kleine, hechte groep is het moeilijk geheimen te bewaren en later die avond hoorde de veertienjarige zoon van Hoornstier hoe zijn vader mompelend de essentie van de discussie besprak met een oom die op bezoek was. Hij hoorde over het fort en De Man Die Straalt Als Sneeuw. En hij hoorde over het prachtige geelbruine paard, het ferme kleine rijdier dat Schoppende Vogel had beschreven als de gelijke van wel tien pony's. Dat wakkerde zijn verbeelding aan.

De zoon van Hoornstier kon niet slapen met die wetenschap in zijn hoofd en die avond laat kroop hij de tent uit om zijn twee beste vrienden te vertellen wat hij wist over de grote kans die hen bij toeval geboden werd.

Zoals hij had verwacht maakten Kikkerrug en Lacht Veel aanvankelijk bezwaren. Het ging om maar één paard. Hoe konden ze één paard in drieën delen? Dat was niet veel. En de mogelijkheid dat daar een blanke god rondzwierf. Daar moesten ze eerst over nadenken.

Maar de zoon van Hoornstier was klaar voor hen. Hij had het al helemaal uitgedacht. De blanke god, dat was het mooiste van alles. Wilden ze immers niet allemaal het oorlogspad betreden? En zouden ze als het zover was niet de oude krijgers moeten vergezellen? En was het niet waarschijnlijk dat ze weinig actie te zien zouden krijgen? Was het niet waarschijnlijk dat ze weinig kans zouden krijgen om zich waar te maken?

Maar uitrijden tegen een blanke god... drie jongens tegen een god. Dat was nog eens wat. Daar zou men wellicht liederen over maken. Als ze slaagden, was de kans groot dat ze spoedig alle drie krijgstroepen zouden aanvoeren in plaats van er alleen maar aan deel te nemen.

En dan het paard. Nou, het paard zou van de zoon van Hoornstier zijn, maar de anderen mochten het berijden. Ze konden ermee racen als ze wilden.

Hun harten bonkten al toen ze heimelijk de rivier overstaken en drie goede rijdieren uit de kudde pony's kozen. Te voet leidden ze de paarden weg van het dorp en reden er toen in een wijde boog omheen.

Toen ze eindelijk ver genoeg uit de buurt waren, lieten de jongens hun pony's galopperen en terwijl ze zongen om hun harten te versterken, reden ze over de donkere prairie, dicht langs de stroom die hen rechtstreeks naar Fort Sedgewick zou leiden.

## *zes*

Twee nachten lang was luitenant Dunbar op en top soldaat en sliep met een oor open.

Maar de tieners kwamen niet als schelmen die op zoek waren naar een verzetje. Ze waren Comanche-jongens die bezig waren met de meest serieuze daad van hun jonge leven.

Luitenant Dunbar hoorde ze helemaal niet komen.

Hij werd gewekt door de galopperende hoeven en het gejoel van de jongens, maar tegen de tijd dat hij door de deur van zijn hut naar buiten strompelde waren dat nog slechts vage geluiden die wegzonken in de eindeloze prairienacht.

## *zeven*

De jongens reden hard. Alles was perfect verlopen. Het was eenvoudig geweest het paard mee te nemen en het beste was nog dat ze de blanke god helemaal niet hadden gezien.

Maar ze namen geen risico's. Goden konden vele fantastische dingen doen, vooral wanneer ze kwaad waren. Ze onderbraken de tocht niet om elkaar op de rug te slaan. Ze reden voluit, vastbesloten geen vaart te minderen eer ze veilig in hun dorp terug waren.

Ze waren echter nog geen drie kilometer van het fort vandaan toen Cisco besloot zijn eigen zin te gaan doen. En dat was niet met die jongens meegaan.

Ze reden in volle galop toen het geelbruine paard plotseling scherp wegdraaide. De zoon van Hoornstier werd van zijn pony getrokken alsof hij tegen een laaghangende boomtak was gereden.

Kikkerrug en Lacht Veel probeerden het dier te achtervolgen maar Cisco bleef rennen, met het lange leidsel achter zich aan. Hij bezat een grote snelheid en toen er een eind kwam aan de snelheid, nam zijn uithoudingsvermogen het over.

De Indiaanse pony's hadden hem zelfs niet kunnen inhalen als ze uitgerust waren geweest.

## *acht*

Dunbar had net een pot koffie opgezet en zat somber in het vuur te turen toen Cisco rustig op hem toe kwam stappen.

De luitenant was eerder opgelucht dan verrast. Hij was woedend geweest dat zijn paard gestolen was. Maar Cisco was al eerder gestolen, twee keer om precies te zijn, en als een trouwe hond had hij telkens weer een weg terug gevonden.

Luitenant Dunbar pakte het Comanche-leidsel beet, keek of zijn paard verwondingen had opgelopen en leidde het kleine dier, terwijl de lucht in het oosten roze kleurde, de helling af naar de stroom om het te laten drinken.

Dunbar ging bij de stroom zitten en keek naar het wateroppervlak. De kleine vissen in de rivier begonnen naar de horden onzichtbare insekten te happen die boven het water zweefden en de luitenant voelde zich plotseling even hulpeloos als een eendagsvlieg.

Even gemakkelijk als de Indianen zijn paard hadden gestolen, hadden ze hem kunnen doden.

De gedachte aan de dood zat hem niet lekker. Ik kan vanmiddag al dood zijn, dacht hij.

Wat hem nog meer dwars zat was het vooruitzicht te sterven als een insekt.

Hij besloot op dat moment dat als hij dan moest sterven, het niet in bed zou zijn.

Hij wist dat er iets gaande was, iets dat hem heel kwetsbaar maakte, en de rillingen liepen hem over de rug. Hij mocht dan een prairiebewoner zijn, maar dat betekende nog niet dat hij werd geaccepteerd. Hij was het nieuwe jongetje op deze school. Alle ogen waren op hem gericht.

Zijn ruggegraat tintelde nog steeds toen hij Cisco weer de helling opleidde.

## *negen*

De zoon van Hoornstier had zijn arm gebroken.

Hij werd aan Schoppende Vogel overgedragen zodra het besmeurde drietal zogenaamde krijgers het dorp binnenkwam.

De jongens waren zich zorgen gaan maken op het moment dat de zoon van Hoornstier ontdekte dat hij zijn arm niet meer kon gebruiken. Als niemand gewond was geraakt, hadden ze hun mislukte overval misschien nog geheim kunnen houden. Maar nu werden er meteen vragen gesteld en de jongens, die de zaak misschien wel wat mooier zouden willen voorstellen dan ze was, waren nog altijd Comanche. En Comanches hadden moeite met liegen. Zelfs Comanche-jongens.

Terwijl Schoppende Vogel zijn arm behandelde en zijn vader en Tien Beren zaten te luisteren, vertelde de zoon van Hoornstier precies wat er was gebeurd.

Het was niet ongewoon dat een gestolen paard losbrak en terugkeerde naar huis, maar omdat ze wellicht met een geest te maken hadden, was de kwestie met het paard van groot belang en de oudere mannen stelden de gewonde jongen veel vragen.

Toen hij hun vertelde dat het paard niet had gespookt, dat het met opzet was losgebroken, trokken de ouderen merkbaar langere gezichten.

Er werd opnieuw een vergadering belegd.

Deze keer wist iedereen waar het over ging, want het verhaal van het mislukte avontuur van de jongens was hét onderwerp van gesprek in het kamp. Een aantal van de wat gevoeliger mensen in het dorp kreeg wel even de bibbers toen ze hoorden dat er wellicht een vreemde blanke god in hun nabijheid huisde, maar bijna iedereen vervolgde zijn bezigheden met de gedachte dat de vergadering van Tien Beren wel iets zou bedenken.

Toch was iedereen gespannen.

Slechts één van hen was werkelijk doodsbang.

# 10

## *een*

Ze was de vorige zomer al doodsbang geweest, toen ze ontdekten dat blanke soldaten hun gebied waren binnengedrongen. De troep had nooit met de haarmonden te maken gehad, afgezien van de enkele keer dat ze er een aantal hadden gedood. Ze had gehoopt dat ze ze nooit zouden ontmoeten.

Toen de paarden van de blanke soldaten de vorige zomer gestolen werden, was ze in paniek geraakt en weggelopen. Ze was ervan overtuigd geweest dat de blanke soldaten naar het dorp zouden komen. Maar dat deden ze niet.

Toch zat ze nog op hete kolen totdat duidelijk was dat de blanke soldaten zonder hun paarden bijna hulpeloos waren. Toen had ze zich een beetje kunnen ontspannen. Maar pas toen ze hun kamp opbraken en op weg gingen naar het winterkamp verdween eindelijk de vreselijke wolk van angst die haar de hele zomer had achtervolgd.

Nu was het weer zomer en de hele weg van het winterkamp naar hier had ze vurig gebeden dat de haarmonden weg zouden zijn. Haar gebeden waren niet verhoord en opnieuw maakte ze zich elk uur van de dag zorgen.

Haar naam was Staat Met Een Vuist.

Zij was de enige van alle Comanches die wist dat de blanke man geen god was. Doch het verhaal over de ontmoeting die Schoppende Vogel had, verwarde haar. Een enkele naakte blanke man? Hier? In het woongebied van de Comanches? Dat begreep ze niet. Maar niettemin wist ze, zonder precies te beseffen hoe, dat hij geen god was. Iets ouds vertelde haar dat.

Ze hoorde het verhaal die ochtend op weg naar de periodetent, de tent die apart was opgezet voor de menstruerende vrouwen. Ze liep aan haar echtgenoot te denken. Normaal vond ze het niet fijn naar de tent te gaan omdat ze dan zijn gezelschap miste. Hij was geweldig, een dappere, knappe en zeer bijzondere man. Een modelechtgenoot. Hij had haar nooit geslagen en hoewel allebei hun baby's waren gestorven (de ene tijdens de bevalling en de andere een paar weken later), had hij koppig geweigerd er een vrouw bij te nemen.

Men had er bij hem op aangedrongen nog een vrouw te nemen. Zelfs Staat Met Een Vuist had het voorgesteld. Maar hij zei slechts: 'Ik heb aan jou genoeg,' en ze had de kwestie nooit meer aangeroerd. Diep in haar hart was ze heimelijk trots dat hij met haar alleen gelukkig was.

Nu miste ze hem verschrikkelijk. Voor ze het winterkamp opbraken was hij aan het hoofd van een grote krijgstroep uitgereden tegen de Utes. Er was nu bijna een maand verstreken zonder bericht van hem of een van de andere krijgers. Maar omdat ze toch al van hem was afgesneden had de gang naar de periodetent niet zo erg geleken als anders. Toen ze zich die morgen opmaakte om te vertrekken troostte de jonge Comanche-vrouw zich met de gedachte dat twee goede vriendinnen daar samen met haar zouden zitten, vrouwen met wie de tijd snel zou verstrijken.

Maar op weg naar de periodetent hoorde ze het vreemde verhaal van Schoppende Vogel. De ochtend was volkomen bedorven voor Staat Met Een Vuist. Opnieuw lag een grote angst als een zware deken op haar rechte, hoekige schouders en ze ging zeer geschokt de vrouwentent binnen.

Maar ze was heel sterk. Haar prachtige lichtbruine, intelligente ogen verraadden niets terwijl ze zat te naaien en met haar vriendinnen praatte.

Ze kenden het gevaar. De hele troep kende het gevaar. Maar het had geen zin erover te praten. Dus praatte niemand erover.

De hele middag bewoog haar sterke, tengere figuur door de tent, zonder dat er iets merkbaar was van de zware deken die erover hing.

Staat Met Een Vuist was zesentwintig jaar.

Al bijna twaalf van die jaren was ze Comanche.

Daarvoor was ze blank geweest.

Daarvoor was ze... hoe was het ook weer?

Ze dacht alleen aan de naam, de weinige keren dat ze het niet kon vermijden aan de blanken te denken. Dan dook de naam om een onverklaarbare reden voor haar ogen op.

O ja, dacht ze in Comanche, ik weet het weer. Daarvoor was ik Christine.

Dan dacht ze aan vroeger en het was altijd hetzelfde. Het was alsof je door een oud, nevelig gordijn stapte en de twee werelden één werden, alsof de oude wereld zich vermengde met de nieuwe. Staat Met Een Vuist was Christine en Christine was Staat Met Een Vuist.

Haar uiterlijk was door de jaren heen donkerder geworden en haar hele verschijning had iets wilds. Maar ondanks twee voldragen zwangerschappen had ze nog het figuur van een blanke vrouw. En haar haar, dat niet verder groeide dan tot op haar schouders en nog steeds krulde, had nog altijd een duidelijke kersenrode tint. En dan waren er natuurlijk die lichtbruine ogen.

De angst van Staat Met Een Vuist was beslist gegrond. Ze kon nooit hopen eraan te ontsnappen. Voor een blank oog zou er altijd iets vreemds zijn aan de vrouw in de periodetent. Iets niet helemaal Indiaans. En ook voor de begrijpende ogen van haar eigen volk was er iets niet helemaal Indiaans aan haar, zelfs na al die tijd.

Het was een vreselijke, zware last, waarover Staat Met Een Vuist echter nooit sprak, laat staan dat ze zich beklaagde. Ze droeg die last zwijgend en dapper met zich mee, elke dag van haar Indiaanse leven, en dat deed ze om een heel belangrijke reden.

Staat Met Een Vuist wilde blijven waar ze was.

Ze was erg gelukkig.

# 11

*een*

De vergadering van Tien Beren eindigde zonder dat er een besluit was genomen, maar dat was niet ongewoon.

Het gebeurde vaak dat een belangrijke vergadering onbeslist afliep, wat dan het begin inluidde van een heel nieuwe fase in het politieke leven van de troep.

Het waş bij die gelegenheden dat er door degenen die dat wilden onafhankelijke acties werden ondernomen.

*twee*

Wind In Zijn Haar had een tweede plan geopperd. Erheen rijden en het paard meenemen zonder de blanke man te verwonden, maar dit keer mannen sturen in plaats van jongens. De raad wees zijn tweede idee af, maar Wind In Zijn Haar was daar niet kwaad om.

Hij had alle meningen aangehoord en zijn oplossing geopperd. Die werd niet aangenomen, maar de tegenargumenten hadden Wind In Zijn Haar er niet van overtuigd dat zijn plan slecht was.

Hij was een gerespecteerd krijger, en zoals elke gerespecteerde krijger bezat hij een groot voorrecht.

Hij kon doen wat hij wilde.

Als de raad vastbesloten was geweest, of als hij zijn plan ten uitvoer bracht en het liep slecht af, dan bestond de mogelijkheid dat hij uit de troep werd gegooid.

Wind In Zijn Haar had daar al over nagedacht. De raad was niet vastbesloten geweest, maar verward. En wat hemzelf betrof... ach... Wind In Zijn Haar had het er nooit slecht afgebracht.

Dus toen de vergadering was beëindigd, liep hij over een van de drukkere paden van het dorp en stapte bij een aantal vrienden binnen, waarbij hij in elke tent dezelfde woorden sprak.

'Ik ga dat paard stelen. Ga je mee?'

Iedere vriend beantwoordde de vraag met een wedervraag.

'Wanneer?'

En Wind In Zijn Haar had voor iedereen hetzelfde antwoord klaar. 'Nu.'

## *drie*

Het was een kleine groep. Vijf man.

Ze reden met bestudeerde snelheid het dorp uit en de prairie op. Ze deden het rustig aan. Maar dat betekende niet dat ze vrolijk waren.

Ze reden met grimmige, nietszeggende gezichten alsof ze naar de begrafenis van een ver familielid gingen.

Wind In Zijn Haar had hun op weg naar de ponykudde verteld wat ze zouden doen.

'We pakken het paard. Houd het op de terugweg goed in de gaten. Houd het omsingeld. Als jullie een blanke man zien, schiet dan niet, tenzij hij op jullie schiet. Als hij probeert te praten, zeg dan niets terug. We pakken het paard en zien wel wat er gebeurt.'

Wind In Zijn Haar zou het tegen niemand hebben toegegeven, maar hij voelde een golf van opluchting toen ze het fort in zicht kregen.

Er stond een paard in de kraal, een mooi paard.

Maar er was nergens een blanke te zien.

## *vier*

De blanke man was ruim voor de middag gaan liggen. Hij sliep een paar uur en werd halverwege de middag wakker, tevreden dat zijn plan werkte.

Luitenant Dunbar had besloten overdag te slapen en 's nachts bij een vuur de wacht te houden. Degenen die Cisco hadden gestolen, waren bij het ochtendgloren gekomen, en uit de verhalen die hij had gehoord, kwam altijd de vroege ochtend als favoriete tijdstip voor de aanval naar voren. Op deze manier zou hij wakker zijn wanneer ze kwamen.

Hij voelde zich een beetje duf na zijn lange dut. En hij had erg gezweet. Zijn hele lichaam plakte. Hij kon evengoed nu een bad nemen.

Zodoende zat hij op zijn hurken in de stroom met zijn hoofd vol schuim en het water tot aan zijn schouders toen hij de vijf ruiters over de klif hoorde aankomen.

Hij rende de stroom uit en liep instinctief naar zijn broek. Hij frommelde even met de broek, gooide hem toen weg en pakte alleen zijn revolver. Toen kroop hij op handen en voeten tegen de helling op.

## *vijf*

Ze zagen hem allemaal toen ze met Cisco wegreden.

Hij stond boven op de helling. Water droop van zijn lichaam. Zijn hoofd was bedekt met iets wits. Hij had een wapen in zijn hand. Dat alles zagen ze terwijl ze over hun schouders omkeken. Maar meer ook niet. Ze herinnerden zich allemaal de instructies van Wind In Zijn Haar. Een krijger hield Cisco vast en de rest reed er in dichte formatie omheen toen ze het fort verlieten.

Wind In Zijn Haar bleef achter.

De blanke man had zich niet verroerd. Hij stond stil rechtop aan de rand van de steile helling, zijn schiethand losjes langs zijn lichaam.

Wind In Zijn Haar stelde weinig belang in de blanke man. Maar waar hij veel belang in stelde was datgene wat de blanke man vertegenwoordigde. Dat was de grootste, meest constante vijand van elke krijger. De blanke man vertegenwoordigde angst. Het was één ding om je na een hevig gevecht uit het slagveld terug te trekken, maar de angst in je gezicht laten vliegen en niets doen, dat was iets heel anders.... Wind In Zijn Haar wist dat hij dat niet kon toestaan.

Hij pakte zijn nerveuze pony beet, liet hem omdraaien en galoppeerde naar de luitenant.

## *zes*

In zijn wilde klim tegen de helling op was luitenant Dunbar alles wat een soldaat hoort te zijn. Hij rende op de vijand toe. Aan iets anders dacht hij niet.

Maar dat alles was weg toen hij de top van de helling bereikte.

Hij had zich ingesteld op misdadigers, een bende wetsovertreders, dieven die gestraft moesten worden.

Maar wat hij aantrof was een schouwspel zo vol adembenemende actie dat de luitenant, als een kind dat zijn eerste optocht ziet, alleen maar kon blijven kijken tot het voorbij was.

De wilde ren van de pony's toen die langs raasden, de veren die aan hun teugels en manen en staarten wapperden, de versieringen aan hun rompen. En de mannen op de ruggen van de pony's, die reden met de overgave van kinderen op denkbeeldige paarden. Hun donkere huid waaronder de pezige spieren duidelijk zichtbaar waren. De glanzende gevlochten haren, de bogen, lansen en geweren, de verf die in brede strepen op hun gezicht en armen was aangebracht.

En alles zo perfect in harmonie. Gezamenlijk zagen de mannen en paarden eruit als het grote blad van een ploeg die over het landschap trekt, doch nauwelijks een spoor achterlaat.

Het tafereel was van een kleur en snelheid en pracht die hij zich niet had kunnen voorstellen. Het was de gevierde glorie van de oorlog, gevangen in een enkele levende muurschildering, en Dunbar stond daar als vastgevroren, niet zozeer een man als wel twee ogen.

Hij was in een dichte mist gehuld en die was net begonnen op te lossen toen Dunbar besefte dat een van hen terugkwam.

Als een slapende in zijn droom probeerde hij wakker te worden. Zijn brein probeerde commando's uit te zenden, maar de communicatie was verbroken. Hij kon geen vin verroeren.

De ruiter kwam recht op hem toe. Luitenant Dunbar dacht er niet aan dat hij omvergereden kon worden. Hij dacht niet aan de dood. Hij had elk vermogen tot denken verloren. Hij bleef zonder te bewegen staan en keek als in trance naar de opengesperde neusgaten van de pony.

## *zeven*

Toen Wind In Zijn Haar op zo'n tien meter afstand van de luitenant was, stond hij zo abrupt stil dat het paard letterlijk even op de grond zat. Met een fikse sprong stond de pony weer op zijn benen en begon meteen te dansen en te draaien. Wind In Zijn Haar hield hem de hele tijd kort, zich nauwelijks bewust van het gedraai onder zich.

Hij keek naar de naakte, bewegingloze blanke man. De figuur stond absoluut stil. Wind In Zijn Haar zag hem zelfs niet met de ogen knipperen. Hij zag echter wel de witte borst langzaam op en neer gaan. De man leefde.

Hij leek niet bang te zijn. Wind In Zijn Haar had eerbied voor het gebrek aan angst van de blanke, maar tegelijkertijd maakte het hem nerveus. De man zou bang moeten zijn. Hoe kon hij anders? Wind In Zijn Haar voelde zijn eigen angst terug komen kruipen. Zijn huid begon te tintelen.

'Ik ben Wind In Zijn Haar!'

'Zie je dat ik niet bang van je ben?'

'Zie je dat?'

De blanke man gaf geen antwoord en Wind In Zijn Haar voelde zich plotseling tevreden. Hij had deze potentiële vijand recht in het gezicht gekeken. Hij had de naakte blanke man uitgedaagd en de blanke man had niets gedaan. Dat was voldoende.

Hij liet zijn pony draaien, gaf hem de vrije teugel en reed weg om zich bij zijn vrienden te voegen.

## *acht*

Luitenant Dunbar bleef verdwaasd staan kijken toen de krijger wegreed. De woorden weerklonken nog in zijn hoofd. Of in elk geval de klank van de woorden, als het blaffen van een hond. Hij had geen idee wat ze betekenden, maar het had een verklaring geleken, alsof de krijger hem iets vertelde.

Langzaam aan kwam hij bij uit zijn versufte toestand. Het eerste dat hij voelde was de revolver in zijn hand. Die was buitengewoon zwaar. Hij liet hem vallen.

Toen zakte hij langzaam op zijn knieën en rolde achterover op zijn billen. Hij bleef lange tijd zitten. Hij had zich nooit eerder zo leeg gevoeld, zo zwak als een pasgeboren hondje.

Een tijdlang dacht hij dat hij zich nooit meer zou kunnen bewegen, maar ten slotte kwam hij overeind en wankelde naar de hut. Slechts met uiterste inspanning slaagde de luitenant erin een sigaret te rollen. Maar hij was te zwak om hem op te roken en viel na twee of drie haaltjes in slaap.

## *negen*

De tweede ontsnapping was enigszins anders, maar in grote lijnen ging het toch zoals de eerste keer.

Na zo'n drie kilometer lieten de vijf Comanches hun pony's overgaan op een rustige draf. Er waren ruiters achter en aan weerszijden naast hem, dus nam Cisco de enige mogelijke uitweg.

Hij ging naar voren.

De mannen begonnen net enige woorden met elkaar te wisselen, toen het geelbruine paardje een sprong maakte alsof het gestoken was en wegrende.

De man die het leidsel vasthield werd over het hoofd van zijn eigen pony getrokken. Enkele seconden lang had Wind In Zijn Haar de kans het leidsel te pakken dat achter Cisco aan over de grond hobbelde, maar hij was net te laat. Het touw glipte hem door de vingers.

Daarna bleef slechts de achtervolging over en die eindigde niet erg gelukkig voor de Comanches. De man die van zijn pony was getrokken, had helemaal geen kans en de overblijvende vier achtervolgers hadden geen geluk.

Een man verloor zijn paard toen het in het hol van een prairiehond stapte en een voorbeen brak. Cisco was die middag zo snel als een kat en nog eens twee ruiters werden van hun paard geworpen toen ze zijn snelle zigzagkoers probeerden te imiteren.

Dus bleef alleen Wind In Zijn Haar over. Hij hield het vele kilometers vol, maar toen zijn paard het eindelijk begon op te geven, waren ze nog steeds niet dichterbij gekomen en hij besloot dat het niet de moeite waard was zijn paard de dood in te jagen voor iets dat hij toch niet kon vangen.

Terwijl de pony op adem kwam, keek Wind In Zijn Haar lang

genoeg naar het geelbruine paard om te zien dat het ongeveer in de richting van het fort liep en zijn frustratie werd getemperd door het besef dat Schoppende Vogel wellicht gelijk had. Misschien was het inderdaad een magisch paard, iets dat aan een magische persoon toebehoorde.

Hij ontmoette de anderen op de terugweg. Het was duidelijk dat Wind In Zijn Haar geen succes had gehad en niemand vroeg om nadere details.

Niemand sprak een woord.

Ze legden de lange reis huiswaarts in stilte af.

# 12

*een*

Wind In Zijn Haar en de andere mannen vonden het dorp bij hun terugkeer in de rouw.

De troep die zo lang weg was geweest om de Utes te overvallen was eindelijk thuisgekomen.

En ze brachten geen goed nieuws mee.

Ze hadden slechts zes paarden gestolen, niet genoeg om hun eigen verliezen te dekken. Na al die tijd op het oorlogspad keerden ze met lege handen terug.

Ze hadden vier zwaargewonde mannen bij zich, van wie er slechts een in leven zou blijven. Maar echt tragisch was het feit dat er zes mannen waren gedood, zes grote krijgers. Nog erger was het dat er slechts vier met dekens bedekte lijken op de slede lagen.

Ze hadden twee van de doden niet terug kunnen halen en de namen van die twee zouden nooit meer worden uitgesproken.

Een van hen was de echtgenoot van Staat Met Een Vuist.

*twee*

Omdat ze in de periodetent was, moest het bericht van buitenaf worden doorgegeven door twee vrienden van haar echtgenoot.

Aanvankelijk leek ze het nieuws onbewogen op te nemen, stil als een standbeeld, de handen gevouwen in de schoot, het hoofd licht gebogen. Zo zat ze bijna de hele middag en liet het verdriet aan haar hart knagen terwijl de andere vrouwen hun bezigheden vervolgden.

Ze hielden haar echter in de gaten, ten dele omdat ze wisten hoe innig verbonden Staat Met Een Vuist en haar echtgenoot waren geweest. Maar ze was bovendien een blanke vrouw en dat was meer dan wat ook een reden om haar in de gaten te houden. Geen van hen wist hoe een blanke geest in een crisis als deze zou reageren. Dus hielden ze een oogje op haar met een mengeling van bezorgdheid en nieuwsgierigheid.

En dat was maar goed ook.

Staat Met Een Vuist was zo vreselijk geschokt dat ze de hele middag geen kik gaf. Ze schreide geen enkele traan. Ze zat daar alleen maar. Al die tijd ging haar geest als een razende tekeer. Ze dacht aan het verlies, aan haar echtgenoot, en ten slotte aan zichzelf.

Ze keek terug op haar leven met hem, en alles kwam terug in gefragmenteerde, maar zeer levendige details. Eén bepaald moment drong zich telkens weer aan haar op... de enige keer dat ze had gehuild.

Het was op een avond kort na de dood van hun tweede kind. Ze had zich goed gehouden, had al het mogelijke gedaan om niet in te storten van ellende. Ze hield zich nog steeds goed toen de tranen kwamen. Ze probeerde ze te stoppen door haar gezicht in haar slaapdeken te drukken. Ze hadden er al over gesproken dat hij een tweede vrouw moest nemen en hij had al gezegd: 'Ik heb genoeg aan jou.' Maar het was niet genoeg om het verdriet over het heengaan van de tweede baby te stelpen, een verdriet waarvan ze wist dat hij het deelde, en ze had haar natte gezicht in de deken begraven. Maar ze kon niet stoppen en na een poosje begon ze te snikken.

Toen het voorbij was, hief ze het hoofd en zag hem zwijgend in het vuur zitten poken en met wazige ogen in de vlammen kijken.

Toen hun blikken elkaar kruisten zei ze: 'Ik ben niets.'

Aanvankelijk gaf hij geen antwoord. Maar hij keek recht in haar ziel met een zo vredige uitdrukking dat ze het kalmerende effect ervan niet kon weerstaan. Toen verscheen er een heel vage glimlach rond zijn mond en sprak hij weer die woorden. 'Ik heb genoeg aan jou.'

Ze herinnerde het zich zo goed; hij was doelbewust opgestaan van bij het vuur, had een beweging gemaakt die betekende dat ze moest opschuiven, was rustig bij haar onder de deken komen liggen en had haar teder in zijn armen genomen.

En ze herinnerde zich het onbewuste van hun liefdesspel, zo vrij van beweging en woorden en energie. Het was alsof je zwevend geboren werd om eindeloos verder te drijven op een onzichtbare, hemelse stroom. Het was hun langste nacht. Wanneer ze op het randje van de slaap waren, begonnen ze op de een of andere manier weer opnieuw. En nog eens. En nog eens. Twee mensen van hetzelfde vlees.

Zelfs de komst van de zon hield hen niet tegen. Voor de eerste en enige keer in hun leven verlieten ze die ochtend geen van beiden hun tent.

Ze vielen ten slotte gelijktijdig in slaap en Staat Met Een Vuist herinnerde zich dat de last van tegelijkertijd twee mensen te zijn plotseling zo licht was dat die niet langer belangrijk scheen. Ze herinnerde zich dat ze zich niet langer Indiaans of blank had gevoeld. Ze had zich één wezen gevoeld, één persoon, niet gespleten.

Staat Met Een Vuist knipperde met haar ogen en keerde terug naar het heden in de periodetent.

Ze was niet langer een echtgenote, een Comanche, of zelfs maar een vrouw. Ze was nu niets meer. Waar wachtte ze op?

Vlak bij haar op de harde grond lag een mes om huiden mee schoon te schrapen. Ze zag dat haar hand zich eromheen sloot. Ze zag het diep in haar borst dringen, helemaal tot aan het gevest.

Staat Met Een Vuist wachtte op een moment dat de anderen met hun aandacht elders waren. Ze schommelde een paar keer heen en weer, schoot toen naar voren en kroop op handen en voeten naar het mes.

Haar hand vloog er recht op af en in een flits zweefde het lemmet voor haar gezicht. Ze hief het nog hoger, schreeuwde en stootte het met beide handen omlaag, alsof ze iets dierbaars aan haar borst wilde drukken.

In het onderdeel van de seconde die het mes nodig had om zijn vlucht te voltooien, sprong de eerste vrouw op haar af. Hoewel ze de handen miste die het mes vasthielden, was de botsing sterk genoeg om de neerwaartse vlucht van het mes te doen afwijken. Het lemmet schoot uit naar opzij, liet een ondiep spoor na in het lijfje van de jurk van Staat Met Een Vuist, miste de linkerborst, sneed door de mouw van herteleer en drong in het vlezige deel van haar arm net boven de elleboog.

Ze vocht als een bezetene en de vrouwen hadden moeite haar het mes afhandig te maken. Toen dat was gelukt, gaf de kleine blanke vrouw haar gevecht op. Ze zakte in elkaar in de armen van haar vriendinnen en begon heftig te snikken.

Half dragend, half trekkend, brachten ze het kleine hoopje verdriet naar haar bed. Terwijl een vriendin haar als een baby in de armen hield, stelpten twee anderen het bloeden en verbonden de arm.

Ze huilde zo lang dat ze haar om beurten moesten vasthouden. Eindelijk werd haar ademhaling rustiger en zwakte het gesnik af tot een zacht gejammer. Toen sprak ze zonder haar door tranen gezwollen ogen te openen, zacht voor zich heen zingend, steeds weer dezelfde woorden.

'Ik ben niets. Ik ben niets. Ik ben niets.'

Vroeg in de avond vulden ze een uitgeholde hoorn met een dun brouwsel en lieten haar dat opdrinken. Ze begon met aarzelende slokjes, maar hoe meer ze dronk, hoe meer ze nodig had. Ze dronk het laatste restje met een grote slok op, ging weer op het bed liggen en keek met wijd open ogen langs haar vriendinnen heen naar het plafond.

'Ik ben niets,' zei ze weer. Maar nu had haar verklaring een zeer serene bijklank en de andere vrouwen wisten dat ze het gevaarlijkste stadium van haar verdriet had doorstaan.

Met vriendelijke, teder gefluisterde bemoedigende woorden, streelden ze haar verwarde haren en stopten een deken in rond haar smalle schouders.

## *drie*

Op ongeveer hetzelfde moment dat de uitputting Staat Met Een Vuist in een diepe droomloze slaap meevoerde, werd luitenant Dunbar gewekt door het geluid van hoeven in de deuropening van zijn plaggenhut.

Omdat hij het geluid niet herkende en nog suf was van het lange slapen, bleef de luitenant stil liggen, knipperde met zijn ogen om goed wakker te worden en zocht intussen met zijn hand de vloer af naar de revolver. Nog voor hij die had gevonden, herkende hij het geluid. Het was Cisco, die weer terug was gekomen.

Nog altijd op zijn hoede gleed Dunbar geluidloos van zijn brits en kroop langs het paard naar buiten.

Het was donker, maar nog vrij vroeg. De poolster stond alleen aan de hemel. De luitenant luisterde en keek. Er was niemand in de buurt.

Cisco was hem het erf op gevolgd en toen luitenant Dunbar afwezig een hand op zijn nek legde, voelde hij dat de haren stijf waren van het opgedroogde zweet. Hij grinnikte en zei hardop: 'Je hebt het ze zeker flink moeilijk gemaakt, niet? Kom mee, dan kun je drinken.'

Hij leidde Cisco omlaag naar de stroom en verbaasde zich erover hoe sterk hij zich voelde. Zijn verlamming bij de aanblik van de overval die middag leek, hoewel hij zich die levendig herinnerde, heel ver weg. Niet vaag, maar ver weg, zoals geschiedenis. Het was een soort doop, besloot hij, een doop die hem van verbeelding naar werkelijkheid had geschoten. De krijger die op hem toe was komen rijden en hem had afgeblaft was echt geweest. De mannen die Cisco meenamen waren echt. Hij kende ze nu.

Terwijl Cisco met het water speelde en het met zijn lippen deed opspatten, dacht luitenant Dunbar verder na en kwam tot een belangrijke slotsom.

Wachten, dacht hij, dat is wat ik heb gedaan.

Hij schudde het hoofd en lachte voor zich heen. Ik heb gewacht. Hij gooide een steen in het water. Gewacht, waarop? Tot iemand me zou vinden? Tot Indianen mijn paard zouden stelen? Tot ik een bizon zou zien?

Hij begreep zichzelf niet. Hij had nooit op eieren gelopen, en toch was dat wat hij de laatste weken had gedaan. Op eieren gelopen, gewacht tot er iets zou gebeuren.

Ik kan daar maar beter meteen een eind aan maken, peinsde hij.

Voor hij verder door kon denken, viel zijn blik ergens op. Aan de andere kant van de stroom weerkaatste het water kleur.

Luitenant Dunbar keek langs de helling achter zijn rug omhoog.

Een enorme volle maan kwam op.

Volstrekt impulsief sprong hij op Cisco's rug en reed naar de top van de helling.

Het was prachtig om te zien, die grote maan die, helder als een eierdooier, de nachtelijke hemel vulde alsof het een geheel nieuwe wereld was die alleen voor hem was ontstaan.

Hij sprong van Cisco af, draaide een sigaret en keek betoverd toe hoe de maan snel rees, de verschillende kleuren net zo duidelijk als op een landkaart.

Terwijl de maan verder steeg werd de prairie lichter en lichter. De afgelopen nachten had hij slechts duisternis gekend en deze vloedgolf van verlichting was iets als een oceaan die plotseling zijn water had verloren.

Hij moest erin springen.

Ze reden een half uur stapvoets en Dunbar genoot van iedere minuut. Toen hij eindelijk terugkeerde, was hij vol zelfvertrouwen.

Hij was nu blij met alles wat er was gebeurd. Hij zou niet meer treuren om de soldaten die niet kwamen. Hij was niet van plan zijn slaapgewoonten te veranderen. Hij zou niet in nerveuze kleine kringetjes patrouilleren en hij zou de nachten niet meer doorbrengen met een oog en een oor open.

Hij was niet van plan nog langer te wachten. Hij zou een beslissing forceren.

Morgenochtend zou hij uitrijden en de Indianen gaan zoeken.

En als ze hem opaten?

Nou, als ze hem opaten, was het overschot voor de duivel.

Maar hij zou niet meer wachten.

## *vier*

Toen ze vroeg in de ochtend haar ogen opende, was het eerste dat ze zag een ander paar ogen. Toen realiseerde ze zich dat er diverse ogenparen op haar neerkeken. Alles kwam weer op haar af en Staat Met Een Vuist voelde zich plotseling beschaamd om al die aandacht. Ze had op een zeer onwaardige, on-Comanche-achtige wijze een poging tot zelfmoord gedaan.

Het liefst zou ze wegkruipen van schaamte.

Ze vroegen haar hoe ze zich voelde en of ze wilde eten en Staat Met Een Vuist zei, ja, ze voelde zich beter en ja, ze wilde graag wat eten.

Terwijl ze zat te eten keek ze hoe de andere vrouwen zich weer aan hun eigen karweitjes wijdden en samen met de slaap en het voedsel had dat een kalmerend effect. Het leven ging door en nu ze dat inzag, voelde ze zich weer wat meer mens.

Maar toen ze in haar borst naar haar hart zocht, voelde ze aan de stekende pijn dat het gebroken moest zijn. Het zou moeten helen als ze verder wilde gaan met leven, en dat was het best te bereiken met een verstandig en grondig rouwproces.

Ze moest om haar echtgenoot rouwen.

Om dat op de juiste wijze te doen, moest ze de tent verlaten.

Het was nog vroeg toen ze zich voorbereidde om te gaan. Ze vlochten haar verwarde haren en stuurden twee jongelingen om een boodschap: een om haar mooiste jurk te halen, de andere om een van de pony's van haar echtgenoot te gaan halen.

Niemand hield haar tegen toen Staat Met Een Vuist een ceintuur door de schede van haar beste mes haalde en die rond haar middel knoopte. Ze hadden de vorige dag iets irrationeels voorkomen, maar nu was ze kalm, en als Staat Met Een Vuist zichzelf nog altijd wilde doden, dan moest ze dat doen. Veel vrouwen hadden dat in voorbije jaren gedaan.

Ze volgden haar toen ze de tent uitliep, zo mooi en vreemd en triest. Een van hen gaf haar een zetje om op de pony te klimmen. Toen liep de pony met de vrouw weg uit de laagte waarin het kamp lag en de open prairie op.

Niemand riep haar na, niemand huilde en niemand wuifde. Ze keken haar alleen na. Maar al haar vriendinnen hoopten dat ze het zichzelf niet te moeilijk zou maken en dat ze terug zou keren.

Ze waren allemaal erg op Staat Met Een Vuist gesteld.

## *vijf*

Luitenant Dunbar werkte zich haastig door de voorbereidingen heen. Hij had al tot na zonsopkomst geslapen en had eigenlijk bij het ochtendgloren willen opstaan. Dus dronk hij gehaast koffie en pafte snel zijn eerste sigaret op terwijl zijn geest probeerde alles zo efficiënt mogelijk te ordenen.

Hij stortte zich eerst op het vuile werk en begon met de vlag op de provisiehut. Die was nieuwer dan degene die boven op zijn kwartier wapperde, dus klom hij op de brokkelige plaggenmuur en haalde de vlag omlaag.

Hij spleet een paal van de kraal, stak hem in zijn laars en sneed na zorgvuldig meten een stukje van de top af. Daarna maakte hij de vlag eraan vast. Het zag er niet slecht uit.

Daarna besteedde hij meer dan een uur aan Cisco. Hij verzorgde de vetlokken boven de hoeven, kamde zijn manen en staart en vette het dikke zwarte haar in met spekvet.

De meeste tijd besteedde hij aan zijn vacht. Luitenant Dunbar wreef en borstelde hem wel een keer of vijf, deed toen eindelijk een stap terug en zag dat het geen zin had nog meer te doen. Het paard glom als de voorpagina van een plaatjesboek.

Hij bond zijn paard kort aan om te voorkomen dat het in het stof zou gaan liggen rollen en keerde terug naar de plaggenhut. Daar pakte hij zijn uitgaanstenue en bewerkte elke centimeter zorgvuldig met een fijne borstel om haren en zelfs de kleinste pluisjes te verwijderen. Hij poetste alle knopen op. Als hij verf had gehad, zou hij misschien zijn epauletten en de gele strepen langs de buitenkant van zijn broekspijpen hebben kunnen aanstippen. Nu behielp hij zich met de borstel en een beetje spuug. Toen hij klaar was zag het uniform er zeer acceptabel uit.

Hij poetste zijn nieuwe, kniehoge rijlaarzen op en zette ze naast het uniform dat hij op het bed had gelegd.

Toen het eindelijk tijd was om aan zichzelf te beginnen, pakte hij een ruwe handdoek en zijn scheerbenodigdheden en rende ermee naar de stroom. Hij sprong erin, zeepte zich flink in, spoelde zich af en sprong er weer uit. De hele operatie duurde nog minder dan vijf minuten. Voorzichtig om zich niet te snijden, schoor hij zich twee keer. Toen hij met zijn hand over zijn kin en hals kon gaan zonder nog een haartje te voelen, kroop hij weer tegen de helling op en ging zich aankleden.

## *zes*

Cisco boog zijn nek en staarde verbaasd naar de figuur die op hem toekwam, waarbij hij vooral aandacht besteedde aan de helderrode sjerp die rond het middel van de man wapperde. Maar zelfs zonder de sjerp zou het paard waarschijnlijk de blik niet hebben kunnen afwenden. Niemand had luitenant Dunbar ooit zo opgepoetst gezien, Cisco in elk geval niet en hij kende zijn meester beter dan wie ook.

De luitenant kleedde zich altijd maar net fatsoenlijk, zonder zich druk te maken over de glitter van parades of inspecties of ontmoetingen met generaals.

Maar als de grote legerkoppen hun hoofden bij elkaar zouden steken om te bepalen hoe de perfecte jonge officier er moest uitzien, zouden ze ver in gebreke zijn gebleven zijn bij wat luitenant Dunbar op deze kristalheldere meimorgen had gewrocht.

Tot aan de grote legerrevolver die aan zijn heup bungelde vertegenwoordigde hij de droom van ieder jong meisje over een man in uniform. Hij zag er zo stralend en sprankelend uit dat iedere vrouw die hem zag haar hart wel moest voelen overslaan. Zelfs het meest cynische hoofd zou gedwongen zijn naar hem om te kijken en zelfs de meest gesloten lippen zouden de woorden hebben gevormd: 'Wie is dat?'

Nadat hij het bit in Cisco's mond had gedaan, pakte hij de manen vast en zwierde moeiteloos op de glimmende rug van het bruingele paard. Ze stapten naar de provisiehut waar de luitenant omlaag leunde en de vlag oppakte die tegen de muur aan stond. Hij schoof de vlaggestok in zijn linkerlaars, greep hem met zijn linkerhand vast en leidde Cisco de prairie op.

Toen hij zo'n honderd meter had afgelegd, stond Dunbar stil en keek om in het besef dat hij dit alles misschien nooit terug zou zien. Hij keek naar de zon en zag dat het nog maar net halverwege de ochtend was. Hij had nog genoeg tijd om hen te vinden. In het westen zag hij de rookwolk die daar al drie ochtenden op een rij was verschenen. Dat moesten ze zijn.

De luitenant keek naar de punten van zijn laarzen. Ze weerkaatsten het zonlicht. Hij slaakte een zucht van twijfel en verlangde even naar een flinke slok whisky. Toen klakte hij met zijn tong tegen Cisco en het paard liep in draf naar het westen. Het waaide en de vlag begon te wapperen toen hij uitreed om... hij wist niet wat te ontmoeten.

Maar hij ging tenminste.

Ook al had ze dat niet zo gepland, het rouwproces van Staat Met Een Vuist was een heel ritueel gebeuren.

Ze was nu niet van plan te sterven. Wat ze wilde was het pakhuis vol verdriet binnen in haar schoonmaken. Ze wilde een zo geducht mogelijke reiniging en nam er dan ook de tijd voor.

Rustig en methodisch reed ze bijna een uur voort tot ze een plek vond die haar aanstond, een plek waar wellicht de goden bijeenkwamen.

Iemand die op de prairie woonde zou het een heuvel noemen. Maar voor ieder ander zou het niet meer zijn dan een bult op het landschap, als een kleine golf op een brede, vlakke zee. Erbovenop stond een enkele boom, een knokige oude eik die zich op de een of andere manier aan het leven vastklampte, ondanks het feit dat hij door de jaren heen door voorbijgangers was verminkt. In alle richtingen was dit de enige boom die ze kon zien.

Het was een heel eenzame plek, die haar precies goed leek. Ze reed naar de top, gleed van haar pony af, liep aan de andere kant een paar passen naar beneden en ging met de benen over elkaar op de grond zitten.

De bries bewoog haar vlechten, dus maakte ze ze allebei los en liet haar kersenrode haar los in de wind wapperen. Toen sloot ze haar ogen, begon langzaam heen en weer te schommelen en concentreerde zich zo sterk op de vreselijke gebeurtenis die haar was overkomen dat ze al het andere buitensloot.

Weinige minuten later namen in haar hoofd de woorden voor een lied vorm aan. Ze opende haar mond en er tuimelden verzen uit, even zeker en krachtig als iets wat ze vele malen had herhaald.

Ze zong met hoge tonen. Soms brak haar stem. Maar ze zong met heel haar hart, met een schoonheid die ver boven een gewoon leuk lied uitsteeg.

Het eerste lied was eenvoudig en bezong zijn verdiensten als krijger en echtgenoot. Tegen het einde schoot haar een couplet te binnen dat als volgt ging:

*'Hij was een groot man,*
*Hij was geweldig voor mij.'*

Ze zweeg even voor ze die regels zong. Haar gesloten ogen naar de hemel gericht, trok Staat Met Een Vuist haar mes uit de schede en maakte een vijf centimeter lange snede in haar onderarm. Ze liet haar hoofd zakken en keek naar de snede. Het bloed vloeide snel. Ze ging verder met zingen, het mes stevig in haar ene hand.

In het daaropvolgende uur sneed ze zichzelf diverse malen. De sneden waren niet diep, maar bloedden heftig en dat deed Staat Met Een Vuist genoegen. Naarmate haar hoofd lichter werd, werd haar concentratie groter.

Haar gezang was goed. Het vertelde het verhaal van hun leven beter dan ze met praten zou kunnen. Zonder in details te treden, liet ze toch niets weg.

Ten slotte, toen ze een prachtig vers verzon dat de Grote Geest smeekte hem een eervolle plaats in de wereld voorbij de zon te geven, werd ze overspoeld door een golf van emotie. Er was weinig dat ze niet had genoemd. Ze was bijna klaar en dat betekende dat het afscheid kwam.

De tranen stroomden over haar wangen toen ze de herteleren jurk opschortte om zich in een van haar dijen te snijden. Ze haalde het mes snel over haar been en hapte even naar adem. De snede was diep. Ze moest een grote ader of een slagader hebben geraakt, want toen Staat Met Een Vuist omlaag keek, zag ze het rode vocht met elke harteklop weggutsen.

Ze kon proberen het bloeden te stelpen of doorgaan met zingen.

Staat Met Een Vuist koos voor het laatste. Ze strekte haar benen en liet haar bloed in de grond weglopen terwijl ze het hoofd oprichtte en jammerde:

*'Het zal goed zijn te sterven*
*Goed om met hem mee te gaan.*
*Ik zal hem volgen.'*

## *acht*

Omdat de wind in haar gezicht blies, hoorde ze de ruiter niet naderbij komen.

Hij had de helling al van verre opgemerkt en besloten dat,

aangezien hij nog niets had ontdekt, het een goede plek zou zijn om rond te kijken. Als hij daarvandaan nog steeds niets kon zien, kon hij altijd nog in die oude boom klimmen.

Luitenant Dunbar was halverwege de helling toen de wind een vreemd, triest geluid naar zijn oren blies. Voorzichtig klom hij tot boven aan de helling en zag toen iets lager op de heuvel iemand zitten. De persoon zat met de rug naar hem toe. Hij kon niet met zekerheid zeggen of het een man of een vrouw was, maar het was beslist een Indiaan.

Een zingende Indiaan.

Hij zat nog stil op Cisco's rug toen de persoon zich naar hem omdraaide.

## *negen*

Wat het was wist ze niet, maar Staat Met Een Vuist voelde plotseling dat er iets achter haar stond en draaide zich om.

Ze ving slechts een glimp op van het gezicht onder de pet toen een onverwachte windvlaag de gekleurde vlag rond het hoofd van de man sloeg.

Maar die glimp volstond om haar duidelijk te maken dat het een blanke soldaat was.

Ze sprong niet op en rende niet weg. Het beeld van die ene bereden soldaat had iets betoverends. De grote gekleurde vlag en de glanzende pony en de in de versieringen op zijn kleding weerkaatste zon. En het gezicht toen de vlag zich weer ontvouwde: een hard, jong gezicht met stralende ogen. Staat Met Een Vuist knipperde diverse malen met haar ogen, niet zeker of wat ze zag een visioen of een mens was. Behalve de vlag had zich niets bewogen.

Toen verplaatste de soldaat zijn gewicht op het paard. Hij was echt. Ze rolde op haar knieën en begon over de helling weg te kruipen. Ze maakte geen enkel geluid en haastte zich niet. Staat Met Een Vuist was uit de ene nachtmerrie ontwaakt om te ontdekken dat ze in een andere was terechtgekomen, een die werkelijkheid was. Ze bewoog zich langzaam omdat ze te bang was om te rennen.

## *tien*

Dunbar kreeg een schok toen hij haar gezicht zag. Hij zei niets, maar als hij zijn gedachten had uitgesproken zou dat zoiets zijn geweest als: 'Wat is dit voor een vrouw?'

Het spitse gezichtje, het verwarde kersenrode haar en de intelligente ogen, wild genoeg om intens lief te hebben of te haten, hadden hem volkomen verrast. Het kwam niet in hem op dat ze wellicht geen Indiaanse was. Hij dacht op dat moment slechts één ding.

Hij had nooit zo'n bijzondere vrouw gezien.

Voor hij iets kon zeggen of doen, rolde ze zich op haar knieën en zag hij dat ze was overdekt met bloed. 'O, mijn God,' hijgde hij.

Pas toen ze helemaal de helling was afgedaald stak hij zijn hand uit en zei zacht: 'Wacht.'

Bij het horen van dat woord begon Staat Met Een Vuist struikelend te rennen. Luitenant Dunbar stapte achter haar aan, smeekte haar te blijven staan. Toen hij haar tot op een paar meter genaderd was, keek Staat Met Een Vuist om, verloor haar evenwicht en viel neer in het hoge gras.

Ze kromp ineen toen hij haar bereikte en telkens wanneer hij zijn handen naar haar uitstak, moest hij ze weer terugtrekken, alsof hij bang was een gewond dier aan te raken. Toen hij haar eindelijk bij de schouders pakte, draaide ze zich op haar rug en klauwde naar zijn gezicht.

'Je bent gewond,' zei hij, haar handen afwerend. 'Je bent gewond.'

Gedurende een paar seconden vocht ze hevig, maar ze was al snel uitgeput en hij had in een mum van tijd haar polsen te pakken. Met haar laatste restje kracht kronkelde en schopte ze. En toen gebeurde er iets heel bizars.

In het delirium van haar strijd kwamen twee oude Engelse woorden die ze in geen jaren had gesproken bij haar naar boven. Ze ontglipten haar voor ze ze kon tegenhouden.

'Niet doen,' zei ze.

Het verwarde hen allebei. Luitenant Dunbar kon niet geloven dat hij ze had gehoord en Staat Met Een Vuist kon niet geloven dat ze ze had gezegd.

Ze wierp het hoofd achterover en liet haar lichaam op de grond neerzakken. Het was te veel voor haar. Ze kreunde een paar Comanche-woorden en verloor het bewustzijn.

## *elf*

De vrouw in het gras haalde nog steeds adem. De meeste van haar wonden waren oppervlakkig, maar die aan haar dij was gevaarlijk. Er vloeide nog steeds gestaag bloed uit en de luitenant had spijt dat hij een paar kilometer terug de rode sjerp had weggegooid. Dat zou een perfect knelverband zijn geweest.

Hij had op het punt gestaan nog meer weg te gooien. Hoe langer hij onderweg was en hoe minder hij zag, hoe belachelijker zijn plan hem had geleken. Hij had de sjerp weggegooid als een nutteloos iets, dwaas eigenlijk, en hij wilde juist de vlag opvouwen (die hem ook nogal dwaas leek) en terugkeren naar Fort Sedgewick toen hij het heuveltje met die ene boom zag.

Zijn gordel was nieuw en te stug, dus sneed hij met het mes van de vrouw een reep van de vlag en bond die strak om haar dij. De bloedstroom nam onmiddellijk af, maar hij had nog altijd een verband nodig. Hij trok zijn uniform uit, wriemelde zich uit zijn lange ondergoed en sneed het in tweeën. Toen frommelde hij het bovenste stuk op en drukte het tegen de diepe wond.

Tien vreselijke minuten lang zat hij naakt in het gras naast haar geknield terwijl hij met beide handen zo hard mogelijk op het verband drukte. Eén keer gedurende die tijd dacht hij dat ze gestorven was. Hij legde voorzichtig een oor tegen haar borst en luisterde. Haar hart klopte nog.

Het was een moeilijk en zenuwslopend karwei om in je eentje te doen, niet wetend wie de vrouw was, niet wetend of ze in leven zou blijven of niet. Het was heet in het gras onder aan de helling en telkens wanneer hij het zweet dat in zijn ogen drupte wegveegde, bleef er een streep van haar bloed op zijn gezicht achter. Zo nu en dan liet hij het compres los en keek even. En telkens staarde hij gefrustreerd naar de bloedstroom die weigerde te stoppen en legde daarna het compres terug.

Maar hij hield vol.

Toen de bloeding eindelijk was afgenomen tot een klein stroompje, kwam hij in actie. De dijwond moest gehecht worden, maar dat kon hij niet. Hij sneed een pijp van zijn lange ondergoed af, vouwde die op als verband en legde hem op de wond. Daarna sneed hij zo snel hij kon nog een reep van de vlag af en bond die secuur rond het drukverband. Hij herhaalde dit proces met de minder ernstige wonden aan haar armen.

Terwijl hij zo bezig was, begon Staat Met Een Vuist te kreunen. Ze opende haar ogen een paar keer, maar was te zwak om te protesteren, zelfs toen hij zijn veldfles opende en een paar slokjes water in haar mond goot.

Nadat hij als arts al het mogelijke had gedaan, trok Dunbar zijn uniform weer aan. Terwijl hij zijn knopen dichtmaakte vroeg hij zich af wat hij nu moest doen.

Hij zag haar pony op de prairie staan en dacht erover hem te vangen. Maar toen hij naar de vrouw in het gras keek, bedacht hij dat dat geen zin had. Ze zou misschien kunnen rijden, maar ze had beslist hulp nodig.

Dunbar tuurde naar de hemel in het westen. De rookwolk was bijna verdwenen. Er hingen alleen nog een paar slierten. Als hij zich haastte kon hij nog de juiste richting bepalen voor de rook helemaal verdwenen was.

Hij stak zijn armen onder Staat Met Een Vuist, tilde haar op en zette haar zo voorzichtig mogelijk op Cisco's rug, met het plan er zelf naast te blijven lopen. Maar het meisje was half bewusteloos en begon over te hellen zodra ze erop zat.

Terwijl hij haar met een hand op haar plaats hield, slaagde hij erin achter haar op Cisco te springen. Toen draaide hij haar om. Dunbar zag eruit als een vader die zijn angstige dochter wiegt toen hij het paard in de richting van de rookwolk stuurde.

Terwijl Cisco hen over de prairie droeg, dacht de luitenant na over zijn plan om indruk op de wilde Indianen te maken. Hij zag er nu niet erg machtig of officieel uit. Er kleefde bloed aan zijn tuniek en zijn handen. Het meisje was verbonden met zijn ondergoed en de Amerikaanse vlag.

Het moest zo wel beter zijn. Toen hij bedacht wat hij had gedaan, stomweg door het landschap rijdend met opgepoetste laarzen en een rode sjerp en dan ook nog een vlag wapperend aan zijn zijde, glimlachte de luitenant schaapachtig.

Ik moet wel een idioot zijn, dacht hij.

Hij keek naar het kersenrode haar onder zijn kin en vroeg zich af wat die arme vrouw gedacht moest hebben toen ze hem zo opgedoft had gezien.

Staat Met Een Vuist dacht helemaal niets. Ze verkeerde in een schemerzone. Ze voelde alleen maar. Ze voelde het paard onder zich schommelen, ze voelde de arm om haar rug en ze voelde de vreemde stof tegen haar wang. Bovenal voelde Staat Met Een Vuist zich veilig en ze hield de hele tijd haar ogen gesloten, bang dat het gevoel zou verdwijnen zodra ze ze opendeed.

# 13

*een*

Lacht Veel was geen betrouwbare jongen.

Niemand zou hem als een lastpak karakteriseren, maar Lacht Veel hield niet van werken en in tegenstelling tot de meeste Indiaanse jongens liet de gedachte, verantwoordelijkheid op zich te nemen, hem koud.

Hij was een dromer en zoals veel dromers had Lacht Veel geleerd dat een van de beste trucs om het saaie werk te ontlopen was, op jezelf te blijven.

De luie jongen bracht dan ook zoveel mogelijk van zijn tijd door bij de grote ponykudde van de troep. Hij kreeg dat vaak tot taak, ten dele omdat hij altijd bereid was om te gaan, maar ook omdat hij op twaalfjarige leeftijd al een expert was waar het paarden betrof.

Lacht Veel kon op een paar uur nauwkeurig het moment bepalen waarop een merrie moest werpen. Hij had er slag van weerbarstige hengsten te bedwingen. En als het op verplegen aankwam, wist hij evenveel of meer van de verzorging van paardeziekten dan elke volwassen man van de troep. De paarden leken gewoon beter te gedijen met hem in de buurt.

Dat was allemaal een tweede natuur voor Lacht Veel... tweede natuur en tweederangs. Wat hij nog het fijnst vond aan zijn verblijf bij de paarden was, dat ze ver van het kamp graasden, soms wel anderhalve kilometer, en daardoor was Lacht Veel ook ver weg; weg van de alziende ogen van zijn vader, weg van de mogelijke taak op zijn broertjes en zusjes te passen, en weg van de nooit eindigende onderhoudswerkzaamheden aan het kamp.

Gewoonlijk hingen er ook wel andere jongens en meisjes bij de kudde rond, maar tenzij er iets bijzonders was, nam hij zelden deel aan hun spelletjes en gesprekken.

Hij ging veel liever languit op de rug van een kalme ruin liggen dromen, soms urenlang, terwijl de altijd bewegende hemel boven hem voorbijdreef.

Hij lag zo al bijna de hele middag te dromen, verheugd om uit het dorp weg te zijn, dat nog steeds leed onder de tragische terugkeer van de troep die was uitgereden tegen de Utes. Lacht Veel wist dat, alhoewel hij weinig om vechten gaf, hij vroeg of laat het oorlogspad zou moeten betreden en hij nam zich nu al voor om op te passen voor troepen die uitreden tegen de Utes.

Het laatste uur genoot hij de ongewone luxe, alleen te zijn met de kudde. De andere kinderen waren om de een of andere reden teruggeroepen, maar niemand had Lacht Veel gehaald en dat maakte hem tot de gelukkigste dromer van allemaal. Met wat geluk hoefde hij voor het donker niet meer terug en de zonsondergang zou nog uren op zich laten wachten.

Hij zat midden in de grote kudde te dagdromen dat hij zelf eigenaar van een kudde was, een die als een grote verzameling krijgers zou zijn die niemand durfde uitdagen, toen hij een beweging op de grond opmerkte.

Het was een grote gele ringslang die er op de een of andere manier in was geslaagd tussen al die trappende hoeven te verdwalen en nu wanhopig heen en weer gleed, op zoek naar een uitweg.

Lacht Veel hield van slangen en deze was beslist groot genoeg en oud genoeg om een grootvader te zijn. Een grootvader in moeilijkheden. Hij sprong van zijn paard met het idee de oude slang te vangen en hem van deze gevaarlijke plek weg te brengen.

De grote slang was niet gemakkelijk te vangen. Hij bewoog erg snel en Lacht Veel zat vaak klem tussen de dicht opeenstaande pony's. De jongen dook voortdurend onder nekken en buiken door en slechts door de hardnekkige vastberadenheid van een Barmhartige Samaritaan slaagde hij erin het gele kronkelende lichaam te blijven volgen.

Het liep goed af. Vlak bij de rand van de kudde vond de grote slang eindelijk een holletje in de grond waar hij in kon kruipen en Lacht Veel ving nog net een laatste glimp op van de staart terwijl die onder de grond verdween.

Toen hij boven het hol stond, hinnikte een aantal paarden en

Lacht Veel zag hoe ze hun oren spitsten. Hij zag de hoofden allemaal in dezelfde richting draaien.

Ze hadden iets gezien.

Er ging een huivering door de jongen heen en ineens vond hij het niet meer zo leuk om alleen te zijn. Hij was bang, maar liep steels naar voren, tussen de pony's blijvend in de hoop te zien voor hij gezien werd.

Toen hij lege stukken prairie voor zich zag, dook Lacht Veel in elkaar en liep gebukt tussen de paardebenen door. Ze waren niet in paniek geraakt en dat maakte dat hij iets minder bang was. Maar ze keken nog steeds heel nieuwsgierig en de jongen paste er voor op geen enkel geluid te maken.

Hij bleef staan toen het paard op twintig of dertig meter afstand voorbijkwam. Hij kon het niet goed zien, omdat zijn uitzicht beperkt was, maar wist zeker dat hij ook benen had gezien.

Langzaam kwam hij overeind en keek over de rug van een pony. Al zijn nekharen stonden overeind. Zijn hoofd gonsde alsof er een zwerm bijen in rondvloog. De mond en ook de ogen van de jongen bleven openstaan. Hij knipperde niet. Hij had er nooit eerder een gezien, maar wist precies waar hij naar keek.

Het was een blanke. Een blanke soldaat met bloed op zijn gezicht.

En hij had iemand bij zich, die vreemde vrouw, Staat Met Een Vuist.

Ze zag eruit alsof ze gewond was. Haar armen en benen waren omwikkeld met een vreemd uitziende stof. Misschien was ze dood.

Het paard van de blanke soldaat ging over op een draf. Ze reden recht op het dorp af. Het was te laat om voor hen uit te rennen en alarm te slaan. Lacht Veel dook terug tussen de paarden en werkte zich naar het midden van de kudde. Hier kreeg hij beslist problemen mee. Wat kon hij doen?

De jongen kon niet helder nadenken; zijn hele hoofd ratelde, als zaadjes in een rammelaar. Als hij een beetje rustiger was geweest, zou hij aan het gezicht van de blanke man hebben kunnen zien dat deze niet op een vijandelijke missie was. Niets in zijn houding wees daarop. Maar de enige woorden die door het hoofd van Lacht Veel dreunden waren: blanke soldaat, blanke soldaat.

Plotseling dacht hij, misschien zijn er meer. Misschien is er een leger haarmonden op de prairie. Misschien zijn ze dichtbij.

Aan niets anders denkend dan het goedmaken van zijn onachtzaamheid, pakte Lacht Veel de wilgetenen teugel die hij altijd losjes om zijn hals had hangen, schoof die aan het hoofd van een sterk uitziende pony en leidde die zo stilletjes als hij kon uit de kudde.

Toen sprong hij erop, gaf de pony de sporen en reed van het kamp weg, nerveus de horizon afspeurend naar een teken van blanke soldaten.

## *twee*

Luitenant Dunbars adrenaline stroomde rijkelijk. Die ponykudde... Aanvankelijk had hij gedacht dat de prairie in beweging was. Hij had nog nooit zoveel paarden gezien. Zes-, misschien wel zevenhonderd. Het was zo ontzagwekkend dat hij in de verleiding kwam te stoppen om te kijken. Maar dat kon hij natuurlijk niet doen.

Hij had een vrouw in zijn armen.

Ze had zich tamelijk goed gehouden. Haar ademhaling was regelmatig en ze had niet veel meer gebloed. Ze was ook heel rustig, maar hoewel de vrouw tamelijk tenger was, barstte hij van de rugpijn. Hij droeg haar al meer dan een uur en nu hij zo dichtbij was, wilde de luitenant niets liever dan op zijn bestemming zijn. Er zou weldra over zijn lot worden beslist en dat maakte dat de adrenaline in zijn bloed bleef pompen, maar hij dacht meer dan wat ook aan de vreselijke pijn tussen zijn schouderbladen. Die pijn was moordend.

Het land voor hem liep iets omlaag en toen hij dichterbij kwam, zag hij hier en daar de stroom door de prairie snijden, daarna zag hij allemaal punten en toen hij boven aan de flauwe helling stond rees het hele kamp voor zijn ogen op zoals de maan de avond tevoren.

Onbewust trok de luitenant aan de teugels. Nu moest hij even stoppen. Dit was de aanblik van zijn leven.

Er stonden zo'n vijftig of zestig conische, met huiden bedekte woningen langs het riviertje. Ze zagen er warm en vredig uit in de late middagzon, maar door de lange schaduwen die ze wierpen leken ze ook meer dan levensgroot, als oude, nog levende monumenten.

Hij zag mensen die tussen de huizen aan het werk waren. Hij hoorde een paar van de stemmen van hen die over de platgetreden paden tussen de tenten liepen. Hij hoorde gelach en eigenlijk verbaasde hem dat. Bij de stroom waren nog meer mensen, waarvan sommigen in het water.

Luitenant Dunbar zat op Cisco, de vrouw die hij had gevonden in zijn armen, zijn zintuigen verpletterd door de kracht van dit tijdloze tafereel dat zich voor hem uitspreidde, als een tot leven gekomen schildersdoek. Een volkomen onaangetaste oerbeschaving.

En hier was hij.

Het ging zijn verbeeldingskracht te boven en tegelijk wist hij dat dit was waarvoor hij was gekomen. Dit was de basis van zijn drang om in het Westen te worden gestationeerd. Dit was, zonder dat hij dat eerder had beseft, wat hij zo graag had willen zien.

Deze snel vervliegende momenten boven aan een helling zouden nooit meer terugkeren. Gedurende deze momenten maakte hij deel uit van iets zo groots dat hij ophield een luitenant of een mens of zelfs maar een lichaam van werkende delen te zijn. Gedurende deze momenten was hij een geest, zwevend in de tijdloze, lege ruimte van het universum. In deze kostbare weinige seconden kende hij het gevoel van eeuwigheid.

De vrouw kuchte. Ze bewoog tegen zijn borst en Dunbar klopte haar teder op de rug.

Hij maakte een kort, kussend geluid met zijn lippen en Cisco begon over de helling omlaag te lopen. Ze waren amper een paar meter gevorderd toen hij een vrouw met twee kinderen uit de struiken langs de stroom zag komen.

Zij zagen hem ook.

## *drie*

De vrouw gilde, liet het water vallen dat ze had gehaald, pakte haar kinderen op, rende naar het dorp en schreeuwde zo hard ze kon: ‘Blanke soldaat, blanke soldaat.’ Horden honden vlogen op als vuurwerk, vrouwen riepen om hun kinderen en paarden renden wild hinnikend tussen de tenten door. Er heerste complete verwarring.

De hele troep dacht dat ze werden aangevallen.

Toen hij naderbij kwam zag luitenant Dunbar mannen alle kanten op rennen. Degenen die hun wapens te pakken hadden gekregen, waren op weg naar hun paarden met een gekrijs dat hem herinnerde aan in paniek vluchtende vogels. Het dorp in oproer was even buitenwerelds als het dorp in rust. Het leek net een groot nest horzels waarin iemand een stok had gestoken.

De mannen die hun paarden hadden bereikt vormden zich tot een strijdmacht die zo dadelijk naar hem toe zou komen, wellicht om hem te doden. Hij had niet verwacht zoveel ophef te veroorzaken, evenmin als hij had verwacht dat deze mensen zo primitief zouden zijn. Maar er was nog iets anders dat zwaar op hem drukte terwijl hij het dorp naderde, iets dat al het andere wegvaagde. Voor het eerst in zijn leven wist luitenant Dunbar wat het was een indringer te zijn. Hij vond het geen prettig gevoel en het beïnvloedde zijn daaropvolgende daad. Het laatste wat hij wilde was te worden beschouwd als een indringer, en toen hij de kale grond van een open plek onder aan de helling had bereikt, toen hij dichtbij genoeg was om door het gordijn van stof te kijken en in de ogen van de mensen die zich daarin bevonden, trok hij opnieuw aan de teugels en stond stil. Daarna steeg hij af en deed met de vrouw in zijn armen een paar passen vooruit. Daar bleef hij staan, de ogen gesloten, de gewonde vrouw in zijn armen als een vreemde reiziger die een vreemd geschenk brengt.

De luitenant sperde zijn oren open terwijl het dorp, in stadia die elk slechts een paar seconden duurden, vreemd stil werd. Het stof begon neer te dwarrelen en Dunbar hoorde dat de groep mensen die enkele ogenblikken geleden nog zo angstwekkend had gegild, nu langzaam op hem toekwam. In de akelige stilte hoorde hij zo nu en dan het gekletter van wapentuig, het geschuifel van voetstappen, het snuiven van een paard dat ongeduldig trapte en draaide.

Hij opende zijn ogen om te zien dat de hele troep zich bij de toegang tot het dorp had verzameld, krijgers en jongemannen vooraan, vrouwen en kinderen achter hen. Het was een droom van wilde mensen, gekleed in huiden en gekleurde stoffen, een heel ander ras van mensen dat hem op nog geen honderd meter afstand ademloos aankeek.

Het meisje lag zwaar in zijn armen en toen Dunbar van houding veranderde, gonsde de menigte heel even. Maar niemand kwam naar hem toe.

Een groep oudere, kennelijk belangrijke mannen, boog naar elkaar over terwijl hun mensen om hen heen stonden en fluisterden met elkaar in keelklanken die in de oren van de luitenant zo vreemd klonken dat het nauwelijks praten leek.

Hij liet zijn aandacht even afdwalen en toen hij naar een groepje van zo'n tien ruiters keek, viel het oog van de luitenant op een bekend gezicht. Het was dezelfde man, de krijger die hem op de dag van de overval op Fort Sedgewick zo had afgeblaft. Wind In Zijn Haar staarde hem zo intens aan dat Dunbar zich bijna omdraaide om te zien of er nog iemand achter hem stond.

Zijn armen waren zo loodzwaar dat hij niet wist of hij ze nog wel kon bewegen, maar met de blik van de krijger nog steeds op hem gericht, tilde Dunbar de vrouw iets hoger op, alsof hij wilde zeggen: 'Hier... pak haar alstublieft aan.'

Verrast door dit plotselinge, onverwachte gebaar aarzelde de krijger en liet zijn ogen over de menigte dwalen, zich kennelijk afvragend of nog iemand anders getuige was geweest van deze zwijgende communicatie. Toen hij weer opkeek waren de ogen van de luitenant nog steeds op hem gericht en hield deze de vrouw nog steeds omhoog.

Met een zucht van opluchting zag luitenant Dunbar hoe Wind In Zijn Haar van zijn pony sprong en de open plek overstak met een stenen knuppel losjes in zijn hand. Als de krijger enige angst voelde terwijl hij naderbij kwam, wist hij die goed te verbergen, want zijn gezicht was gesloten en onverschillig, het leek alsof hij op het punt stond straf te gaan uitdelen.

De menigte verviel in stilzwijgen terwijl de ruimte tussen de bewegingloze luitenant Dunbar en de snel stappende Wind In Zijn Haar gestaag kleiner werd. Het was te laat om dat wat er gebeurde nog tegen te houden. Iedereen stond stil te kijken.

Met het oog op wat zich voordeed, had luitenant Dunbar niet moediger kunnen zijn. Hij hield stand zonder zelfs met zijn ogen te knipperen en hoewel er geen pijn op zijn gezicht stond, was er ook geen angst van af te lezen.

Toen Wind In Zijn Haar nog nauwelijks een paar meter van hem vandaan was en zijn pas inhield, zei de luitenant met heldere, luide stem: 'Ze is gewond.'

Hij verplaatste het gewicht in zijn armen een beetje toen de krijger de vrouw in het gezicht keek en Dunbar zag dat hij haar herkende. De schok van Wind In Zijn Haar was zelfs zo duidelijk dat heel even de vreselijke gedachte bij hem opkwam dat ze gestorven was. De luitenant keek eveneens naar haar.

En op dat moment werd ze uit zijn armen gerukt. Met een enkele zekere, sterke beweging werd ze aan zijn greep onttrokken en voor Dunbar het in de gaten had liep de krijger terug naar het dorp, Staat Met Een Vuist ruw meesleurend zoals een hond een puppy. Onder het lopen riep hij iets dat een massale uitroep van verbazing van de Comanches tot gevolg had. Ze haastten zich naar hem toe.

De luitenant bleef bewegingloos voor zijn paard staan en terwijl het dorp zich rond Wind In Zijn Haar verzamelde, voelde hij hoe zijn geestkracht hem verliet. Dit was niet zijn volk. Hij zou hen nooit kennen. Hij had evengoed vijftienhonderd kilometer verder weg kunnen zijn. Hij wilde klein zijn, klein genoeg om in een minuscuul donker holletje te kunnen kruipen.

Wat had hij van deze mensen verwacht? Had hij gedacht dat ze op hem toe zouden komen lopen en de armen om hem heen slaan, zijn taal spreken, hem uitnodigen te blijven eten, en naar zijn grappen luisteren zonder zelfs maar goeiedag te zeggen? Wat moest hij eenzaam zijn. Wat triest dat hij zulke verwachtingen had gekoesterd, zich aan die vreemde strohalmen had vastgegrepen, zichzelf wijs had gemaakt dat hij iets was, terwijl hij niets was.

Deze vreselijke gedachten woedden door zijn hoofd als een storm en dat hij daarbij voor dit oerdorp stond, was helemaal niet van belang. Luitenant Dunbar wankelde onder de druk van een morbide persoonlijke crisis. Zoals krijt met een enkele veeg van het bord wordt gevaagd, voelde hij zich plotseling gevoelloos en zonder hoop. Ergens diep van binnen was een knopje omgedraaid en het licht was uitgegaan voor luitenant Dunbar.

Zich van niets anders bewust dan de leegte die hij in zijn binnenste voelde, besteeg de ongelukkige luitenant Cisco, liet hem keren en begon met energieke pas aan de rit naar huis. Dit gebeurde met zo weinig ophef dat de Comanches pas beseften dat hij wegging toen hij al enige afstand had afgelegd.

Twee dappere jongelingen wilden hem achterna gaan, maar werden tegengehouden door de koelbloediger mannen uit het kringetje rond Tien Beren. Ze waren wijs genoeg om te beseffen dat hier een goede daad was verricht, dat de blanke soldaat een van de hunnen had teruggebracht en dat ze er niets bij konden winnen als ze hem achtervolgden.

## *vier*

De rit terug was de langste en moeizaamste uit het leven van luitenant Dunbar. Diverse kilometers achtereen reed hij in een waas, zijn geest elders bezig met wel duizend negatieve gedachten. Hij weerstond de verleiding te gaan huilen, zoals je de verleiding weerstaat te gaan braken, maar zelfmedelijden stortte zich in meedogenloze golven over hem uit en ten slotte stortte hij in.

Hij liet het hoofd zakken, maar aanvankelijk hield hij zijn schouders nog recht en vielen zijn tranen geluidloos. Toen hij echter begon te snuffen, werden de sluizen pas goed opengezet. Zijn gezicht was verwrongen en hij kreunde met de overgave van een hystericus. Midden in die eerste uitbarstingen legde hij zijn hoofd tegen Cisco's hals en terwijl de kilometers onopgemerkt voorbijgleden, liet hij zijn hart leegbloeden, aandoenlijk snikkend als een ontroostbaar kind.

## *vijf*

Het fort zag hij helemaal niet. Toen Cisco stilhield keek de luitenant op en zag dat ze voor zijn kwartier stonden. Alle kracht was uit hem gewrongen en een paar seconden lang kon hij slechts verdoofd op de rug van zijn paard blijven zitten. Toen hij eindelijk weer zijn hoofd ophief, zag hij Twee Sokken op zijn vaste plaats aan de overkant van de rivier staan. Bij het zien van de wolf, die daar zo geduldig als een trouwe jachthond, met een vragende blik op zijn snuit zat te wachten, kreeg Dunbar opnieuw een brok in zijn keel van verdriet. Maar al zijn tranen waren al vergoten.

Hij liet zich van Cisco vallen, trok het bit uit diens mond en strompelde naar binnen. Hij liet de teugel op de grond vallen, wierp zich op zijn brits, trok een deken over zijn hoofd en rolde zich als een bal op.

Uitgeput als hij was, kon de luitenant toch niet slapen. Om de een of andere reden bleef hij aan Twee Sokken denken die daar buiten zo geduldig zat te wachten. Met bovenmenselijke inspanning sleepte hij zich weer uit het bed, strompelde het schemerduister in en keek de rivier over.

De oude wolf zat er nog steeds, dus slaapwandelde de luitenant naar de provisiehut en sneed een groot stuk spek af. Hij droeg het vlees naar de rivier en liet het op het gras boven aan de helling vallen.

Toen, terwijl hij bij elke stap slechts aan slapen dacht, gooide hij wat hooi neer voor Cisco en trok zich in zijn kwartier terug. Als een soldaat die voorover op de grond valt, zakte hij op zijn brits neer, trok de deken omhoog en bedekte zijn ogen.

Het gezicht van een vrouw verscheen voor zijn geestesoog, een gezicht uit het verleden dat hij goed kende. Er lag een verlegen glimlach rond haar lippen en haar ogen straalden een licht uit dat alleen uit het hart kan komen. In moeilijke tijden riep hij altijd dat gezicht op en het kwam hem altijd troosten. Er zat veel meer achter dat gezicht, een lang verhaal met een ongelukkig einde, maar zo ver ging luitenant Dunbar niet. Het gezicht en de prachtige blik waren alles wat hij zich wilde herinneren en waaraan hij zich vastklampte. Hij gebruikte het als een drug. Het was de krachtigste pijnstiller die hij kende. Hij dacht niet vaak aan haar, maar hij droeg het gezicht met zich mee en gebruikte het alleen wanneer hij heel diep in de put zat.

Hij lag bewegingloos op het bed, als een opiumschuiver, en uiteindelijk kreeg het beeld dat hij in zijn geest meedroeg zijn uitwerking. Hij lag al te snurken toen Venus als eerste van een lange reeks van sterren boven de eindeloze prairie verscheen.

# 14

*een*

Enkele minuten nadat de blanke man was vertrokken, riep Tien Beren opnieuw de raad bij elkaar. Anders dan bij de eerdere samenkomsten die in verwarring waren begonnen en geëindigd, wist Tien Beren nu precies wat hij wilde doen. Hij had al een plan beraamd eer de laatste van de mannen in zijn tent had plaatsgenomen.

De blanke soldaat met bloed op zijn gezicht had Staat Met Een Vuist teruggebracht en Tien Beren was ervan overtuigd dat die verrassing een goed voorteken was, een waarmee ze iets moesten doen. Hij had zijn hersenen al te lang gepijnigd met het probleem van het blanke ras. Jarenlang had hij niets goeds in hun komst kunnen ontdekken. Terwijl hij daar toch wanhopig naar verlangde. Vandaag had hij eindelijk iets goeds gezien en nu was hij vastbesloten om dat wat hij als een grote kans beschouwde, niet door zijn vingers te laten glippen.

De blanke soldaat had grote moed getoond door alleen naar hun kamp te komen. En hij was duidelijk maar met een enkel doel gekomen... niet om te stelen of bedriegen of vechten, maar om iets terug te brengen dat hij had gevonden, iets dat aan hen toebehoorde. Dat gepraat over goden was kennelijk onjuist, maar één ding was zonneklaar voor Tien Beren. Voor ieders bestwil moesten ze verder onderzoek doen naar deze soldaat. Een man die zich zo gedroeg bekleedde waarschijnlijk een hoge positie onder de blanken. Het was mogelijk dat hij reeds grote macht en invloed bezat. Een man als deze was iemand met wie ze wellicht tot overeenstemming konden komen. En zonder overeenstemming wachtte hen beslist niets anders dan strijd en lijden.

Tien Beren was dan ook zeer hoopvol gestemd. De eerste stap waarvan hij die middag getuige was geweest leek hem, ook al was het een op zichzelf staande gebeurtenis, een licht in de nacht en terwijl de mannen binnenkwamen, dacht hij over de beste manier om zijn plan in daden om te zetten.

Terwijl hij naar het inleidende gepraat luisterde en zo nu en dan zelf een opmerking plaatste, maakte Tien Beren in gedachten een lijst van betrouwbare mannen en probeerde te besluiten wie de beste was voor zijn plan.

Pas toen Schoppende Vogel binnenkwam, die was opgehouden omdat hij Staat Met Een Vuist had moeten verzorgen, realiseerde de oude man zich dat het geen karweitje voor een man alleen was. Hij moest twee mannen sturen. Toen dat eenmaal was beslist, had hij de personen snel gekozen. Hij zou Schoppende Vogel sturen vanwege zijn observatievermogen en Wind In Zijn Haar vanwege zijn agressieve aard. De karakters van beide mannen waren representatief voor hem en zijn volk en ze vulden elkaar prima aan.

Tien Beren hield de vergadering kort. Hij wilde niet de langdurige discussies die tot besluiteloosheid konden leiden. Toen de tijd rijp was hield hij een welbespraakte, goed onderbouwde toespraak, waarin hij sprak over de vele verhalen over blanke numerieke superioriteit en blanke rijkdom, met name op het gebied van geweren en paarden. Hij besloot met het besef dat de man in het fort beslist een afgezant was en dat zijn goede daden reden behoorden te zijn om te praten in plaats van te vechten.

Het bleef lang stil toen hij klaar was met zijn toespraak. Iedereen wist dat hij gelijk had.

Toen sprak Wind In Zijn Haar. 'Ik vind niet dat u moet gaan om met die blanke man te spreken,' zei hij. 'Hij is geen god, maar gewoon een blanke die zich wat anders gedraagt.'

Er lag een twinkeling in de ogen van de oude man toen hij antwoordde.

'Ik ga ook niet. Maar er moeten goede mannen gaan. Mannen die kunnen laten zien wat een Comanche is.'

Hier zweeg hij en sloot zijn ogen voor een beter effect. Een minuut ging voorbij en sommigen van de mannen dachten dat hij misschien in slaap was gevallen. Maar in de laatste seconde opende hij ze lang genoeg om tegen Wind In Zijn Haar te zeggen: 'Jij gaat. Jij en Schoppende Vogel.'

Toen sloot hij zijn ogen weer en dutte weg, waarmee de vergadering op exact het juiste moment werd afgesloten.

*twee*

Die nacht woedde het eerste grote onweer van het seizoen, een kilometers lang front, marcherend op het holle geroffel van de donder en het felle geknetter van getande bliksemflitsen. De regen die het meevoerde stortte in bakken over de prairie neer en dreef alles wat leefde naar een beschutte plek.

Staat Met Een Vuist werd er wakker van.

De regen kletterde tegen de uit huiden bestaande wanden van de tent als het gedempte vuur van wel duizend geweren en de eerste ogenblikken wist ze niet waar ze was. Ze zag licht en draaide zich langzaam op haar zij om naar het kleine vuur te kijken dat midden in de tent nog steeds brandde. Daarbij streek een van haar handen per ongeluk over de wond aan haar dijbeen en voelde ze iets vreemds. Ze voelde voorzichtig en ontdekte dat haar been was gehecht.

Toen begon ze zich alles weer te herinneren.

Ze keek slaperig de tent rond en vroeg zich af wie die bewoonde. Ze wist dat het niet haar eigen tent was.

Haar mond was kurkdroog, dus schoof ze haar hand onder de dekens uit om met haar vingers op onderzoek te gaan. Het eerste dat ze vonden was een schaaltje half vol water. Ze richtte zich op een elleboog op, nam een paar flinke slokken en ging weer liggen.

Er waren wat dingen die ze wilde weten, maar het denken viel haar moeilijk. Het was verstikkend heet onder de deken. De schaduwen van het vuur dansten vrolijk boven haar hoofd, de regen zong zijn slaaplied in haar oren en ze was erg zwak.

Misschien ga ik dood, dacht ze toen haar ogen begonnen dicht te vallen en het laatste licht van het vuur buitensloten. Juist voor ze in slaap viel zei ze bij zichzelf, dat dat zo slecht nog niet was.

Maar Staat Met Een Vuist ging niet dood. Ze herstelde en wat ze had doorstaan zou haar, als ze eenmaal was genezen, sterker maken dan ooit.

Er zou iets goeds voortkomen uit het kwade. Het goede was

zelfs al begonnen. Ze lag in een goed huis, een huis dat voor lange tijd haar thuis zou zijn.

Ze lag in de tent van Schoppende Vogel.

## *drie*

Luitenant Dunbar sliep als een dode, zich slechts vagelijk bewust van de spectaculaire show in de hemel boven hem. De regen teisterde de kleine plaggenhut urenlang, maar hij lag zo warm en veilig onder de stapel legerdekens dat de wereld had kunnen vergaan zonder dat hij er iets van merkte.

Hij verroerde zich niet en het was pas ver na zonsopkomst, lang nadat het onweer was overgedreven, dat hij door het zorgeloze, aanhoudende gezang van een leeuwerik werd gewekt. De regen had elke centimeter van de prairie opgefrist en de zoete geuren drongen al zijn neus binnen voor hij zijn ogen open had. Bij de eerste aarzelende blik besefte hij dat hij op zijn rug lag en toen ze helemaal opengingen keek hij recht over zijn tenen naar de ingang van de hut.

Met een flitsende beweging dook iets laags en harigs van de deur weg. De luitenant ging zitten en knipperde met zijn ogen. Een ogenblik later wierp hij de deken van zich af en liep hij, wat wankel, op zijn tenen naar de ingang. Hij keek met één oog om de hoek van de deuropening.

Twee Sokken was net onder de luifel uit gestapt, draaide zich om en wilde op het erf in de zon gaan zitten. Hij verstarde toen hij de luitenant zag. Ze bleven een paar seconden naar elkaar kijken. Toen wreef de luitenant de slaap uit zijn ogen en toen hij zijn handen liet zakken, ging Twee Sokken languit liggen, zijn snuit tussen zijn gestrekte voorpoten op de grond, als een trouwe hond die op zijn baas ligt te wachten.

In de kraal hinnikte Cisco schril en het hoofd van de luitenant draaide snel in die richting. Tegelijk ving hij vanuit zijn ooghoek een flits op en hij zag nog net hoe Twee Sokken over de klif uit het zicht verdween. Toen hij zijn blik weer op de kraal richtte, zag hij hen.

Ze zaten op pony's, nog geen honderd meter van hem vandaan. Hij telde ze niet, maar het waren er acht.

Twee mannen kwamen plotseling naar voren. Dunbar verroerde zich niet, maar in tegenstelling tot andere ontmoetingen, bleef hij nu heel ontspannen staan. Het zat hem in de manier waarop ze naderbij kwamen. De pony's stapten naderbij met het hoofd omlaag, rustig als werkpaarden die na een lange dag terugkeren naar huis.

De luitenant was gespannen, maar dat had weinig te maken met leven of dood.

Hij vroeg zich af wat hij zou zeggen en hoe hij zijn eerste woorden met hen zou kunnen wisselen.

### *vier*

Schoppende Vogel en Wind In Zijn Haar vroegen zich precies hetzelfde af. De blanke soldaat was het vreemdste wezen dat ze ooit hadden gezien en geen van beiden wist hoe dit zou aflopen. Toen ze zagen dat er nog steeds bloed aan het gezicht van de blanke soldaat kleefde, voelden ze zich niet bepaald beter over het gesprek dat ze zouden gaan voeren. Wat echter hun rol betrof waren de beide mannen heel verschillend. Wind In Zijn Haar reed op de blanke toe als een krijger, een vechter. Schoppende Vogel was veel meer een staatsman. Dit was een belangrijk moment in zijn leven, het leven van de troep en het leven van de hele stam. Voor Schoppende Vogel begon een geheel nieuwe toekomst en hij zou geschiedenis schrijven.

### *vijf*

Toen ze dichtbij genoeg waren om hun gezichten duidelijk te onderscheiden, herkende Dunbar onmiddellijk de krijger die de vrouw uit zijn armen had getrokken. Ook de ander had iets bekends, maar hij kon hem niet plaatsen. Hij had geen tijd.

Ze waren zo'n tien passen vóór hem stil blijven staan.

Ze zagen er prachtig uit, stralend in het zonlicht. Wind In Zijn Haar droeg een borstplaat van been en aan de hals van Schoppende Vogel hing een grote metalen schijf. Die beide voorwerpen weerkaatsten het licht. Zelfs hun diepbruine ogen schitterden en in het glanzende, zwarte haar van de mannen glitterden zongebleekte lokken.

Hoewel hij net wakker was, lag er ook een zekere glans over luitenant Dunbar, hoewel die veel subtieler was dan die van zijn bezoekers.

Zijn emotionele inzinking was voorbij en hij was nu, zoals de prairie na het onweer van de afgelopen nacht, fris en vol levenslust.

Luitenant Dunbar neeg voorover in een lichte buiging en tikte met zijn hand tegen de zijkant van zijn hoofd in een langzaam, doelbewust saluut.

Een ogenblik later beantwoordde Schoppende Vogel deze groet met een vreemde beweging van zijn eigen hand, die hij van rug naar handpalm omkeerde.

De luitenant wist niet wat het betekende, maar interpreteerde het terecht als een vriendelijk gebaar. Hij keek om zich heen, als om zich ervan te overtuigen dat alles er nog was en zei: 'Welkom op Fort Sedgewick.'

Het was een mysterie voor Schoppende Vogel wat de woorden betekenden, maar net zoals de luitenant had gedaan, nam hij aan dat het een soort groet was.

'Wij zijn uit het kamp van Tien Beren gekomen voor een vreedzaam gesprek,' zei hij, wat slechts een vragende, niet begrijpende blik van de luitenant tot gevolg had.

Nu vaststond dat geen van beiden in staat zou zijn te converseren, viel er een stilzwijgen over de twee partijen. Wind In Zijn Haar benutte de stilte om de gebouwen van de blanke nader te bekijken. Hij keek lang en indringend naar de luifel, die nu begon op te bollen in de bries.

Schoppende Vogel zat bewegingloos op zijn pony terwijl de seconden zich voortsleepten. Dunbar tikte met zijn teen op de grond en streek over zijn kin. Terwijl de tijd wegtikte, werd hij nerveus en zijn nervositeit herinnerde hem aan de koffie die hij die ochtend had gemist en waar hij nu hevig naar verlangde. Hij had ook zin in een sigaret.

'Koffie?' vroeg hij aan Schoppende Vogel.

De medicijnman hield zijn hoofd nieuwsgierig schuin.

'Koffie?' herhaalde de luitenant. Hij kromde zijn hand rond

een denkbeeldige kop en maakte drinkbewegingen. 'Koffie?' zei hij nog eens. 'Om te drinken?'

Schoppende Vogel staarde de luitenant slechts aan. Wind In Zijn Haar stelde een vraag en Schoppende Vogel antwoordde. Daarna keken ze allebei hun gastheer aan. Na wat Dunbar een eeuwigheid toescheen, knikte Schoppende Vogel eindelijk instemmend.

'Goed, goed,' zei de luitenant en klopte tegen de zijkant van zijn been. 'Kom dan.' Hij gebaarde hen van hun paarden te komen en wuifde hen naderbij terwijl hij onder de luifel liep.

De Comanches volgden hem voorzichtig. Alles waarop hun ogen vielen had iets mysterieus en de luitenant maakte een beetje een ludieke indruk, als een man die was verrast door zijn gasten die een uur te vroeg waren gekomen.

Er brandde geen vuur, maar gelukkig had hij genoeg droog hout klaarliggen voor koffie. Hij hurkte naast het stapeltje aanmaakhout en begon een vuur aan te leggen.

'Ga zitten,' zei hij. 'Alstublieft.' Maar de Indianen begrepen het niet en hij moest zijn woorden herhalen, waarbij hij in pantomime uitbeeldde wat hij bedoelde.

Toen ze gezeten waren, haastte hij zich naar de provisiehut en keerde al even snel weer terug met een twee kilo zware zak koffiebonen en een molen. Toen het vuur eenmaal brandde, schudde luitenant Dunbar bonen in de trechter van de koffiemolen en begon aan de hendel te draaien.

Hij zag dat Schoppende Vogel en Wind In Zijn Haar nieuwsgierig vooroverbogen toen de bonen in de molen begonnen te verdwijnen. Hij had zich niet gerealiseerd dat iets zo gewoons als koffiemalen toverij kon zijn. Maar voor Schoppende Vogel en Wind In Zijn Haar was het wel degelijk toverij. Ze hadden geen van beiden ooit een koffiemolen gezien.

Luitenant Dunbar was verrukt dat hij na al die tijd eindelijk mensen om zich heen had en hoopte dat zijn gasten nog een poosje zouden blijven, dus buitte hij hun nieuwsgierigheid naar het koffiemalen zoveel mogelijk uit. Hij hield abrupt op, schoof de koffiemolen een stuk dichter naar de Indianen, zodat ze beter zicht hadden op het maalproces. Hij draaide langzaam, liet hen duidelijk zien hoe de bonen wegzakten. Toen er nog maar een paar over waren, maakte hij het karwei met een heftig theatraal gebaar af. Daarna zweeg hij met het dramatische effect van een goochelaar die zijn publiek de kans geeft te reageren.

Schoppende Vogel was geïntrigeerd door de molen zelf. Hij liet zijn vingers over een van de gladde houten wanden van de molen glijden. Wind In Zijn Haar had uiteraard het meest belangstelling voor het maalmechanisme. Hij stak een van zijn lange, donkere vingers in de trechter en voelde aan het kleine gat onderin in de hoop te kunnen ontdekken wat er met de bonen was gebeurd.

Het was tijd voor de finale en Dunbar onderbrak de onderzoekingen door zijn hand op te steken. Hij draaide de molen om en nam het kleine knopje vlak boven de bodem tussen zijn vingers. De Indianen bogen, nieuwsgieriger dan ooit, het hoofd.

Eindelijk, en met evenveel flair als waarmee iemand anders een schitterende edelsteen zou hebben onthuld, werden de ogen van luitenant Dunbar groot, verscheen er een glimlach op zijn gezicht en trok hij de lade eruit, gevuld met vers gemalen koffie.

De beide Comanches waren danig onder de indruk. Ze namen allebei wat van de verpulverde bonen en snoven eraan. Daarna bleven ze zwijgend op de volgende onthulling zitten wachten terwijl hun gastheer de pot boven het vuur hing en het water aan de kook liet komen.

Dunbar serveerde zijn beide gasten elk een dampende kop zwarte koffie. De mannen lieten het aroma opstijgen naar hun gezichten en wisselden veelbetekenende blikken uit. Dit was de geur van goede koffie, veel beter dan wat ze al jarenlang van de Mexicanen stalen. Veel sterker.

Dunbar keek vol verwachting toe toen ze ervan nipten en was verrast toen hij hun gezichten zag vertrekken. Er was iets mis. Ze spraken gelijktijdig een paar woorden, een vraag, zo leek het.

De luitenant schudde het hoofd. 'Ik begrijp jullie niet,' zei hij met een schouderophalen.

De Indianen hielden een korte, maar besluiteloze bespreking. Toen kreeg Schoppende Vogel een idee. Hij maakte een vuist, hield hem boven de kop en opende zijn hand, alsof hij iets in de koffie liet vallen. Daarna leek hij wat hij had laten vallen om te roeren met een takje.

Luitenant Dunbar zei iets wat hij niet begreep en toen zag Schoppende Vogel de blanke man opspringen, naar het slecht gemaakte huis van aarde lopen en terugkomen met een andere zak die hij langs het vuur aangaf.

Schoppende Vogel keek erin en gromde toen hij de bruine kristallen zag.

Luitenant Dunbar zag een glimlach op het gezicht van de Indiaan verschijnen en wist dat hij het goed had geraden. Ze wilden suiker.

## *zes*

Schoppende Vogel was vooral hoopvol gestemd door het enthousiasme van de blanke soldaat. Hij wilde praten en toen ze zich voorstelden, had Lui Ten Nant diverse malen hun namen gevraagd, tot hij ze op de juiste manier kon uitspreken. Hij zag er vreemd uit en deed vreemde dingen, maar de blanke man luisterde gretig en leek over heel veel energie te beschikken. Misschien waardeerde Schoppende Vogel de energie in anderen zozeer omdat hij zelf zo naar vrede verlangde.

Hij praatte meer dan Schoppende Vogel gewend was. Nu hij erover nadacht leek het wel of de blanke niet had opgehouden te praten.

Maar hij was onderhoudend. Hij deed vreemde dansen en maakte vreemde tekens met zijn handen en gezicht. Hij deed zelfs een paar imitaties die Wind In Zijn Haar aan het lachen hadden gemaakt. En dat viel niet mee.

Afgezien van zijn algemene indruk, had Schoppende Vogel een paar dingen ontdekt. Lui Ten Nant kon geen god zijn. Hij was veel te menselijk. En hij was alleen. Er woonde daar niemand anders. Maar hij kwam er niet achter waarom de blanke alleen woonde. Evenmin als hij te weten kwam of er nog meer blanken zouden komen en wat hun plannen waren. Schoppende Vogel wilde erg graag de antwoorden op die vragen weten.

Wind In Zijn Haar reed vlak voor hem. Ze reden achter elkaar over een spoor dat zich tussen een groepje populieren naast de rivier slingerde. Ze hoorden niets dan het zachte ploffen van de ponyhoeven in het vochtige zand en hij vroeg zich af wat Wind In Zijn Haar dacht. Ze hadden nog niet van gedachten gewisseld over de bijeenkomst. Dat baarde hem een beetje zorgen.

Schoppende Vogel had zich geen zorgen hoeven maken, want ook Wind In Zijn Haar had een positieve indruk gekregen. Dat niettegenstaande het feit dat het diverse malen in hem was opgekomen de blanke soldaat te doden. Hij had lang gedacht dat blanken niets meer waren dan nutteloze lastposten, jakhalzen die zich rond het vlees schaarden. Maar deze blanke soldaat had meer dan eens moed getoond. Hij was bovendien vriendelijk. En hij was grappig. Heel grappig.

Schoppende Vogel keek naar de twee zakken met koffie en suiker die tegen de schouders van zijn paard botsten en kreeg het idee dat hij de blanke soldaat werkelijk graag mocht. Het was een vreemd idee en hij moest erover nadenken.

Nou, en wat dan nog? dacht de medicijnman ten slotte.

Hij hoorde gedempt gelach. Het leek van Wind In Zijn Haar te komen. Weer klonk er luid gelach en de stoere krijger draaide zich om op zijn pony en sprak over zijn schouder.

'Dat was grappig,' proestte hij, 'toen de blanke man een bizon werd.'

Zonder een antwoord af te wachten draaide hij zich weer om naar het pad. Maar Schoppende Vogel zag de schouders van Wind In Zijn Haar schudden op het ritme van ingehouden gelach.

Het was inderdaad grappig. Lui Ten Nant die op zijn knieën rondkroop, zijn handen langs zijn hoofd als horens. En die deken die hij als een bult onder zijn hemd had gestopt.

Nee, lachte Schoppende Vogel bij zichzelf, niets is zo vreemd als een blanke.

## *zeven*

Luitenant Dunbar spreidde de zware vacht uit over zijn brits en keek er vol bewondering naar.

Ik heb nog nooit een bizon gezien, dacht hij trots, en ik heb al wel een bizonvacht.

Toen ging hij nogal eerbiedig op de rand van het bed zitten, liet zich op zijn rug vallen en streelde met zijn handen over de dikke, zachte vacht. Hij pakte een van de randen beet die over het bed heen hing en bekeek de onderkant. Hij drukte zijn gezicht in het zachte bont en snoof de wilde geur op.

Wat kon alles toch snel veranderen. Een paar uur geleden was hij verpletterd geweest van verdriet en nu zweefde hij van geluk.

Hij fronste licht. Hij was misschien wel wat te ver gegaan, vooral met die bizon. En hij leek bijna voortdurend aan het woord te zijn geweest, misschien wel te veel. Maar dat waren kleine twijfels. Toen hij aan de prachtige vacht dacht, kon hij zich alleen maar bemoedigd voelen door zijn eerste echte ontmoeting.

Hij mocht de twee Indianen wel. De ene met zijn gladde, waardige houding nog het meest. Hij had iets van kracht, iets in zijn vreedzame, geduldige gedrag dat hem aantrok. Hij was rustig, maar toch heel mannelijk. De andere, de heethoofd die het meisje uit zijn armen had getrokken, was beslist geen man om de draak mee te steken. Maar hij was fascinerend.

En de vacht. Die hadden zij hem gegeven. De vacht was echt prachtig.

De luitenant dacht over andere dingen na terwijl hij zich op zijn prachtige aandenken ontspande. Met al die nieuwe gedachten die door zijn hoofd vlogen was er niet de ruimte en niet de wens om in de ware bron van zijn euforie te duiken.

Hij had zijn tijd alleen goed benut, tijd die hij slechts met een paard en een wolf had gedeeld. Hij had goed werk verricht aan het fort. Dat sprak allemaal in zijn voordeel. Maar het wachten en de bezorgdheid hadden aan hem gekleefd als vet in een rimpel en dat was een behoorlijk zware last geweest.

Nu was die weggevallen, weggenomen door twee primitieve mannen wier taal hij niet sprak, wier gelijke hij nog niet had gezien, wier hele leefwijze hem onbekend was.

Zonder het te weten hadden ze hem een grote dienst bewezen. De reden van de euforie van luitenant Dunbar was verlossing. Verlossing van zichzelf.

Hij was niet langer alleen.

# 15

***een***

*17 mei 1863*

*Ik heb vele dagen niets in dit boek geschreven. Er is zoveel gebeurd dat ik nauwelijks weet waar te beginnen.*

*De Indianen zijn tot dusver drie keer op bezoek gekomen, en ik twijfel er niet aan of ze zullen vaker komen. Altijd dezelfde twee met hun escorte van zes of zeven andere krijgers. (Ik sta ervan te kijken dat al deze mensen krijgers zijn. Heb nog niet één man gezien die dat niet was.)*

*Onze samenkomsten zijn zeer vriendschappelijk, maar ernstig belemmerd door de taalbarrière. Wat ik tot dusver heb geleerd is zo weinig vergeleken met wat ik had kunnen weten. Ik weet nog steeds niet wat voor soort Indianen het zijn, maar vermoed dat ze Comanches zijn. Ik geloof dat ik een paar keer een woord heb gehoord dat klinkt als Comanche.*

*Ik ken de namen van mijn bezoekers, maar zou ze niet kunnen spellen. Ik vind hen aardige en interessante mannen. Ze zijn zo verschillend als de dag en de nacht. De een is buitengewoon vurig en is ongetwijfeld een groot krijger. Zijn lichaamsbouw (die het aanschouwen waard is) en zijn stuurse, argwanende houding moeten hem tot een geweldig strijder maken. Ik hoop oprecht dat ik nooit tegen hem hoef te vechten, want ik zou er een harde dobber aan hebben. Deze kerel, wiens ogen tamelijk dicht bij elkaar staan, maar die toch knap genoemd mag worden, heeft zijn zinnen op mijn paard gezet en slaagt er telkens weer in het gesprek op Cisco te brengen.*

*We converseren met zelfbedachte gebaren, een soort van pantomime waar de beide Indianen slag van beginnen te krijgen. Maar het gaat erg langzaam en het grootste deel van onze ge-*

*meenschappelijke basis is eerder gelegd door fouten dan door succes met de communicatie.*

*Het heethoofd gooit buitengewone hoeveelheden suiker in zijn koffie. Het zal niet lang duren eer dat rantsoen is uitgeput. Gelukkig gebruik ik zelf geen suiker. Ha! Het heethoofd (zo noem ik hem) is ondanks zijn geslotenheid toch aardig, zoiets als een koning onder ruwe straatjongens die door zijn fysieke bekwaamheid respect afdwingt. Omdat ik zelf wat tijd op straat heb doorgebracht, respecteer ik hem als zodanig.*

*Verder heeft hij een ruwe eerlijkheid en vastberadenheid die me wel aanstaat.*

*Hij is een heel directe kerel.*

*Ik noem de andere man de kalme en ik mag hem heel erg graag. In tegenstelling tot het heethoofd is hij geduldig en onderzoekend.*

*Ik denk dat hij even gefrustreerd is door de taalproblemen als ik. Hij heeft me een paar woorden van hun taal geleerd en ik heb hem dezelfde in het Engels geleerd. Ik ken de Comanche-woorden voor hoofd, hand, paard, vuur, koffie, huis en nog diverse andere, waaronder hallo en tot ziens. Het kost veel tijd om de geluiden goed te krijgen. Ik twijfel er niet aan of het is voor hem ook moeilijk.*

*De kalme noemt me Lui Ten Nant en zegt om de een of andere reden nooit Dunbar. Ik weet zeker dat hij niet vergeet het te gebruiken (ik heb hem er diverse keren aan herinnerd), dus moet er een andere reden zijn. Het klinkt beslist deftig... Lui Ten Nant.*

*Het komt me voor dat hij over een eersteklas intelligentie beschikt. Hij luistert zorgvuldig en lijkt alles op te merken. Een verandering in de wind of de roep van een vogel heeft evenveel kans zijn aandacht te trekken als iets veel opvallenders. Zonder taal moet ik me beperken tot het aflezen van zijn reacties met mijn zintuigen, maar het heeft er zeer de schijn van dat hij me goedgezind is.*

*Er deed zich een incident met Twee Sokken voor dat dit punt goed onderschrijft. Het gebeurde aan het einde van hun laatste bezoek. We hadden een aanzienlijke hoeveelheid koffie gedronken en ik had mijn gasten net bekendgemaakt met het genoegen van spek. De kalme zag plotseling Twee Sokken zitten aan de overkant van de rivier. Hij sprak een paar woorden tot het heethoofd en ze keken beiden naar de wolf. Verlangend om hen te tonen wat ik van Twee Sokken wist, nam ik een mes en het spek in mijn handen en liep naar de oeverrand aan onze kant van de rivier.*

*Het heethoofd was bezig suiker in zijn koffie te doen en het spek te proeven en keek toe vanwaar hij zat. Maar de kalme stond op en volgde me. Gewoonlijk leg ik het maaltje voor Twee Sokken aan mijn kant van de rivier neer, maar toen ik zijn deel had afgesneden kwam ik op het idee het de rivier over te gooien. Het was een goede worp die op nog geen meter van Twee Sokken vandaan neerkwam. Hij bleef daar echter maar zitten en even dacht ik dat hij niets zou doen. Maar, gezegend de ouwe jongen, hij liep erheen, snuffelde aan het spek en pakte het toen op. Ik had hem nog nooit eerder het vlees zien pakken en voelde een zekere trots op hem toen hij ermee wegliep.*

*Voor mij was het gewoon een blijde gebeurtenis, verder niets. Maar de kalme leek er bovenmatig van onder de indruk. Toen ik me weer naar hem omdraaide, leek zijn gezicht vrediger dan ooit. Hij knikte een paar keer tegen me, liep toen naar me toe en legde zijn hand op mijn schouder alsof hij zijn goedkeuring kenbaar wilde maken.*

*Terug bij het vuur maakte hij een reeks gebaren die ik eindelijk kon herkennen als een uitnodiging om de volgende dag zijn huis te bezoeken. Ik aanvaardde de uitnodiging met graagte en ze vertrokken korte tijd later.*

*Het zou onmogelijk zijn een volledig verslag te geven van mijn indrukken van het Comanche-kamp. Dan zou ik eeuwig moeten doorschrijven. Maar ik zal trachten een korte impressie te geven in de hoop dat mijn observaties van nut zullen blijken te zijn bij toekomstige onderhandelingen met deze mensen.*

*Ik werd zo'n anderhalve kilometer voor het dorp opgewacht door een kleine delegatie met de kalme man aan het hoofd. We reden meteen door naar het dorp. De mensen hadden hun mooiste kleren aangetrokken voor de ontmoeting. De kleur en schoonheid van die kostuums moet je gezien hebben. Ze waren vreemd ingetogen en ik moet toegeven dat ik dat ook was. Een paar kleine kinderen kwamen naar voren en raakten met hun handen mijn benen aan. Alle anderen bleven waar ze waren.*

*We stegen af voor een van de conische huizen en even twijfelde ik toen een jongen van een jaar of twaalf naderbij kwam om Cisco weg te leiden. We vochten even om de teugels, tot de kalme man zich erin mengde. Weer legde hij zijn hand op mijn schouder en de blik in zijn ogen vertelde me dat ik niets te vrezen had. Ik liet de jongen Cisco meenemen. Hij leek verrukt te zijn.*

*Toen leidde de kalme man me zijn tent binnen. Het was er donker, maar niet ongezellig. Het geurde er naar rook en vlees. (Het hele dorp had een sterke geur, die me niet tegenstond. Ik kan het niet beter beschrijven dan als de geur van een leven in het wild.) Er waren twee vrouwen en diverse kinderen binnen. De kalme man gebaarde me te gaan zitten en de vrouwen brachten schalen met voedsel. Daarop verdwenen ze allemaal en lieten ons alleen.*

*We zaten een poosje zwijgend te eten. Ik dacht erover om naar het meisje te informeren dat ik op de prairie had gevonden. Ik had haar niet gezien en wist niet of ze nog leefde. (Dat weet ik nog steeds niet.) Maar het leek een veel te ingewikkeld onderwerp gezien onze beperkingen, dus praatten we zo goed we konden over het eten (een zoete vleessoort die ik heerlijk vond).*

*Toen we klaar waren, rolde ik een sigaret en rookte die op terwijl de kalme tegenover me zat. Zijn aandacht ging telkens weer naar de ingang van de tent. Ik was ervan overtuigd dat we op iets of iemand zaten te wachten. Mijn veronderstelling was juist, want het duurde niet lang eer de deurflap werd geopend en twee Indianen binnenkwamen. Ze zeiden iets tegen de kalme man en hij stond onmiddellijk op en gebaarde me te volgen.*

*Buiten stond een aanzienlijke menigte toeschouwers en ik werd een beetje heen en weer geduwd in de mensenmenigte, terwijl we langs diverse andere woningen liepen alvorens te blijven staan bij een die met een grote, helemaal ingekleurde beer was versierd. Hier werd ik door de kalme zachtjes naar binnen geduwd.*

*Er zaten vijf oudere mannen ongeveer in een cirkel rond het gewone vuurtje, maar mijn blik ging meteen naar de oudste onder hen. Hij was een krachtig gebouwde man die ik voorbij de zestig schatte, maar nog opmerkelijk fit. Zijn lederen hemd droeg kralenversieringen van een intrigerende schoonheid, een heel nauwkeurig en kleurrijk ontwerp. Aan een lok van zijn grijzende haar hing een grote klauw die, te oordelen naar de grote schil-*

*dering buiten, naar mijn mening ooit aan een beer toebehoord moest hebben. Met enige tussenruimte hingen er haren aan zijn hemdsmouwen en ik besefte even later dat dat scalpen moesten zijn. Een ervan was lichtbruin. Dat bracht me even van mijn stuk.*

*Maar het meest in het oog springend was wel zijn gezicht. Ik had nog nooit zo'n gezicht gezien. Zijn ogen hadden een helderheid die je alleen zou kunnen vergelijken met koortsogen. Zijn jukbeenderen waren bijzonder hoog en rond en zijn neus was krom als een snavel. Zijn kin was heel vierkant. Er liep zo'n overdaad aan lijnen over zijn gezicht dat het onjuist zou zijn ze rimpels te noemen. Ze lagen meer in de orde van kloven. Aan een kant had zijn voorhoofd een duidelijke deuk, waarschijnlijk het gevolg van een verwonding in een gevecht, lang geleden.*

*Hij was helemaal een verbazingwekkende figuur vol wijsheid en kracht. Maar ondanks dat alles voelde ik me tijdens mijn korte bezoek geen moment bedreigd.*

*Het leek wel duidelijk dat ik de reden voor deze conferentie was. Ik was ervan overtuigd dat ik alleen maar was gehaald opdat de oude man me eens goed kon bekijken.*

*Er werd een pijp te voorschijn gehaald en de mannen begonnen te roken. De pijp had een lange steel en uit wat ik kon opmaken was de tabak een ruw, eigen mengsel, want alleen ik kreeg de pijp niet aangeboden.*

*Ik wilde graag een goede indruk maken en aangezien ik zelf ook wel zin had in een sigaret, pakte ik mijn spullen en bood ze de oude man aan. De kalme zei iets tegen hem en het opperhoofd stak een van zijn geklauwde handen uit en pakte de tabakszak en vloeitjes aan. Hij inspecteerde mijn spullen nauwkeurig. Toen keek hij me scherp aan met zijn donkere, nogal wreed uitziende ogen en gaf ze me terug. Niet wetend of mijn aanbod was aanvaard, rolde ik toch een sigaret. De oude man leek erg geïnteresseerd.*

*Ik stak hem de sigaret toe en hij pakte hem aan. De kalme zei weer iets en de oude man gaf hem terug. Met gebaren vroeg de kalme mij te roken en ik voldeed aan zijn verzoek.*

*Terwijl ze allemaal toekeken, stak ik de sigaret op, inhaleerde en blies de rook uit. Voor ik opnieuw een haal kon nemen, stak de oude man zijn hand uit. Ik gaf hem de sigaret. Hij keek er eerst naar, inhaleerde toen zoals ik had gedaan. En net als ik blies hij de rook weer uit. Toen hield hij de sigaret dicht bij zijn gezicht.*

*Tot mijn ergernis begon hij snel met zijn vingers heen en weer te rollen. Het vuur viel eraf en de tabak vloog eruit. Hij rolde het lege papier tot een balletje en gooide het achteloos in het vuur.*

*Hij begon langzaam te glimlachen en even later lachten alle mannen rond het vuur.*

*Misschien was ik beledigd, maar hun goede humeur werkte zo aanstekelijk dat ik erdoor werd meegesleept.*

*Daarna werd ik naar mijn paard gebracht en zo'n anderhalve kilometer geëscorteerd, waarna de kalme kort afscheid van me nam.*

*Dat zijn de belangrijkste gegevens over mijn eerste bezoek aan het Indianenkamp. Ik weet niet wat zij nu denken.*

*Het was goed Fort Sedgewick weer te zien. Het is mijn thuis. En toch kijk ik uit naar een volgend bezoek aan mijn 'buren'.*

*Wanneer ik naar de oostelijke horizon kijk, vraag ik me bijna altijd af of daarginds nog een colonne zou kunnen zijn. Ik kan alleen maar hopen dat mijn ijver hier en mijn 'onderhandelingen' met de wilde mensen van de vlakte intussen vrucht af zullen werpen.*

*Lt. John J. Dunbar, U.S. Army*

# 16

## *een*

Een paar uur na luitenant Dunbars eerste bezoek aan het dorp, hielden Schoppende Vogel en Tien Beren een gesprek op hoog niveau. Het was kort en terzake.

Tien Beren mocht luitenant Dunbar en de blik in diens ogen wel, en Tien Beren hechtte veel belang aan wat hij in iemands ogen zag. Ook de manieren van de luitenant stonden hem wel aan. Hij was nederig en beleefd en Tien Beren hechtte veel waarde aan die beide deugden. De kwestie met de sigaret was amusant. Dat iemand kon roken aan iets met zo weinig substantie, was onlogisch, maar dat rekende hij luitenant Dunbar niet aan en hij stemde met Schoppende Vogel in dat de blanke man, als bron van intelligentie, de moeite waard was om nader kennis mee te maken.

Het oude opperhoofd gaf stilzwijgend zijn goedkeuring aan het idee van Schoppende Vogel om de taalbarrière te doorbreken. Maar er waren bepaalde voorwaarden. Schoppende Vogel zou geheel onofficieel te werk moeten gaan. Lui Ten Nant was zíjn verantwoordelijkheid en van niemand anders. Er werd nu al over gepraat dat de blanke man wellicht verantwoordelijk was voor de schaarsheid van wild. Niemand wist wat de mensen van de blanke soldaat zouden denken als hij meerdere bezoeken aan het dorp bracht. De mensen zouden zich tegen hem kunnen keren. Het was heel goed mogelijk dat iemand hem zou doden.

Schoppende Vogel accepteerde de voorwaarden en verzekerde Tien Beren ervan dat hij alles zou doen wat in zijn macht lag om het plan stilletjes uit te voeren.

Toen dat was geregeld, stapten ze over op een belangrijker onderwerp.

De bizon was erg laat.

Al dagenlang waren verkenners lang en ver uitgereden, maar tot dusver hadden ze maar één bizon gezien. Dat was een oude, eenzame stier die door een troep wolven werd verscheurd. Zijn karkas was nauwelijks nog de moeite waard.

Het moreel van de troep daalde samen met de afnemende voedselvoorraad en het zou niet lang duren of het tekort werd echt een probleem. Ze leefden nu van het vlees van herten, maar dat raakte ook snel op. Als de bizon niet snel kwam zou de belofte van een overvloedige zomer door het geluid van huilende kinderen worden verbroken.

De twee mannen besloten dat er niet alleen meer verkenners moesten worden uitgezonden, maar dat een dans ook hard nodig was. Die zou binnen een week gehouden worden.

Schoppende Vogel zou de voorbereidingen op zich nemen.

## *twee*

Het was een vreemde week, een week waarin de tijd helemaal door elkaar liep voor de medicijnman. Wanneer hij tijd nodig had, vlogen de uren voorbij en wanneer hij ernaar verlangde dat de tijd snel verstreek, kroop die minuut na minuut voorbij. Het viel niet mee daar een evenwicht in te zoeken.

Hij moest bij het organiseren van de dans rekening houden met talloze gevoelige details. Het moest een bezwering worden, heel heilig, en de hele troep zou eraan deelnemen. Het plannen en delegeren van diverse verantwoordelijkheden voor een gebeurtenis van zoveel belang was een full-time baan.

Bovendien had hij nog de plichten van een echtgenoot van twee vrouwen, vader van vier kinderen en steun van zijn onlangs geadopteerde dochter. Daarbij kwamen dan ook nog de routineproblemen en verrassingen die zich elke dag voordeden: bezoeken aan de zieken, besprekingen met onverwachte bezoekers, en het maken van zijn eigen medicijn.

Schoppende Vogel was een heel druk bezet man.

En er was nog iets, iets dat voortdurend aan zijn concentratie knaagde. Als een doffe, aanhoudende hoofdpijn porde luitenant Dunbar in zijn geest. Hij werd volkomen opgeëist door het heden en Lui Ten Nant was de toekomst en Schoppende Vogel kon de roep van die toekomst niet weerstaan. Het heden en de toekomst namen dezelfde ruimte in in de dagen van de medicijnman. Het was een drukke tijd.

Dat hij Staat Met Een Vuist om zich heen had maakte het er niet gemakkelijker op. Zij was de sleutel tot zijn plan en Schoppende Vogel kon niet naar haar kijken zonder aan Lui Ten Nant te denken, iets wat hem onvermijdelijk weer deed wegdwalen over andere gedachtenwegen. Maar hij moest een oogje op haar houden. Het was van belang dat hij de zaak op de juiste tijd en plaats ter sprake bracht.

Ze herstelde goed, bewoog zich weer probleemloos en had het leefritme in zijn tent snel opgepikt. Ze was nu al een favoriete bij de kinderen en werkte even lang als ieder ander in het kamp. Wanneer ze met rust gelaten werd, was ze teruggetrokken, maar dat was begrijpelijk. Dat was trouwens altijd al haar aard geweest.

Soms, wanneer hij zo een poosje naar haar had zitten kijken, slaakte Schoppende Vogel heimelijk een zucht. Dan drongen zich vragen aan hem op, waarvan de belangrijkste was of Staat Met Een Vuist hier werkelijk thuishoorde. Maar hij kon geen antwoord bedenken en dat zou hem overigens toch niet helpen. Slechts twee dingen waren van belang. Zij was hier en hij had haar nodig.

Op de dag van de dans had hij nog steeds geen gelegenheid gevonden met haar te praten zoals hij dat wilde. Die ochtend werd hij wakker met het besef dat hij, Schoppende Vogel, zijn plan in beweging zou moeten zetten als hij wilde dat het ooit werkelijkheid werd.

Hij stuurde drie jongemannen naar Fort Sedgewick. Hij had het te druk om zelf te gaan en terwijl zij weg waren zou hij een manier zoeken om met Staat Met Een Vuist te praten.

Schoppende Vogel hoefde gelukkig niet zijn toevlucht te nemen tot manipulatie, want zo halverwege de ochtend vertrok zijn hele gezin naar de rivier terwijl Staat Met Een Vuist alleen achterbleef om een pas geschoten hert te slachten.

Schoppende Vogel keek vanuit de tent naar haar. Ze keek niet één keer op en het mes in haar hand vloog over de hertevacht en ze stroopte die met hetzelfde gemak af als waarmee mals vlees van het bot valt. Hij wachtte tot ze even met haar werk stopte om naar een groepje kinderen te kijken dat verderop voor een tent aan het spelen was.

'Staat Met Een Vuist,' zei hij zacht, terwijl hij door de deuropening van de tent naar buiten boog.

Ze keek met wijd open ogen naar hem op, maar zei niets.

'Ik wil graag even met je praten,' zei hij en verdween weer in het duister van de tent.

Ze volgde hem.

## *drie*

Er hing een gespannen sfeer binnen. Schoppende Vogel ging dingen zeggen die zij waarschijnlijk niet wilde horen en hij voelde zich daar niet prettig bij.

Toen ze voor hem stond, kreeg Staat Met Een Vuist het soort voorgevoel dat je voor een ondervraging hebt. Ze had niets verkeerds gedaan, maar leefde tegenwoordig van dag tot dag. Ze wist nooit wat haar te wachten kon staan, en voelde zich sinds de dood van haar man niet meer tegen uitdagingen opgewassen. Ze vond soelaas bij de man die nu tegenover haar stond. Hij werd door iedereen gerespecteerd en had haar opgenomen als een eigen dochter. Als ze iemand kon vertrouwen, was het Schoppende Vogel.

Maar hij leek nerveus.

'Ga zitten,' zei hij en ze lieten zich allebei op de vloer zakken.

'Hoe is het met je wond?' vroeg hij.

'Die geneest,' antwoordde ze, terwijl haar blik nauwelijks de zijne ontmoette.

'Is de pijn over?'

'Ja.'

'Je hebt je kracht herwonnen.'

'Ik ben weer sterker; ik werk hard.'

Ze speelde met wat zand naast haar voet, duwde het op tot een hoopje terwijl Schoppende Vogel de woorden probeerde te vinden die hij zocht. Hij hield er niet van iets te overhaasten, maar wilde ook niet onderbroken worden en er kon elk moment iemand komen.

Ze keek plotseling naar hem op en Schoppende Vogel werd getroffen door het verdriet op haar gezicht.

'Je bent hier ongelukkig,' zei hij.

'Nee.' Ze schudde het hoofd. 'Ik ben blij dat ik hier ben.'

Ze speelde nog even met het zand, tikte er met haar vingers tegen.

'Ik ben triest zonder mijn echtgenoot.'

Schoppende Vogel dacht even na en ze begon nog een hoopje zand te maken.

'Hij is nu dood,' zei de medicijnman, 'maar jij niet. De tijd gaat voort en jij gaat mee, ook al ben je ongelukkig. Er staat veel te gebeuren.'

'Ja,' zei ze met samengeknepen lippen, 'maar ik ben niet zo geïnteresseerd in wat er komt.'

Vanaf de plaats waar hij zat tegenover de ingang van de tent, zag Schoppende Vogel enkele schaduwen voor de deurflap langskomen en toen verder lopen.

'De blanken komen,' zei hij plotseling. 'Elk jaar zullen er meer door ons land trekken.'

Er liep een huivering over de ruggegraat van Staat Met Een Vuist die zich uitbreidde tot over haar schouders. Haar ogen werden hard en haar handen balden zich onwillekeurig tot vuisten.

'Ik ga niet met ze mee,' zei ze.

Schoppende Vogel glimlachte. 'Nee,' zei hij, 'dat hoef je niet. Er is geen krijger onder ons die niet zou vechten om je ervan te weerhouden weg te gaan.'

Bij die troostende woorden leunde de vrouw met het donkere, kersenrode haar enigszins nieuwsgierig naar voren.

'Maar komen zullen ze,' vervolgde hij. 'Ze zijn vreemd in hun gewoonten en geloof. Het is moeilijk erachter te komen wat we moeten doen. Men zegt dat ze met velen zijn en dat baart me zorgen. Als ze als een vloedgolf komen, moeten we ze tegenhouden. Dan zullen we vele goede mannen verliezen, mannen zoals je echtgenoot. We zullen veel meer weduwen met lange gezichten hebben.'

Terwijl Schoppende Vogel dichterbij zijn doel kwam, liet Staat Met Een Vuist haar hoofd zakken en dacht na over zijn woorden.

'Die blanke man die jou heeft thuisgebracht... ik heb hem

gezien. Ik ben in zijn hut geweest, heb koffie met hem gedronken en met hem gepraat. Hij heeft vreemde manieren. Maar ik heb naar hem gekeken en geloof dat hij een goed hart heeft...'

Ze hief haar hoofd op en keek Schoppende Vogel vluchtig aan.

'Die blanke man is een soldaat. Hij is misschien een man van groot gewicht bij de blanken...'

Schoppende Vogel zweeg. Een mus had zijn weg door de open flap gevonden en fladderde de tent binnen. Wetend dat hij in de val gevlogen was, klapperde de jonge vogel gejaagd met zijn vleugels terwijl hij tegen de ene na de andere huiden wand vloog. Schoppende Vogel keek toe hoe de mus steeds hoger klom en plotseling door het rookgat de vrijheid tegemoet ging.

Nu keek hij naar Staat Met Een Vuist. Ze had de onderbreking genegeerd en staarde naar de in haar schoot gevouwen handen. De medicijnman dacht na, probeerde de draad van zijn monoloog op te pakken. Maar voor hij kon beginnen, hoorde hij weer het zachte geruis van kleine vleugels.

Hij keek omhoog en zag de mus in het rookgat hangen. Hij volgde de vlucht van het beestje dat doelbewust naar de vloer dook, in een sierlijke beweging weer optrok en zachtjes op het kersenrode hoofd landde. Ze verroerde zich niet en de vogel begon even rustig zijn veren glad te strijken alsof hij tussen de takken van een grote boom zat. Ze haalde afwezig haar hand over haar hoofd en als een kind dat touwtje springt hupte de mus een stukje omhoog, bleef in de lucht hangen terwijl de hand onder zijn pootjes doorging en landde toen weer. Staat Met Een Vuist was zich niet bewust van de kleine bezoeker die met zijn vleugels fladderde, zijn borst vooruit stak en als een pijl uit een boog recht naar de ingang vloog. Het beestje was in een oogwenk verdwenen.

Als hij tijd had gehad zou Schoppende Vogels bepaalde conclusies hebben getrokken over de betekenis en het belang van de komst van de mus en de rol van Staat Met Een Vuist daarbij. Hij had geen tijd om een wandeling te maken en erover na te denken, maar op de een of andere manier voelde Schoppende Vogel zich bemoedigd door wat hij had gezien.

Nog voor hij iets kon zeggen, hief zij het hoofd.

'Wat wil je van me?' vroeg ze.

'Ik wil de woorden van de blanke soldaat horen, maar mijn oren begrijpen ze niet.'

Nu was het gebeurd. Staat Met Een Vuist liet haar hoofd zakken.

'Ik ben bang voor hem,' zei ze.

'Honderd blanke soldaten op honderd paarden en met honderd geweren... dat is iets om bang voor te zijn. Maar hij is maar een man alleen. Wij zijn met velen en dit is ons land.'

Ze wist dat hij gelijk had, maar dat maakte nog niet dat ze zich beter voelde. Ze bewoog onrustig heen en weer.

'Ik herinner me de taal van de blanke niet meer,' zei ze weifelend. 'Ik ben Comanche.'

Schoppende Vogel knikte.

'Ja, je bent Comanche. Ik vraag je ook niet iets anders te worden. Ik vraag je je angst opzij te schuiven en je volk voorop te zetten. Ontmoet de blanke man. Probeer met hem de blanke spraak terug te vinden, en wanneer dat lukt zullen wij drieën een gesprek voeren dat ten goede komt aan het hele volk. Ik heb hier lang over nagedacht.'

Hij verviel in stilzwijgen en de hele tent werd stil.

Ze keek om zich heen, liet haar ogen hier en daar even ergens op rusten, alsof ze deze plek lange tijd niet meer zou zien. Ze ging nergens heen, maar in gedachten zette Staat Met Een Vuist weer een stap dichter naar het opgeven van het leven dat ze zo innig liefhad.

'Wanneer zal ik hem zien?' vroeg ze.

Opnieuw werd het stil in de tent.

Schoppende Vogel stond op.

'Ga naar een stille plek,' stelde hij voor, 'weg van het kamp. Blijf daar een poos zitten en probeer je de woorden van je oude taal te herinneren.'

Haar kin hing op haar borst toen Schoppende Vogel haar naar de deuropening leidde.

'Schuif je angst opzij, dan komt het allemaal goed,' zei hij toen ze gebukt de tent verliet.

Hij wist niet of ze die laatste woorden had gehoord. Ze had zich niet naar hem omgedraaid en nu liep ze weg.

## *vier*

Staat Met Een Vuist deed wat haar gevraagd was.

Met een lege waterkan op haar heup liep ze over het brede pad naar de rivier. Het was kort voor de middag en het ochtendverkeer, waterdragers en paarden en wassers en spelende kinderen, was uitgedund. Ze liep langzaam en zocht beide zijden van het pad af naar een weinig gebruikt spoor dat haar naar een eenzame plek zou voeren. Haar hartslag versnelde toen ze een overgroeid pad zag dat van het pad naar de rivier afboog en door het struikgewas zo'n honderd meter van de rivier vandaan liep.

Er was niemand in de buurt en ze luisterde zorgvuldig of er iemand naderde. Toen ze niets hoorde, verborg ze de kan onder een Virginische kersestruik en glipte net weg in de beschutting van het oude pad toen ze langs de waterkant stemmen hoorde.

Ze haastte zich door de wirwar van takken die over het pad hing en was opgelucht toen het voetpad zich na een paar meter verbreedde tot een echt spoor. Ze liep nu vlot verder en de stemmen langs het brede pad stierven al spoedig weg.

Het was een prachtige ochtend. Een lichte bries maakte de wilgen tot wuivende dansers, de hemel boven haar was helderblauw en de enige geluiden die ze hoorde waren die van een enkel konijn of een hagedis die opschrokken bij haar nadering. Het was een dag om je over te verheugen, maar er was geen vreugde in het hart van Staat Met Een Vuist. Het was gemarmerd met lange, bittere aders en terwijl ze langzamer ging lopen, gaf het blanke Comanche-meisje zich over aan de haat.

Een deel daarvan was gericht op de blanke soldaat. Ze haatte hem omdat hij naar dit land was gekomen, omdat hij een soldaat was, omdat hij geboren was. Ze haatte Schoppende Vogel omdat hij haar had gevraagd dit te doen en omdat hij wist dat ze het niet kon weigeren. En ze haatte de Grote Geest omdat hij zo wreed was. De Grote Geest had haar hart gebroken. Maar dat was kennelijk nog niet genoeg.

Waarom blijft u me pijn doen? vroeg ze. Ik ben toch al dood.

Langzaam aan werd haar hoofd koeler. Maar haar verbittering nam niet af; die verhardde zich tot iets kouds en kils.

Vind je blanke spraak terug. Vind je blanke spraak terug.

Ze bedacht dat ze het moe was het slachtoffer te zijn en dat maakte haar kwaad.

Je wilt mijn blanke spraak, dacht ze in Comanche. Zie je daar voor mij enig nut in? Dan zal ik hem vinden. En als ik daardoor een niemand word, dan zal ik de grootste niemand zijn van allemaal. Ik zal een niemand zijn om nooit meer te vergeten.

Terwijl haar mocassins over het met gras bedekte pad liepen, begon ze zichzelf terug te voeren naar een plaats om te beginnen, een plaats waar ze zich de woorden zou kunnen herinneren.

Maar alles was leeg. Hoe ze zich ook concentreerde, er schoot haar niets te binnen en diverse minuten lang voelde ze zich vreselijk gefrustreerd omdat er een hele taal op het puntje van haar tong lag. In plaats van op te trekken, was de nevel rondom haar verleden veranderd in een dichte mist.

Ze was uitgeput tegen de tijd dat ze een kleine open plek langs de rivier vond, ongeveer anderhalve kilometer van het dorp vandaan. Het was een zeldzaam mooie plek, met gras begroeid en overschaduwd door een schitterende populier en aan drie zijden omzoomd door natuurlijke schermen. De rivier was hier breed en ondiep met enkele zandbanken die met riet waren begroeid. Vroeger zou ze verrukt zijn geweest als ze zo'n plek ontdekte. Staat Met Een Vuist had altijd van schoonheid gehouden.

Maar vandaag merkte ze het nauwelijks op. Ze wilde alleen maar rusten, ging voor de populier zitten en leunde met haar rug tegen de stam. Ze kruiste haar benen op Indiaanse wijze en tilde haar rok iets op zodat de koele rivierwind rond haar dijen kon spelen. Ten slotte sloot ze de ogen en ging op zoek naar herinneringen.

Maar ze kon zich nog altijd niets herinneren. Staat Met Een Vuist knarsetandde. Ze bracht haar handen omhoog en wreef met de handpalmen in haar vermoeide ogen.

Het beeld kwam toen ze zich door de ogen wreef.

Het overviel haar als een heldergekleurde vlek.

## *vijf*

Ze had de vorige zomer al beelden gezien, toen ontdekt was dat er blanke soldaten in de buurt waren. Op een ochtend, toen ze in bed lag, verscheen haar pop aan de muur. Tijdens het dansen had ze haar moeder gezien. Maar dat waren vage beelden.

De beelden die ze nu zag, leefden en bewogen als in een droom. Overal hoorde ze de taal van de blanke. En ze verstond ieder woord.

Het eerste tafereel verraste haar door zijn helderheid. Het was de gescheurde zoom van een blauwe katoenen jurk. Een hand speelde met de zoom. Terwijl ze met gesloten ogen toekeek, werd het tafereel groter. De hand behoorde toe aan een jong meisje. Ze stond in een aarden kamer met alleen een klein, hard uitziend bed. Een ingelijste bloemenzee naast het enige raam en een kast waarboven een spiegel hing met aan een kant een grote barst.

Het meisje keek van haar weg, haar onzichtbare gezicht over de hand gebogen die de zoom vasthield terwijl ze de scheur inspecteerde.

Bij die inspectie werd de jurk hoog genoeg opgetrokken om de korte, magere benen van het meisje te onthullen.

Plotseling weerklonk een vrouwenstem van buiten de kamer.

'Christine...'

Het meisje draaide het hoofd om en opeens besefte Staat Met Een Vuist dat dit haar oude ik was. Haar oude gezicht luisterde en toen vormde haar oude mond de woorden: 'Kom eraan, moeder.'

Toen opende Staat Met Een Vuist haar ogen. Wat ze had gezien, maakte haar bang, maar als een toehoorder aan de voeten van een verhalenverteller wilde ze meer weten.

Ze sloot opnieuw haar ogen en vanaf de tak van een eik ontvouwde zich een tafereel tussen een massa ruisende bladeren door. Een langgevel-plaggenhuis, overschaduwd door een stel populieren, was tegen de oever van een droge rivierbedding gebouwd. Een ruwe planken tafel stond voor het huis. En aan die tafel waren vier volwassenen gezeten, twee mannen en twee vrouwen. De vier zaten te praten en Staat Met Een Vuist kon ieder woord verstaan.

Drie kinderen speelden blindemannetje verderop op het erf en de vrouwen hielden hen in het oog terwijl ze praatten over de koorts die een van de kinderen pas had overwonnen.

De mannen rookten een pijp. Op de tafel voor hen stonden de restanten van een laat zondagmiddagmaal: een schaal gekookte aardappelen, diverse groenteschalen, een stapel afgekloven maïskolven, het skelet van een kalkoen en een halfvolle kan melk. De mannen praatten over de kans op regen.

Ze herkende een van hen. Hij was lang en mager. Hij had holle wangen en hoge jukbeenderen. Zijn haar was recht over zijn hoofd naar achteren gekamd. Een korte, spichtige baard kleefde aan zijn kin. Het was haar vader.

Wat hoger kon ze de vormen van twee mensen zien in het buffelgras dat op het dak groeide. Aanvankelijk wist ze niet wie het waren, maar plotseling was ze dichterbij en kon ze hen beter zien.

Zij was het met een jongen van haar leeftijd. Zijn naam was Willy. Hij was ruw en mager en bleek. Ze lagen naast elkaar op hun rug, hand in hand naar de wolken te kijken die zich langs de prachtige hemel uitspreidden.

Ze spraken over de dag waarop ze zouden trouwen.

'Ik zou liever hebben dat er niemand bij was,' zei Christine dromerig. 'Ik zou willen dat je op een nacht aan mijn venster kwam en me meenam.'

Ze kneep hem in de hand, maar Willy kneep niet terug. Hij keek strak naar de wolken.

'Wat dat betreft weet ik het niet zo zeker,' zei hij.

'Wat weet je niet?'

'We zouden problemen kunnen krijgen.'

'Met wie?' vroeg ze ongeduldig.

'Met onze ouders.'

Christine wendde haar gezicht naar het zijne en glimlachte om de bezorgdheid die ze daarvan aflas.

'Maar dan zijn we toch getrouwd. Dan zijn het onze zaken, en niet die van iemand anders.'

'Dat zal wel,' zei hij, met nog steeds rimpels in zijn voorhoofd.

Hij zei verder niets en Christine ging weer naar de lucht liggen kijken.

Ten slotte zuchtte de jongen. Hij keek haar vanuit zijn ooghoeken aan en zij hem.

'Ik denk dat het me niet uitmaakt wat voor drukte ze erover maken... als we maar getrouwd raken.'

'Mij ook niet,' zei ze.

Zonder dat ze elkaar omhelsden bewogen hun gezichten plotseling naar elkaar toe en bereidden hun lippen zich voor op een kus. Christine veranderde op het laatste moment van gedachten.

'Het kan niet,' fluisterde ze.

Er kwam een gekwetste blik in zijn ogen.

'Ze zullen ons zien,' fluisterde ze weer. 'Laten we omlaag glijden.'

Willy glimlachte toen ze wat verder langs de achterkant van het dak omlaag gleed. Hij keek nog een keer achterom naar de mensen op het erf voor hij haar achterna ging.

Over de prairie kwamen Indianen aanrijden. Het waren er twaalf, allemaal te paard. Hun haar was kort geknipt en hun gezichten zwart geschilderd.

'Christine,' fluisterde hij en pakte haar vast.

Ze kropen op hun buik dicht naar de rand om een zo goed mogelijk zicht te hebben. Terwijl ze hun hals uitrekten trok Willy zijn kleine jachtgeweer naar zich toe.

De vrouwen en kinderen moesten al naar binnen zijn gegaan, want haar vader en zijn vriend zaten nu alleen op het erf. Drie Indianen kwamen naar hen toe. De anderen wachtten op respectabele afstand.

Christine's vader begon met gebaren tegen een van de drie afgevaardigden te praten, een grote Pawnee met eèn stuurs uiterlijk. Ze zag meteen al dat het geen goed gesprek was. De Indiaan bleef maar naar het huis wijzen, waarbij hij het gebaar voor drinken maakte. Christine's vader schudde telkens weer afwijzend zijn hoofd.

Er waren al eerder Indianen gekomen en Christine's vader had altijd alles wat hij had met hen gedeeld. Deze Pawnees wilden iets dat hij niet had... of iets dat hij niet wilde geven.

Willy fluisterde in haar oor.

'Ze kijken lelijk... Misschien willen ze whisky.'

Dat zou het kunnen zijn, dacht ze. Haar vader keurde sterke drank niet goed en toen ze weer keek, zag ze dat hij zijn geduld begon te verliezen. En geduld was een van zijn kenmerken.

Hij wuifde ze weg, maar ze verroerden zich niet. Toen wierp hij zijn handen in de lucht, en de pony's schudden hun hoofden. De Indianen verroerden zich nog altijd niet en keken nu alle drie heel grimmig.

Christine's vader zei iets tegen de blanke vriend die naast hem stond, daarop keerden ze de Indianen de rug toe en liepen naar het huis.

Er was geen tijd om een waarschuwing te schreeuwen. De bijl van de grote Pawnee maakte al een neerwaartse boog eer Christine's vader zich helemaal had omgedraaid. Hij raakte hem diep onder de schouder en drong helemaal zijn rug in. Hij kreunde alsof hij geen lucht meer kon krijgen en strompelde zijdelings over het erf. Eer hij een paar passen had gezet, zat de grote Pawnee op zijn rug en hakte woedend op hem in terwijl hij op de grond neerzakte.

De andere blanke man probeerde te vluchten, maar voordat hij halverwege de deur van het plaggenhuis was werd hij door zingende pijlen neergehaald.

Vreselijke geluiden overspoelden Christine's oren. In het huis klonken wanhopige kreten en de Indianen die achter waren gebleven, joelden woest toen ze in galop naderbij kwamen. Iemand brulde iets in haar gezicht. Het was Willy.

'Vlucht, Christine... vlucht!'

Willy zette een van zijn laarzen tegen het achterwerk van het meisje en duwde haar omlaag naar de plek waar het dak eindigde en de prairie begon. Ze keek achterom en zag de magere jongen op de nok van het dak staan, zijn kleine jachtgeweer omlaag gericht naar het erf. Hij schoot en heel even bleef Willy bewegingloos staan. Toen draaide hij het geweer om, pakte het als een knuppel beet, sprong de leegte in en verdween.

Toen rende ze weg, gek van angst; haar magere veertienjarige benen wierpen het zand uit de droge rivierbedding achter het huis op als de wielen van een machine.

De zon scheen in haar ogen en ze viel een paar keer, waarbij ze het vel van haar knieën schaafde. Maar de angst voor de dood verdrong de pijn en in een mum van tijd was ze weer overeind. Als er plotseling een stenen muur was opgedoken in de rivierbedding zou ze er keihard tegenaan gelopen zijn.

Ze wist dat ze dit tempo niet kon volhouden, en zelfs al kon ze dat wel, zíj waren te paard, dus toen de bedding een bocht maakte en de oevers hoger werden, begon ze uit te kijken naar een schuilplaats. Haar gejaagde zoektocht had nog niets opgeleverd en haar longen begonnen van pijn te steken, toen ze in de helling links van haar een donkere opening ontdekte die gedeeltelijk schuilging achter een grote graspol.

Grommend en huilend kroop ze tegen de met stenen bezaaide oever omhoog en als een muis die dekking zoekt, dook ze het gat in. Haar hoofd ging erin, maar haar schouders niet. Het gat was te klein. Ze liet zich weer op haar knieën zakken en begon met haar vuisten tegen de zijkanten van het hol te slaan. De aarde was zacht en begon los te laten. Christine groef als een waanzinnige en na enkele ogenblikken was er genoeg ruimte om in het hol te kruipen.

Het was krap. Ze lag opgekruld als een foetus en kreeg bijna meteen het ziekmakende gevoel dat ze zichzelf had klem gezet. Haar rechteroog kon over de rand van het hol enkele honderden meters van de bedding zien. Er kwam niemand. Maar er rees zwarte rook op uit de richting van het huis. Haar handen waren opgeheven tegen haar keel en ze ontdekte het kleine kruisje dat ze al droeg zolang ze het zich kon herinneren. Ze pakte het stevig vast en wachtte.

## *zes*

Toen de zon achter haar begon onder te gaan, kreeg het jonge meisje meer hoop. Ze was bang dat een van hen haar had zien wegrennen, maar met elk uur dat verstreek werden haar kansen beter. Ze bad om de komst van de nacht. Dan zou het bijna onmogelijk voor hen zijn haar te vinden.

Toen ze een uur na zonsondergang paarden door de bedding hoorde stappen hield ze haar adem in. Het was een maanloze nacht en ze kon niets onderscheiden. Ze meende een kind te horen huilen. Het geluid van de hoeven stierf langzaam weg en keerde niet meer terug.

Haar mond was zo droog dat het slikken haar pijn deed en het kloppen van haar ontvelde knieën leek zich over haar hele lichaam te verspreiden. Ze had er alles voor overgehad om zich uit te kunnen rekken. Maar ze kon zich naar beide kanten niet meer dan een paar centimeter verroeren. Ze kon zich niet omdraaien en haar linkerzijde, waarop ze lag, was helemaal gevoelloos.

Tijdens de langste nacht in het leven van het jonge meisje

kwam haar onbehagen opzetten en nam het af als koorts en ze moest zich harden tegen plotselinge golven van paniek. Als ze eraan had toegegeven zou ze misschien door shock gestorven zijn, maar telkens weer vond Christine een manier om zich tegen die golven van hysterie te verzetten. Als iets haar redding was, dan was het wel het feit dat ze nauwelijks dacht aan wat er met haar familie en vrienden was gebeurd. Zo nu en dan hoorde ze de doodskreun die haar vader had geslaakt toen de bijl van de Pawnee door zijn rug sneed. Maar telkens wanneer ze die kreun hoorde, wist ze het afgrijzen daar een halt toe te roepen en de rest uit haar gedachten te sluiten. Ze was altijd al een flink meisje geweest en dat was haar redding.

Omstreeks middernacht viel ze in slaap om een paar minuten later wakker te worden in een claustrofobische paniek. Net als bij de schuiflus in een strik, raakte ze steeds verder bekneld naarmate ze zich meer verzette.

Haar jammerlijk geschreeuw klonk door de droge bedding.

Ten slotte kon ze niet meer schreeuwen en verviel ze in een lange huilbui. Toen ook die voorbij was, was ze kalm, uitgeput als een dier na uren in de val.

Een ontsnapping uit het hol gaf ze op en ze concentreerde zich op een reeks kleine activiteiten om het zich iets gemakkelijker te maken. Ze bewoog haar voeten heen en weer, telde elke teen pas als ze hem apart van de andere kon laten wiebelen. Haar handen waren tamelijk vrij en ze drukte haar vingertoppen tegen elkaar totdat ze ongeveer elke combinatie had gehad die ze kon bedenken. Ze telde haar tanden. Ze zegde het Onze Vader op en spelde het woord voor woord. Ze componeerde een lang lied over het hol. Daarna zong ze het lied.

## *zeven*

Toen het licht begon te worden, begon ze weer te huilen, wetend dat ze de komende dag onmogelijk zou kunnen doorstaan. Ze had genoeg verdragen. En toen ze paarden in de bedding hoorde, leek het vooruitzicht door iemand gedood te worden veel aanlokkelijker dan te sterven in het hol.

'Help,' riep ze. 'Help me.'

Het geluid van de hoeven viel plotseling stil. Mensen kropen tegen de helling, schuifelend over de stenen. Het schuifelen hield op en een Indianengezicht bleef voor de ingang van het hol hangen. Ze kon zijn aanblik niet verdragen, maar was niet in staat haar hoofd af te wenden. Ze sloot haar ogen tegen de verbaasde Comanche.

'Haal me eruit... alstublieft,' mompelde ze.

Voor ze het wist trokken sterke handen haar het zonlicht in. Ze kon aanvankelijk niet staan en zat op de grond, stukje bij beetje haar gezwollen benen strekkend terwijl de Indianen iets met elkaar bespraken.

De meningen waren verdeeld. De meerderheid zag er geen nut in haar mee te nemen. Ze zeiden dat ze mager en klein en zwak was. En als ze dit hoopje ellende meenamen, zouden zij misschien de schuld krijgen van wat de Pawnee de blanken in het aarden huis hadden aangedaan.

Hun leider was het daar niet mee eens. Het was onwaarschijnlijk dat de mensen in het aarden huis, zo ver van andere blanken, al snel gevonden zouden worden. De troep had nu maar twee gevangenen, allebei Mexicanen en gevangenen waren altijd waardevol. Als deze tijdens de lange reis huiswaarts stierf, zouden ze haar achterlaten en werd niemand er wijzer van. Als ze het overleefde, zou ze bruikbaar zijn als werkster of als iets om over te onderhandelen als dat nodig mocht zijn. En de leider herinnerde de anderen eraan dat het vaak voorkwam dat gevangenen goede Comanches werden en er was altijd behoefte aan goede Comanches.

De zaak was snel besloten. Degenen die ervoor waren haar ter plekke te doden, hadden misschien wel de beste redenering, maar de man die ervoor was haar te houden was een snel opkomende jonge krijger met een toekomst en er was niemand die zich tegen hem wilde verzetten.

## *acht*

Ze doorstond alle ontberingen, vooral door de vriendelijkheid van de jonge krijger met een toekomst, van wie ze uiteindelijk ontdekte dat hij Schoppende Vogel heette.

Na een poos ging ze begrijpen dat deze mensen haar volk waren en dat ze heel anders waren dan de mensen die haar familie en vrienden hadden vermoord. De Comanches werden haar wereld en ze hield evenveel van hen als ze de Pawnees haatte. Maar terwijl de haat voor de moordenaars bleef, zonken de herinneringen aan haar familie langzaam weg, als iets wat in drijfzand gevangen was. Ten slotte waren de herinneringen helemaal verdwenen.

Tot vandaag, de dag dat ze haar verleden had opgegraven.

Hoe levendig de herinnering ook was geweest, Staat Met Een Vuist dacht er niet aan toen ze opstond van haar plaatsje tegen de populier en de rivier inwaadde. Toen ze in het water neerhurkte en er wat van tegen haar gezicht spatte, dacht ze niet aan haar moeder en vader. Ze waren al lang dood en de herinnering aan hen kon haar niet van nut zijn.

Terwijl haar ogen de andere oever afspeurden dacht ze alleen aan de Pawnee en vroeg zich af of ze deze zomer weer invallen zouden doen in Comanche-gebied.

Ze hoopte heimelijk van wel. Ze wilde nog een kans op wraak.

Ze had enkele zomers geleden al een kans gehad en die ook gegrepen. Ze kwam in de vorm van een arrogante krijger die levend was gevangen met het doel een losprijs voor hem te vragen.

Staat Met Een Vuist en een delegatie vrouwen hadden de mannen die hem meebrachten aan de rand van het kamp opgewacht. Zijzelf had de woedende aanval geleid die de terugkerende strijdtroep niet had kunnen afslaan. Ze trokken hem van zijn paard en sneden hem ter plekke in stukken. Staat Met Een Vuist was de eerste die haar mes in hem stak en ging door tot er nog slechts flarden van hem restten. Eindelijk kunnen terugslaan was buitengewoon bevredigend geweest, maar niet zo bevredigend dat ze niet regelmatig van een tweede kans droomde.

Het bezoek aan haar verleden werkte als een medicijn en ze voelde zich meer Comanche dan ooit toen ze over het weinig gebruikte pad terugliep. Ze liep met opgeheven hoofd en zingend hart.

De blanke soldaat leek nu een kleinigheid. Ze besloot dat als ze met hem praatte, het niet meer zou zijn dan Staat Met Een Vuist wilde.

# 17

### *een*

De komst van drie jongemannen op pony's was een verrassing. Schuw en vol respect als ze waren leken ze hem boodschappers, maar luitenant Dunbar was erg op zijn hoede. Hij had nog geen verschil tussen de stammen leren zien en voor zijn ongeoefend oog konden ze iedereen zijn.

Met het geweer schuin over zijn schouder liep hij zo'n honderd meter voorbij de provisiehut naar hen toe. Toen een van de jongemannen het begroetingsteken maakte dat de kalme man altijd gebruikte, beantwoordde Dunbar dat met zijn eigen korte buiging.

Het gesprek met de handen was kort en eenvoudig. Ze vroegen hem mee te gaan naar het dorp en de luitenant stemde toe. Ze bleven staan terwijl hij Cisco de teugels omdeed en spraken op zachte toon over het kleine paard, maar luitenant Dunbar schonk weinig aandacht aan hen.

Hij wilde weten wat er aan de hand was en was blij toen ze het fort in galop verlieten.

### *twee*

Het was dezelfde vrouw en hoewel ze wat terzijde zat, achter in de tent, dwaalden de ogen van de luitenant steeds weer in haar richting. De herteleren jurk was over haar knieën getrokken en hij kon niet zien of ze van de ernstige beenwond genezen was.

Lichamelijk zag ze er goed uit, maar hij kon niets van haar uitdrukking aflezen. Die was een beetje nors, maar vooral nietszeggend. Zijn ogen dwaalden steeds weer naar haar omdat hij er nu zeker van was dat hij om haar naar het dorp was geroepen. Hij wilde maar dat ze terzake konden komen, maar zijn beperkte ervaringen met de Indianen hadden hem reeds geleerd geduld te hebben.

Dus wachtte hij terwijl de medicijnman pietluttig zijn pijp stopte. De luitenant keek weer naar Staat Met Een Vuist. Heel even vonden haar ogen de zijne en herinnerde hij zich weer hoe licht ze waren in vergelijking met de donkerbruine ogen van de anderen. Toen herinnerde hij zich weer dat ze die dag op de prairie 'Niet doen,' had gezegd. Het kersenrode haar kreeg plotseling een geheel nieuwe betekenis en onder in zijn nek begon iets te kriebelen.

O, mijn God, dacht hij, dic vrouw is blank.

Dunbar merkte wel dat Schoppende Vogel zich goed bewust was van de vrouw in de schaduw. Toen hij voor het eerst de pijp aan zijn speciale bezoeker aanbood, deed hij dat met een zijdelingse blik in haar richting.

Luitenant Dunbar had hulp nodig bij het roken en Schoppende Vogel bood hem die beleefd aan. Hij bracht zijn handen naar de lange, soepele steel en corrigeerde de hoek. De tabak smaakte net zo scherp als hij geurde, maar bleek zeer aromatisch te zijn. Goeie tabak. De pijp zelf was fascinerend. Zwaar om op te pakken, maar wanneer je begon te roken voelde hij buitengewoon licht aan, alsof hij zou wegzweven als je hem losliet.

Ze trokken een paar minuten om beurten aan de pijp. Toen legde Schoppende Vogel de pijp voorzichtig naast zich neer. Hij keek Staat Met Een Vuist aan en maakte een korte beweging met zijn pols om haar te beduiden naar voren te komen.

Ze aarzelde een ogenblik, zette toen haar hand op de grond en begon overeind te komen. Luitenant Dunbar, altijd een heer, sprong meteen op en veroorzaakte daarmee een groot tumult.

Het gebeurde allemaal in een flits. Dunbar zag het mes pas toen ze de helft van de afstand naar hem had afgelegd. Het volgende moment kreeg hij de onderarm van Schoppende Vogel in zijn borst en viel achterover. Toen hij neerging, zag hij de vrouw gebukt dichterbij komen, de woorden die ze hem toesiste met steekbewegingen onderstrepend.

Schoppende Vogel was meteen bij haar, draaide met één hand het mes weg terwijl hij haar met de andere tegen de grond drukte. Toen de luitenant overeind kwam, wendde Schoppende Vogel zich tot hem. Er lag een angstaanjagende blik op het gezicht van de medicijnman.

Wanhopig verlangend de vreselijke toestand op te lossen, sprong Dunbar overeind. Hij zwaaide zijn handen heen en weer en zei diverse keren 'Nee.' Toen maakte hij een buiginkje zoals hij de Indianen begroette wanneer ze naar Fort Sedgewick kwamen. Hij wees naar de vrouw op de vloer en boog nog eens.

Schoppende Vogel begreep hem. De blanke man probeerde alleen maar beleefd te zijn. Hij had geen kwaad in de zin gehad. Hij sprak een paar woorden tegen Staat Met Een Vuist en ze kwam weer overeind. Ze hield haar ogen naar de vloer gericht om elk contact met de blanke soldaat te vermijden.

Even bleven de drie mensen in de tent bewegingloos staan.

Luitenant Dunbar wachtte en keek terwijl Schoppende Vogel peinzend met een lange, donkere vinger langs zijn neus streek. Toen mompelde hij iets tegen Staat Met Een Vuist en de vrouw keek op. Haar ogen leken lichter dan eerst. En nietszeggender. Ze staarden nu recht in die van Dunbar.

Met gebaren vroeg Schoppende Vogel de luitenant om weer te gaan zitten. Ze namen opnieuw plaats tegenover elkaar. Er werden nog meer zachte woorden tot Staat Met Een Vuist gericht en ze kwam naderbij en ging licht als een veertje amper een halve meter van Dunbar vandaan zitten.

Schoppende Vogel keek hen verwachtingsvol aan. Hij legde diverse malen zijn vingers tegen zijn lippen, tot de luitenant begreep dat hem gevraagd werd te spreken, iets te zeggen tegen de vrouw die naast hem zat.

De luitenant keek in haar richting, wachtte tot hij iets van haar ogen te zien kreeg.

'Hallo,' zei hij.

Ze knipperde.

'Hallo,' zei hij nog eens.

Staat Met Een Vuist herinnerde zich het woord. Maar haar blanke tong was zo roestig als een oud scharnier. Ze was bang voor wat eruit zou kunnen komen en haar onderbewustzijn verzette zich nog steeds tegen dit gesprek. Ze deed diverse geluidloze pogingen voor het eruit kwam.

'Hullo,' antwoordde ze en liet gauw haar kin zakken.

Schoppende Vogel was zo verrukt dat hij geheel tegen zijn

gewoonte in zichzelf op zijn benen sloeg. Hij stak zijn hand uit en klopte op Dunbars handrug, hem aansporend verder te gaan.

'Spreken?' vroeg de luitenant, het woord combinerend met het gebaar dat Schoppende vogel had gebruikt. 'Engels spreken?' Staat Met Een Vuist tikte tegen haar slaap en knikte, in een poging hem duidelijk te maken dat de woorden in haar hoofd zaten. Ze legde een paar vingers tegen haar lippen en schudde het hoofd, om hem het probleem met haar tong uit te leggen.

De luitenant begreep het niet helemaal. Haar uitdrukking was nog steeds vijandig, maar ze bewoog zich zo gemakkelijk dat hij het gevoel kreeg dat ze wel wilde communiceren.

'Ik ben...' begon hij, met zijn vinger tegen zijn tuniek tikkend. 'Ik ben John. Ik ben John.'

Haar ogen waren op zijn mond gericht.

'Ik ben John,' zei hij nog eens.

Staat Met Een Vuist bewoog haar lippen zwijgend, oefende het woord. Toen ze het eindelijk hardop zei, was dat met perfecte helderheid. Ze schrok ervan. Luitenant Dunbar schrok ervan.

Ze zei: 'Willy.'

Schoppende Vogel wist dat er iets mis was gegaan toen hij de geschokte gelaatsuitdrukking van de luitenant zag. Hij keek hulpeloos toe terwijl Staat Met Een Vuist een reeks verwarde bewegingen maakte. Ze bedekte haar ogen en wreef door haar gezicht. Ze bedekte haar neus alsof ze een bepaalde geur wilde verdringen en schudde wild met haar hoofd. Ten slotte legde ze haar handen plat op de grond en zuchtte diep, waarna ze opnieuw geluidloze woorden vormde met haar kleine mond. Op dat moment zonk Schoppende Vogel het hart in de schoenen. Misschien had hij met dit experiment te veel van haar gevraagd.

Ook luitenant Dunbar wist niet wat hij van haar moest denken. Hij achtte het mogelijk dat het meisje door de lange gevangenschap krankzinnig was geworden.

Maar het experiment van Schoppende Vogel vergde – al was het vreselijk moeilijk – niet te veel van Staat Met Een Vuist en ze was niet krankzinnig. De woorden van de blanke soldaat en haar herinneringen en de verwarring van haar tong vielen allemaal samen. Zoeken in die warboel was zoiets als tekenen met haar ogen dicht. Ze probeerde er vat op te krijgen terwijl ze de ruimte in staarde.

Schoppende Vogel wilde iets zeggen, maar zij onderbrak hem fel met een reeks Comanche-woorden.

Haar ogen bleven nog enkele seconden gesloten. Toen ze ze weer opende, keek ze tussen haar verwarde haren door naar luitenant Dunbar en hij kon zien dat ze zachter stonden. Met een rustig, uitnodigend gebaar van haar hand vroeg ze hem in Comanche opnieuw te spreken.

Dunbar schraapte zijn keel.

'Ik ben John,' zei hij en sprak het woord zorgvuldig uit. 'John... John.'

Opnieuw oefenden haar lippen met het woord en opnieuw probeerde ze het uit te spreken.

'Jun.'

'Ja.' Dunbar knikte verrukt. 'John.'

'Jun,' zei ze weer.

Luitenant Dunbar hief zijn hoofd achterover. Het was heerlijk zijn eigen naam te horen. Hij had die in maanden niet gehoord.

Staat Met Een Vuist moest onwillekeurig lachen. Haar leven was de laatste tijd zo vol verdriet. Het was goed weer iets te hebben, hoe klein ook, waarom ze kon glimlachen.

Tegelijkertijd keken ze naar Schoppende Vogel.

Er lag geen glimlach rond zijn mond. Maar in zijn ogen blonk, zij het zeer vaag, een gelukkig licht.

## *drie*

Het ging langzaam, die eerste middag in de tent van Schoppende Vogel. De tijd werd opgeslokt door de ingespannen pogingen van Staat Met Een Vuist om de eenvoudige woorden en zinnetjes van luitenant Dunbar te herhalen. Soms vroeg een enkel woord van één lettergreep wel tien of meer martelend langdurige repetities. En zelfs dan was de uitspraak verre van perfect. Je kon het geen praten noemen.

Maar Schoppende Vogel was bijzonder hoopvol. Staat Met Een Vuist had hem verteld dat ze zich de blanke woorden goed herinnerde. Ze had alleen problemen met haar tong. De medicijnman wist dat de roestige tong door oefening weer soepel zou worden en zijn hoofd sloeg op hol bij de gedachte aan de vele goede vooruitzichten voor de tijd wanneer ze vrij konden converseren en informatie uitwisselen.

Hij voelde een steek van ergernis toen een van zijn assistenten kwam vertellen dat ze hem weldra nodig hadden om toezicht te houden op de laatste voorbereidingen voor de dans van die avond.

Maar Schoppende Vogel glimlachte toen hij de hand van de blanke man vastpakte en hem gedag wenste in de woorden van de haarmonden.

'Hullo, Jun.'

## *vier*

Hij begreep het niet goed. Het samenzijn was zo abrupt afgebroken. En voor zover hij wist ging het toch heel goed. Er moest iets belangrijkers zijn gebeurd.

Dunbar stond naast de tent van Schoppende Vogel en keek het brede pad af. De mensen leken zich te verzamelen op een open plek aan het einde van de straat bij de tipi met de beer. Hij wilde wel blijven om te kijken wat er aan de hand was.

Maar de kalme man was al in de gestaag groeiende menigte verdwenen. Hij zag de vrouw, zo klein tussen de toch al niet grote Indianen, tussen twee Indiaanse vrouwen in lopen. Ze keek niet naar hem om, maar terwijl de ogen van de luitenant haar nakeken, herkende hij in haar houding de twee volken die in haar verenigd waren: blank en Indiaans.

Cisco kwam naar hem toe en het verbaasde Dunbar te zien dat de jongen die voortdurend lachte zijn paard bereed. De jongen stopte, sprong eraf, klopte Cisco op de nek en zei iets dat de luitenant terecht interpreteerde als goedkeuring voor zijn paard.

De mensen stroomden nu naar de open plek toe en besteedden weinig aandacht aan de man in zijn uniform. De luitenant dacht er opnieuw over te blijven, maar hoe graag hij ook wilde, hij wist dat hij zonder formele uitnodiging niet welkom zou zijn. En hij was niet uitgenodigd. De zon begon te dalen en zijn maag begon te rommelen. Als hij voor donker thuis wilde zijn en zich zo een hoop moeite besparen met het bereiden van een maaltijd, moest hij vlug zijn. Hij steeg op, draaide Cisco om en reed rustig het dorp uit.

Toen hij langs de laatste tenten reed, zag hij iets vreemds. Een twaalftal mannen had zich achter een van de laatste tenten verzameld. Ze waren helemaal opgesmukt en hun lichamen waren met opvallende figuren beschilderd. De hoofden van de mannen gingen schuil onder bizonkoppen, compleet met krullerig haar en horens. Alleen de donkere ogen en grote neuzen waren zichtbaar onder de vreemde helmen.

Dunbar stak zijn hand op terwijl hij voorbijreed. Een paar van hen keken in zijn richting, maar niemand beantwoordde zijn groet en de luitenant reed door.

## *vijf*

De bezoeken van Twee Sokken bleven niet langer beperkt tot de late middag of vroege ochtend. Hij kon nu elk moment te voorschijn komen, maakte het zich dan echt gemakkelijk of zwierf door de kleine wereld van luitenant Dunbar alsof hij een kamphond was. De afstand die hij eens had bewaard, was met het groeien van zijn familiariteit afgenomen. Hij zat nu vaak op een afstand van maar vijf tot zeven meter te kijken terwijl de luitenant zijn karweitjes verrichtte. Wanneer hij dagrapporten schreef ging Twee Sokken gewoonlijk languit liggen en keek met zijn gele ogen nieuwsgierig toe terwijl de luitenant over het papier kraste.

De terugrit was eenzaam geweest. Het ontijdige einde van het samenzijn met de vrouw van twee volken en de vreemde opwinding in het dorp (waaraan hij geen deel had) zadelden Dunbar op met zijn oude Nemesis, het sombere gevoel een buitenstaander te zijn. Zijn hele leven had hij ernaar gehongerd ergens bij te horen en zoals elk mens had hij voortdurend met eenzaamheid te maken. In het geval van de luitenant was eenzaamheid het overheersende gegeven in zijn leven geworden, dus was het een troost de bruine vorm van Twee Sokken onder de luifel te zien opstaan toen hij in de schemering thuiskwam.

De wolf stapte het erf op en ging zitten kijken hoe de luitenant van Cisco's rug gleed.

Dunbar zag meteen dat er nog iets anders onder de luifel lag.

Het was een groot prairiehoen dat dood op de grond lag en toen hij bukte om het te bekijken, zag hij dat het dier pas dood was. Het bloed aan de nek was nog kleverig. Maar afgezien van de verwondingen aan de nek, mankeerde het beest niets. Er zat nauwelijks een veer verkeerd. Het was een puzzel waarvoor maar één oplossing mogelijk was en de luitenant keek Twee Sokken scherp aan.

'Is dit van jou?' vroeg hij hardop.

De wolf hief de ogen op en knipperde terwijl luitenant Dunbar de vogel opnieuw bekeek.

'Nou' – hij schokschouderde – 'dan zal hij wel van ons zijn.'

## *zes*

Twee Sokken stond erbij en zijn gele ogen volgden Dunbar terwijl die de vogel plukte, schoonmaakte en boven open vuur roosterde. Toen het dier aan het spit hing, volgde hij Dunbar naar de kraal en wachtte geduldig terwijl Cisco zijn graanrantsoen kreeg. Daarna gingen ze terug naar het vuur om op hun feestmaal te wachten.

Het was een goede vogel, mals en vol vlees. De luitenant at langzaam, sneed telkens een reep vlees af en gooide zo nu en dan een stuk naar Twee Sokken. Toen hij genoeg had gegeten gooide hij het karkas op het erf en de oude wolf droeg het weg, de avond in.

Luitenant Dunbar zat in een van de vouwstoelen te roken en luisterde naar de geluiden van de avond. Hij vond het verbazingwekkend hoe ver hij in zo korte tijd was gekomen. Nog niet zo lang geleden hadden die geluiden hem nerveus gemaakt en uit de slaap gehouden. Nu waren ze zo bekend dat ze hem troost schonken.

Hij dacht nog eens over die dag na en besloot dat het een goede dag was geweest. Toen na zijn tweede sigaret het vuur begon uit te gaan, realiseerde hij zich hoe bijzonder het was dat hij in zijn eentje rechtstreeks met de Indianen omging. Hij gaf zichzelf een schouderklopje en bedacht dat hij het er tot dusver goed had afgebracht als vertegenwoordiger van de Verenigde Staten van Amerika. En dat zonder richtlijnen.

Toen dacht hij aan de oorlog. Het was mogelijk dat hij niet langer een vertegenwoordiger van de Verenigde Staten was. Misschien was de oorlog inmiddels voorbij. De Geconfedereerde Staten van Amerika... Hij kon het zich niet voorstellen. Maar het was mogelijk. Hij had al lange tijd geen informatie meer gehad.

Die overpeinzingen brachten hem weer bij zijn eigen carrière en hij moest bekennen dat hij steeds minder aan het leger dacht. Dat had veel te maken met het feit dat hij midden in een groot avontuur zat, maar gezeten bij het nasmeulende vuur en luisterend naar het gekef van jakhalzen bij de rivier, bedacht hij dat hij wellicht een beter leven had gevonden. Cisco en Twee Sokken waren niet menselijk, maar hun niet aflatende trouw was bevredigender dan menselijke relaties ooit waren geweest. Hij was gelukkig met hen.

En natuurlijk waren er de Indianen. Ze oefenden een duidelijke aantrekkingskracht op hem uit. Ze waren in elk geval goede buren, welgemanierd, open en goedgeefs. Hoewel hij veel te bleek was naar hun maatstaven, voelde hij zich heel goed op zijn gemak bij hen. Er ging een bepaalde wijsheid van hen uit. Misschien had dat hem van meet af aan aangetrokken. De luitenant was nooit zo'n studiebol geweest. Hij was meer een man van daden, soms te veel. Maar hij voelde dat dit facet van zijn persoonlijkheid aan het veranderen was.

Ja, dacht hij, dat is het. Er valt wat van hen te leren. Ze weten bepaalde dingen. Ik geloof niet dat het zo erg zou zijn als het leger nooit meer kwam.

Dunbar voelde zich plotseling lui worden. Hij geeuwde, mikte zijn sigarettepeuk in de smeulende as aan zijn voeten en rekte zich uit met zijn armen hoog boven zijn hoofd.

'Slapen,' zei hij. 'Nu ga ik de hele nacht slapen als een dode.'

## *zeven*

Luitenant Dunbar schrok wakker in het duister van de vroege ochtend. Zijn plaggenhut trilde. De aarde trilde ook en de lucht was vervuld van een dof rommelend geluid.

Hij zwaaide zijn bed uit en luisterde ingespannen. Het gerommel kwam van dichtbij, niet ver stroomafwaarts.

De luitenant trok zijn broek en laarzen aan en glipte naar buiten. Daar was het geluid zelfs nog luider en vulde de prairie met een harde, natrillende echo.

Hij voelde zich klein te midden daarvan.

Het geluid kwam niet naderbij en zonder precies te weten waarom, schoof hij het idee van een speling van de natuur, zoals een aardbeving of overstroming, als oorzaak van zich af. Het geluid werd veroorzaakt door iets dat leefde. Iets dat leefde deed de aarde trillen en hij moest het zien.

Het licht van zijn lantaarn leek klein toen hij in de richting van het lawaai liep. Hij had nog geen honderd meter langs de oever gelopen toen de zwakke lamp die hij omhooghield iets opving. Het was stof: een warrelende golvende muur van stof in de nacht.

De luitenant ging langzamer lopen toen hij naderbij kwam. Opeens wist hij dat het donderende geluid werd veroorzaakt door hoeven en dat het stof werd opgeworpen door een zo grote verplaatsing van beesten dat hij nauwelijks kon geloven wat hij nu met eigen ogen zag.

De bizons.

Een van hen zwermde weg uit de stofwolk. En nog een. En nog een. Hij ving slechts een glimp op van de voorbijtrekkende dieren, maar het was zo magnifiek dat ze evengoed stil hadden kunnen staan. Op dat moment werd hun aanblik voor eeuwig bevroren in het geheugen van luitenant Dunbar.

In dat ene ogenblik, alleen daar buiten met zijn lantaarn, besefte hij wat ze betekenden voor de wereld waarin hij leefde. Ze waren wat de oceaan betekende voor de vissen, wat de hemel betekende voor de vogels, wat lucht betekende voor menselijke longen.

Ze waren het leven van de prairie.

En er stroomden er duizenden over de klif en omlaag naar de rivier, die ze overstaken met even weinig moeite als waarmee een trein een modderpoel zou oversteken. Daarna aan de andere kant omhoog en het grasland op, op weg naar een bestemming die alleen zij kenden, een stroom van hoeven en horens en vlees die het landschap doorkruiste met een kracht die ieders voorstellingsvermogen te boven ging.

Dunbar liet de lantaarn ter plaatse vallen en begon te rennen. Hij stopte alleen voor Cisco's teugels, niet eens voor een hemd.

Toen sprong hij op het paard en gaf het de sporen. Hij legde zijn blote borst en zijn hoofd tegen de nek van het kleine bruingele dier.

## *acht*

Overal in het dorp brandden vuren toen luitenant Dunbar de laagte inreed waar de tenten stonden en de hoofdweg door het kamp volgde.

Hij zag nu de vlammen van het grootste vuur en de menigte die eromheen vergaard was. Hij zag de dansers met de bizonkoppen en hoorde het gestage tromgeroffel. Hij hoorde het lage, ritmische zingen.

Maar hij was zich nauwelijks bewust van het spektakel dat zich voor hem ontvouwde, evenals hij zich nauwelijks bewust was van zijn rit hierheen, kilometer na kilometer zo hard mogelijk voortrazend over de prairie. Hij was zich niet bewust van het zweet dat Cisco van hoofd tot staart bedekte. Slechts één woord speelde door zijn hoofd toen hij zijn paard voortjoeg door het dorp... het Comanche-woord voor bizon. Hij herhaalde het telkens weer, terwijl hij zich de juiste uitspraak probeerde te herinneren.

Nu schreeuwde hij het woord uit. Maar door al het getrommel en gezang hadden ze hem nog niet horen naderen. Toen hij het vuur naderde probeerde hij Cisco te doen stoppen, maar het paard had nog zo'n grote snelheid dat het het bit niet gehoorzaamde.

Hij reed midden op de dansers af en de Comanches stoven in alle richtingen weg. Met bovenmatige inspanning bracht hij het paard tot stilstand, maar toen Cisco's achterhand de grond raakte, schoten zijn hoofd en nek omhoog en klauwden zijn voorbenen waanzinnig in de lege ruimte. Dunbar kon niet blijven zitten. Hij gleed van de bezwete paarderug en smakte hard tegen de grond.

Voor hij zich kon verroeren sprongen een half dozijn woedende krijgers boven op hem. Een man met een knuppel had overal een einde aan kunnen maken, maar de zes mannen raakten met elkaar in de knoop en niemand kon de luitenant goed raken.

Ze rolden in een chaotische kluwen over de grond. Dunbar

schreeuwde 'bizon', terwijl hij zich tegen de slagen en schoppen verzette. Maar niemand kon verstaan wat hij zei en een paar van de klappen waren nu raak.

Toen was hij zich er vaag van bewust dat het gewicht dat op hem drukte minder werd. Een bekende stem schreeuwde boven het tumult uit.

Plotseling lag er niemand meer op hem. Hij lag nu alleen op de grond en keek met verbaasde ogen omhoog naar een menigte Indiaanse gezichten. Een van de gezichten boog over hem heen.

Schoppende Vogel.

De luitenant zei: 'Bizon.'

Zijn lichaam hapte moeizaam naar adem en zijn stem was niet meer dan een fluistering.

Het gezicht van Schoppende Vogel kwam dichterbij.

'Bizon,' hijgde de luitenant.

Schoppende Vogel gromde en schudde het hoofd. Hij bracht zijn oor tot op een paar centimeter van Dunbars mond en de luitenant zei het woord nog één keer, uit alle macht trachtend het juiste accent te vinden.

'Bizon.'

De ogen van Schoppende Vogel verschenen weer voor die van luitenant Dunbar.

'Bizon?'

'Ja,' zei Dunbar, een vermoeide glimlach op zijn gezicht. 'Ja... bizon... bizon.'

Uitgeput sloot hij een ogenblik zijn ogen en hoorde de zware stem van Schoppende Vogel toen die, het woord uitschreeuwend, de stilte doorbrak.

Het werd beantwoord door een gebrul van blijdschap uit iedere Comanche-keel en heel even dacht de luitenant dat de kracht daarvan hem wegdroeg. Toen hij met zijn ogen knipperde besefte hij dat hij door sterke Indianenarmen overeind werd geholpen.

Toen de vroegere luitenant opkeek, werd hij begroet door tientallen stralende gezichten. Ze kwamen dicht om hem heen staan.

# 18

## *een*

Ze gingen allemaal samen.

Het kamp bij de rivier bleef praktisch verlaten achter toen de grote karavaan bij het ochtendgloren vertrok.

Naar alle richtingen werden flankverkenners uitgezonden. Het gros van de krijgers reed vooraan. Dan kwamen de vrouwen en kinderen, sommigen te paard, anderen niet. Degenen die te voet waren, liepen naast pony's die met werktuigen bepakt waren. Een aantal erg oude stamleden reed mee op de sleden. De reusachtige kudde pony's vormde de achterhoede.

Er was veel waarover hij zich verbaasde. Alleen al de grootte van de colonne, de snelheid waarmee die reisde, het enorme kabaal, de geweldige organisatie die iedereen een plaats en een taak toekende.

Maar wat luitenant Dunbar nog het meest bijzonder vond was zijn eigen behandeling. Letterlijk in een nacht tijd was hij van iemand die door de troep argwanend of onverschillig werd bekeken veranderd in een man van aanzien. De vrouwen glimlachten openlijk tegen hem en de krijgers vertelden hem zelfs hun grappen. De talloze kinderen zochten voortdurend zijn gezelschap en plaagden hem soms.

Door hem zo te behandelen onthulden de Comanches een geheel nieuwe kant van zichzelf, tegengesteld aan de stoïcijnse, waakzame wijze waarop ze hem eerder tegemoet waren getreden. Nu waren ze spontane, echt vrolijke mensen en luitenant Dunbar werd dat ook.

De komst van de bizons zou de middelmatige stemming van de Comanches toch wel hebben verbeterd, maar de luitenant wist dat zijn aanwezigheid bij deze tocht over de prairie een zekere luister aan de onderneming verleende en die gedachte maakte hem trots.

Lang voor ze Fort Sedgewick bereikten, kwamen verkenners melden dat een breed spoor was gevonden waar de luitenant had gezegd dat het zou zijn en onmiddellijk werden meer mannen uitgezonden om uit te zoeken waar de grote kudde nu graasde.

Elke verkenner nam verscheidene verse paarden mee. Ze zouden doorrijden tot ze de kudde vonden, daarna de colonne komen melden hoe groot en hoe ver weg de kudde was. Ze zouden ook de aanwezigheid van vijanden melden die zich rond de jachtgronden van de Comanches ophielden.

Terwijl de colonne zijn weg vervolgde, ging Dunbar even naar Fort Sedgewick. Hij pakte een voorraad tabak, zijn revolver en geweer, een tuniek, een portie graan voor Cisco en reed binnen een paar minuten weer naast Schoppende Vogel en zijn helpers.

Nadat ze de rivier hadden overgestoken, beduidde Schoppende Vogel hem mee naar voren te komen en de twee mannen reden voorbij de kop van de colonne. Toen zag Dunbar voor het eerst het bizonspoor: een gigantische, bijna een kilometer brede strook omgewoelde aarde die zich over de prairie slingerde als een reusachtige, door uitwerpselen vervuilde weg.

Schoppende Vogel beschreef hem iets in gebarentaal dat de luitenant niet helemaal begreep toen er twee stofwolkjes aan de horizon verschenen. De stofwolkjes werden langzaam ruiters. Terugkerende verkenners.

Met de reservepaarden achter zich aan kwamen ze aan galopperen en hielden vlak voor het groepje rond Tien Beren stil om rapport uit te brengen.

Schoppende Vogel reed erheen om te overleggen en Dunbar, die niet wist wat er gezegd werd, hield de medicijnman scherp in de gaten in de hoop iets uit zijn gelaatsuitdrukking te kunnen opmaken.

Wat hij zag hielp hem niet veel verder. Als hij de taal had gekend, had hij kunnen verstaan dat de kudde zo'n zestien kilometer van de huidige positie van de colonne was gestopt om in een groot dal te grazen, een plaats die ze nog gemakkelijk voor de avond konden bereiken.

Het gesprek werd plotseling geanimeerd en de luitenant leunde voorover als om het te kunnen horen. De verkenners maakten lange, zwaaiende bewegingen, eerst naar het zuiden en toen naar het oosten. De gezichten van de toehoorders werden duidelijk somberder en na nog even naar de verkenners te hebben geluisterd, hield Tien Beren een korte vergadering te paard met zijn naaste adviseurs.

Even later reden twee ruiters terug langs de colonne. Toen ze weg waren keek Schoppende Vogel een keer naar de luitenant en Dunbar kende hem inmiddels goed genoeg om aan zijn gezicht te kunnen zien dat niet alles was zoals het wezen moest.

De luitenant hoorde hoefslagen achter zich en keek om naar een dozijn krijgers die naar voren kwamen rijden. Ze werden geleid door het heethoofd.

Ze hielden halt bij de groep van Tien Beren, overlegden even en verdwenen toen samen met een van de verkenners in oostelijke richting.

De colonne kwam weer in beweging en toen Schoppende Vogel weer naast de blanke soldaat kwam rijden, zag hij dat de ogen van de luitenant vol vragen waren. Hij was niet in staat dit aan hem uit te leggen, dit slechte voorteken.

Er waren vijanden ontdekt in de omgeving, mysterieuze vijanden uit een andere wereld. Door hun daden hadden ze zich gekenmerkt als mensen zonder waarde en zonder ziel, slagers zonder respect voor de rechten van Comanches. Ze moesten worden gestraft.

En dus ontweek Schoppende Vogel de vragende blikken van de luitenant. In plaats daarvan keek hij naar het stof dat de krijgstroep van Wind In Zijn Haar deed opwaaien en bad zwijgend om succes voor hun missie.

## *twee*

Vanaf het moment dat hij de rozige bulten in de verte zag opdoemen, wist hij dat wat hij te zien zou krijgen, niets moois was. Er zaten zwarte vlekken op de rozige bulten en toen de colonne naderbij kwam, zag hij dat die vlekken bewogen. Zelfs de lucht leek bedompter en de luitenant maakte nog een knoop van zijn tuniek los.

Schoppende Vogel had hem met een bepaald doel mee naar

voren genomen. Het was niet zijn bedoeling geweest te straffen, maar te onderrichten. En dat kon beter gebeuren door te kijken dan door te praten. Vooraan zou het effect groter zijn. Voor hen beiden. Schoppende Vogel had dit ook nog nooit eerder gezien.

Als kwik in een thermometer steeg langzaam een naar gal smakend mengsel van walging en droefenis naar zijn keel. De luitenant moest voortdurend slikken om te voorkomen dat het eruit zou komen toen hij en Schoppende Vogel de colonne midden door het slagveld leidden.

Hij telde zevenentwintig bizons. En hoewel hij ze niet kon tellen, schatte hij dat er minstens evenveel raven boven ieder lijk zwermden. Bij sommige bizons was de kop overdekt met ruziënde zwarte vogels, die krasten en draaiden en opsprongen terwijl ze om de oogbollen vochten. De bizons waarvan de ogen al waren opgegeten, speelden gastheer voor grotere zwermen die al pikkend heen en weer liepen over de karkassen en voortdurend poepten als om de rijkdom van hun feestmaal te accentueren.

Wolven verschenen vanuit alle richtingen. Zodra de colonne voorbij was zouden ze zich tegoed doen aan de schouders, buiken en hammen.

Maar er was meer dan genoeg voor elke wolf en vogel binnen een omtrek van kilometers. De luitenant maakte een ruwe berekening en kwam op achtenzestighonderd uit. Achtenzestighonderd kilo dood vlees dat lag te vergaan in de hete middagzon.

Allemaal achtergelaten om te rotten, dacht hij, en vroeg zich af of een aartsvijand van zijn Indiaanse vrienden dit had achtergelaten als een macabere waarschuwing.

Zevenentwintig huiden waren van nek tot achterpoten afgestroopt en toen hij langs een wel bijzonder groot dier reed, zag hij dat de open bek geen tong meer bevatte. Er waren meer dieren van hun tong beroofd. Maar dat was dan ook alles. De rest hadden ze laten liggen.

Luitenant Dunbar dacht plotseling aan de dode man in het steegje. De man had net als deze bizons op zijn zij gelegen. De kogel die van achteren in zijn schedel was geschoten had bij het verlaten daarvan de rechterkaak van de man meegenomen.

Hij was toen nog gewoon John Dunbar geweest, een jongen van veertien jaar. In de daaropvolgende jaren had hij heel wat doden gezien, mannen wier hele gezicht was weggeschoten, mannen wier hersens over de grond dropen als gemorste pap. Maar die eerste dode man herinnerde hij zich het best. Voornamelijk vanwege de vingers.

Hij stond vlak achter de agent toen ze ontdekten dat twee vingers van de dode er waren afgesneden. De agent keek om zich heen en zei tegen niemand in het bijzonder: 'Deze kerel is vermoord om zijn ringen.'

En nu lagen die bizons hier dood op de grond, hun ingewanden verspreid over de prairie, alleen omdat iemand hun tong en hun huid wilde hebben. Het leek Dunbar precies hetzelfde soort misdaad.

Toen hij een ongeboren kalf half uit de opengesneden buik van de moeder zag hangen, kwam hetzelfde woord als destijds in dat steegje als een gloeiend teken in zijn hoofd op.

Moord.

Hij keek naar Schoppende Vogel. De medicijnman staarde naar het ongeboren kalf, zijn gezicht een lang, somber masker.

Luitenant Dunbar wendde zijn blik af en keek achterom naar de colonne. De hele troep trok over de plaats van het bloedbad heen. Hongerig als ze waren na weken op rantsoen, was niemand gestopt om iets te nemen van de overdaad om hen heen. De stemmen die de hele ochtend zo luidruchtig waren geweest, zwegen nu, en op hun gezichten zag hij de melancholie van het besef dat een goed spoor plotseling een slecht spoor was geworden.

## *drie*

De paarden wierpen lange schaduwen tegen de tijd dat ze de jachtgronden hadden bereikt. Terwijl de vrouwen en kinderen aan de lijzijde van een lange richel het kamp opzetten, reden de meeste mannen uit om voor het vallen van de nacht de kudde te bekijken.

Luitenant Dunbar ging met hen mee. Ongeveer anderhalve kilometer van het nieuwe kamp vandaan ontmoetten ze drie verkenners die hun eigen kleine kamp hadden opgezet op zo'n honderd meter van de monding van een brede rivierbedding vandaan.

Hun paarden beneden latend, slopen zo'n zestig Comanche-krijgers en een blanke man stilletjes de lange westelijke helling van de rivierbedding op. Toen ze bijna boven waren liet iedereen zich tegen de grond vallen en kroop de laatste meters.

De luitenant keek verwachtingsvol naar Schoppende Vogel, die zacht lachte. De medicijnman wees naar voren en legde een vinger tegen zijn lippen. Dunbar wist dat ze er waren.

Een meter voor hem maakte de aarde plaats voor niets dan lucht en hij besefte dat ze de achterkant van een klif hadden beklommen. De straffe prairiewind beet in zijn gezicht toen hij zijn hoofd oprichtte en zo'n dertig meter lager in een groot dal keek.

Het was een prachtig schotelvormig dal, zeven tot acht kilometer breed en minstens vijftien kilometer lang. Overal wuifde een grote verscheidenheid aan grassen.

Maar de luitenant had nauwelijks oog voor het gras of het dal of de afmetingen daarvan. Zelfs de hemel, nu bewolkt, en de ondergaande zon met zijn prachtige stralen vormden geen partij voor de reusachtige, levende deken van bizons die de bodem van het dal bedekte.

Dat er zoveel wezens bestonden, laat staan zo dicht bij elkaar, deed het hoofd van de luitenant tollen van onberekenbare hoeveelheden. Vijftig, zeventig, misschien wel honderdduizend? Konden het er nog meer zijn? Zijn brein schrok ervoor terug.

Hij begon niet te schreeuwen, te springen of zacht voor zich heen te fluisteren van ontzag. Het feit dat hij hiervan getuige was deed hem alles om zich heen vergeten. Hij voelde de kleine, scherpe stenen waarop hij lag niet in zijn lichaam prikken. Toen een wesp op zijn slap neerhangende kaak neerstreek, joeg hij hem niet weg. Hij kon alleen het waas van verbazing voor zijn ogen wegknipperen.

Hij aanschouwde een wonder.

Toen Schoppende Vogel hem op de schouder tikte, realiseerde hij zich dat hij zijn mond de hele tijd open had gehad. Die was kurkdroog door de prairiewind.

Hij schudde versuft zijn hoofd en keek langs de helling omlaag. De Indianen kropen alweer naar beneden.

## *vier*

Ze reden een half uur in het donker toen ze de vuren zagen, als speldeprikken in de verte. Het was zo vreemd dat het wel een droom leek.

Thuis, dacht hij. Bijna thuis.

Hoe kon het dat zijn? Een tijdelijk kamp ergens ver weg op de vlakte, bevolkt door zo'n tweehonderd inboorlingen wier huidkleur anders was dan de zijne, wier taal een mengeling van gegrom en gesnauw was, wier geloof nog een mysterie was en waarschijnlijk altijd wel zou blijven.

Maar vanavond was hij erg moe. Vanavond beloofde het de troost van een geboortehuis. Het was nu hun thuis en hij was blij het te zien.

De anderen, de massa halfnaakte mannen met wie hij het laatste halfuur had samen gereden, waren ook blij het te zien. Ze praatten nu weer. De paarden konden het ruiken. Ze liepen nu hoog op hun tenen, probeerden over te gaan op draf.

Hij wilde dat hij Schoppende Vogel kon zien tussen de vage vormen om hem heen. De medicijnman vertelde hem veel met zijn ogen en hier in het donker, omringd door deze wilden die hun kamp naderden, voelde hij zich hulpeloos zonder de veelzeggende ogen van Schoppende Vogel.

Ongeveer een kilometer van het kamp vandaan hoorde hij stemmen en tromgeroffel. Er ging een gegons door de gelederen van zijn mederuiters en de paarden gingen plotseling harder lopen. Ze reden zo dicht op elkaar en bewogen zich in zo'n volstrekte harmonie dat luitenant Dunbar zich even deel voelde van een onstuitbare energie, een vloedgolf van mannen en paarden waartegen zich niemand zou durven verzetten.

De mannen joelden, hoog en schril als jakhalzen, en Dunbar, meegesleurd in de opwinding, deed met hen mee.

Hij zag de vlammen van de vuren en de silhouetten van mensen die door het kamp heen en weer liepen. Ze hadden de terugkerende ruiters opgemerkt en een aantal van hen rende de ruiters over de prairie tegemoet.

Hij had een raar gevoel over het kamp, een gevoel dat hem vertelde dat er een ongewone opwinding heerste, dat er tijdens hun afwezigheid iets bijzonders was gebeurd. Zijn ogen werden groter terwijl hij iets probeerde te ontdekken dat hem duidelijk kon maken wat er zo anders was.

Toen zag hij de wagen naast het grootste vuur geparkeerd staan, evenzeer misplaatst als een sjieke koets op de golven van de zee.

Er waren blanken in het kamp.

Hij trok hard aan Cisco's teugels en liet de anderen voorbijrazen terwijl hij achterbleef om even na te denken.

Het leek hem een ruwe, lelijke wagen. Cisco stond nerveus onder hem te trappelen en de luitenant verbaasde zich over zijn eigen gedachten. Toen hij aan de stemmen dacht die bij de wagen hoorden, wilde hij die niet horen. Hij wilde de blanke gezichten niet zien die zo graag het zijne zouden willen zien. Hij wilde hun vragen niet beantwoorden. Hij wilde het nieuws dat hij had gemist niet horen.

Maar hij wist dat hij geen keus had. Hij kon nergens anders heen. Hij gaf Cisco iets meer teugel en het paard stapte langzaam verder.

Op een afstand van vijftig meter bleef hij even staan. De Indianen dansten uitgelaten in het rond terwijl de mannen die de kudde hadden bekeken van hun paarden stegen. Hij wachtte tot de pony's weg waren en bekeek toen alle gezichten in zijn blikveld.

Er waren geen blanken.

Ze kwamen dichterbij en Dunbar bleef nog een keer staan, terwijl hij zorgvuldig het kamp rondkeek.

Geen blanken.

Hij ontdekte het heethoofd en het troepje mannen dat die middag met hem was weggereden. Zij leken het middelpunt van de belangstelling te vormen. Dit was beslist meer dan een begroeting. Het was een soort viering. Ze gaven elkaar lange stokken door. Ze schreeuwden. De dorpelingen die waren komen kijken schreeuwden ook.

Hij en Cisco kwamen nog dichterbij en de luitenant zag meteen dat hij het mis had gehad. Ze gaven geen lange stokken door. Ze gaven lansen door. Een daarvan kwam bij Wind In Zijn Haar terug en Dunbar zag dat die hem hoog opstak. Hij glimlachte niet, maar was duidelijk blij. Juist toen hij een lang, vibrerend gebrul uitstootte, ving Dunbar een glimp op van het bosje haar dat aan de punt van de lans gebonden was.

Op dat moment besefte hij dat het een scalp was. Een nieuwe scalp. Het was zwart, krullend haar.

Zijn blik ging naar de andere lansen. Er waren er nog twee waar scalpen aanhingen; de ene was lichtbruin en de andere zandkleurig, bijna blond. Hij keek snel naar de wagen en zag wat hij eerder niet had opgemerkt. Een stapel bizonhuiden kwam boven de rand uit.

En plotseling was het hem zonneklaar.

De huiden behoorden toe aan de vermoorde bizons en de scalps behoorden toe aan de mannen die de bizons hadden gedood, mannen die die middag nog in leven waren. Blanke mannen. De luitenant was verdoofd en verward. Hij kon hier niet aan deelnemen, zelfs niet als toeschouwer. Hij moest weg hier.

Toen hij zich omdraaide ontmoette hij de blikken van Schoppende Vogel. De medicijnman stond breeduit te glimlachen, maar toen hij luitenant Dunbar in de schaduw net buiten het licht van het vuur zag staan, verdween zijn glimlach. En als om de luitenant de verlegenheid te besparen, draaide hij zich om.

Dunbar wilde geloven dat Schoppende Vogel met hem meevoelde, dat hij op de een of andere manier zijn verwarring begreep. Maar hij kon nu niet nadenken. Hij moest alleen zijn.

Hij reed het kamp door, vond aan de andere kant ervan zijn spullen en reed met Cisco de prairie op. Hij reed door tot hij de vuren niet meer kon zien. Toen spreidde hij zijn slaapdeken op de grond uit en ging naar de sterren liggen kijken en probeerde te geloven dat de mannen die gedood waren slechte mensen waren die het verdienden te sterven. Maar het haalde niets uit. Hij wist dat niet met zekerheid en zelfs al was dat zo... dan nog was het niet aan hem daarover te oordelen. Hij deed zijn best te geloven dat Wind In Zijn Haar en Schoppende Vogel en alle andere mensen die deel hadden aan de dood van de drie mannen, zich daar niet zo gelukkig bij voelden. Maar dat was wel zo.

Bovenal wilde hij geloven dat hij niet in deze positie verkeerde. Hij wilde geloven dat hij ergens tussen de sterren zweefde. Maar dat was niet zo.

Hij hoorde dat Cisco met een diepe zucht in het gras ging liggen. Toen was het stil en Dunbars gedachten richtten zich naar binnen, op zijn eigen wezen. Of eerder het gemis daarvan. Hij hoorde niet bij de Indianen. Hij hoorde niet bij de blanken. En het was nog niet zijn tijd om bij de sterren te horen.

Hij hoorde daar waar hij nu was. Nergens.

Er kroop een snik in zijn keel omhoog. Hij moest kokhalzen om hem tegen te houden. Maar hij bleef snikken en even later zag hij het nut er niet meer van in de tranen tegen te houden.

## *vijf*

Hij werd door iets aangetikt. Toen hij wakker werd dacht hij dat hij de lichte druk die hij tegen zijn rug voelde had gedroomd. De deken was zwaar en vochtig van de dauw. Hij moest hem 's nachts over zijn hoofd hebben getrokken.

Hij keek onder de rand van de deken uit naar het heiige ochtendlicht. Cisco stond een meter verderop in het gras, de oren gespitst.

Daar was het weer, die zachte trap in zijn rug. Luitenant Dunbar wierp de deken van zich af en staarde in het gezicht van een man die pal boven hem stond.

Het was Wind In Zijn Haar. Zijn gezicht was beschilderd met okerkleurige strepen. Hij had een splinternieuw geweer in zijn hand. Hij bewoog het geweer en de luitenant hield zijn adem in. Nu kon het wel eens met hem gedaan zijn. Hij stelde zich zijn haren voor, die aan de lans van de vurige man bungelden.

Maar Wind In Zijn Haar glimlachte toen hij het geweer iets hoger ophief. Hij drukte zachtjes met zijn teen in de zij van de luitenant en sprak een paar woorden in Comanche. Luitenant Dunbar bleef stil liggen toen Wind In Zijn Haar zijn geweer op een denkbeeldig stuk wild richtte. Toen stak hij een denkbeeldig stuk voedsel in zijn mond en, als de ene vriend die de andere plaagt, kietelde hij opnieuw met de punt van zijn mocassin tussen Dunbars ribben.

## *zes*

Ze naderden met tegenwind, elke gezonde man van de troep, rijdend in een brede formatie, een halve cirkel van bijna een kilometer breed. Ze reden langzaam, stilletjes, opdat de bizons pas op het laatste moment zouden schrikken, wanneer het tijd was om te rennen.

Als een novice tussen experts deed luitenant Dunbar zijn best de strategie van de jacht uit te vogelen. Vanaf zijn positie in het midden van de formatie kon hij zien dat ze probeerden een klein deel van de gigantische kudde te isoleren. De ruiters in de rechtersectie van de halve cirkel waren er bijna in geslaagd een groep van de kudde af te scheiden terwijl de middensectie van achteren duwde. Links van hem strekte de formatie zich uit tot een rechte lijn.

Het was een omsingeling.

Hij was zo dichtbij dat hij geluiden hoorde; het gebalk van de kalveren, het geloei van de moeders en zo nu en dan het gebrul van een van de reusachtige stieren. Er bevonden zich duizenden dieren recht voor hem.

De luitenant keek naar rechts. Wind In Zijn Haar reed naast hem en zijn ogen waren strak op de kudde gericht. Hij leek zich niet bewust van het paard onder hem of het geweer in zijn hand. Zijn heldere blik zag alles: de jagers en de prooi, en de kleiner wordende afstand daartussen. Als de lucht zichtbaar was, zou hij elke subtiele wijziging daarin hebben opgemerkt. Hij leek op een man die luisterde naar het aftellen van een onzichtbare klok.

Zelfs de onervaren luitenant Dunbar voelde de spanning die om hem heen hing. De lucht was nu volstrekt dood, droeg niets meer met zich mee. Hij hoorde de hoeven van de pony's niet meer. Zelfs de kudde voor hen was plotseling stil. De dood viel neer over de prairie als een neerdalende wolk.

Toen hij op nog geen honderd meter afstand was, draaide een handvol harige beesten zich als een geheel om en keken hem aan. Ze hieven hun grote koppen, snuffelden in de dode lucht naar een aanwijzing van wat hun oren al hadden gehoord, maar hun zwakke ogen nog niet konden identificeren. Hun staarten vlogen de lucht in, krulden zich boven hun rompen als kleine vlaggen. De grootste onder hen stampte in het gras, schudde zijn hoofd en snoof hard als een uitdaging jegens de naderende rijders.

Toen begreep Dunbar dat de jacht die op het punt stond te beginnen voor de jagers niet reeds bekeken was, dat ze niet ergens op de loer zouden gaan liggen, maar dat de jagers om deze dieren te doden, allemaal hun eigen kans zouden wagen.

Aan de rechterflank ontstond commotie, bijna aan het eind van de halve cirkel. De jagers hadden toegeslagen.

Deze eerste aanval zette met verbazingwekkende snelheid een kettingreactie in gang die Dunbar overviel zoals een vloedgolf een nietsvermoedende waadvogel overdondert.

De stieren die naar hem hadden gekeken, draaiden zich om en renden weg. Het ging zo snel dat Cisco bijna onder hem vandaan rende. Hij reikte naar achteren toen zijn pet afwoei, maar die glipte net tussen zijn vingers door. Het was niet belangrijk. Hij kon niet meer stoppen, zelfs niet als hij het uit alle macht had geprobeerd. Zijn kleine paard raasde voort en ploegde de grond om alsof de vlammen aan zijn hielen likten, alsof zijn leven ervan afhing.

Dunbar keek naar de rij ruiters links en rechts van hem en was stomverbaasd niemand te zien. Hij keek over zijn schouder en zag hen, plat op de ruggen van hun pony's. Die liepen zo hard ze konden, maar vergeleken met Cisco waren het treuzelaars die hopeloos hun best deden hem bij te houden. Ze raakten met de seconde verder achter en plotseling reed de luitenant helemaal alleen tussen de jagers en de vluchtende bizons.

Hij trok aan Cisco's teugels, maar als het dier het al voelde, besteedde hij er geen aandacht aan. Zijn nek stak recht vooruit, zijn oren lagen plat en zijn neusgaten stonden wijd open, slorpten de wind op terwijl ze steeds dichter bij de kudde kwamen.

Luitenant Dunbar had geen tijd om na te denken. De prairie vloog onder hem voorbij, de hemel boven hem. En daar tussenin, in een lange rij recht vooruit, bevond zich een muur van op hol geslagen bizons.

Hij was nu zo dichtbij dat hij de spieren van hun achterhand kon zien. Hij zag de onderkant van hun hoeven. Over een paar seconden zou hij ze kunnen aanraken.

Hij rende een dodelijke nachtmerrie tegemoet, een man in een open boot die hulpeloos naar de rand van de waterval toe dreef.

De luitenant gilde niet. Hij zei geen gebed en maakte geen kruisteken. Hij sloot wel zijn ogen. De gezichten van zijn vader en moeder verschenen voor zijn geestesoog. Ze deden iets dat hij ze nooit had zien doen. Ze kusten elkaar hartstochtelijk. Overal om hen heen klonk gedreun, het geweldige geroffel van wel duizend trommels. De luitenant opende zijn ogen en bevond zich in een droomlandschap, een dal gevuld met gigantische bruine en zwarte keien die allemaal in dezelfde richting rolden.

Ze renden met de kudde mee.

Het ontzagwekkende gedonder van duizenden gespleten hoeven droeg de vreemde stilte van een stortvloed en enkele ogenblikken lang voelde Dunbar zich sereen meedrijven op de waanzinnige stilte van de wilde vlucht.

Hij klemde zich aan Cisco vast en keek uit over de grote bewegende deken waarvan hij nu deel uitmaakte en bedacht dat als hij dat wilde, hij van zijn paard kon stappen en veilig weg zou kunnen komen door van de ene rug op de andere te springen, zoals een kind een stroom overstak door van steen naar steen te springen.

Zijn geweer gleed bijna uit zijn bezwete hand en tegelijk draaide de stier die nog geen halve meter links van hem liep scherp naar hem toe. Met een zwaai van zijn harige kop probeerde hij Cisco te doorboren. Maar het paard was hem te snel af. Het sprong weg en de hoorn schampte alleen zijn nek. Luitenant Dunbar viel daarbij bijna van zijn rug. Dat zou zijn dood geworden zijn. Maar de bizons liepen zo dicht om hem heen dat hij tegen de rug van een bizon viel die aan de andere kant naast hem liep en zich weer kon oprichten.

In paniek richtte de luitenant zijn geweer omlaag en schoot op de bizon die had getracht Cisco te doorboren. Het was een slecht schot, maar de kogel versplinterde een van de voorpoten van het beest. Hij zakte door zijn knieën en Dunbar hoorde de nek breken toen de stier over de kop ging.

Plotseling was er overal ruimte om hem heen. De bizons waren geschrokken van het lawaai van zijn geweer. Hij trok hard aan Cisco's teugels en het paard reageerde. Even later stonden ze stil. Het gerommel van de kudde nam af.

Hij keek toe hoe de kudde voor hem kleiner werd en zag dat zijn medejagers de bizons hadden ingehaald. De aanblik van naakte mannen te paard, meerennend met al die beesten, als kurken die op de ruwe golven deinen, hield diverse minuten zijn aandacht vast. Hij zag hoe hun bogen zich spanden en zag de stofwolkjes wanneer er weer een bizon was neergehaald.

Maar veel langer dan een paar minuten bleef hij niet kijken. Toen draaide hij zich om. Hij wilde zijn vangst met eigen ogen zien. Hij wilde bevestigd zien wat te fantastisch leek om waar te zijn.

Het had allemaal niet meer tijd gekost dan hij nodig had om zich te scheren.

## *zeven*

Het was al een groot beest om mee te beginnen, maar dood, stil en eenzaam op het gras leek het nog groter.

Als een bezoeker op een tentoonstelling liep luitenant Dunbar langzaam om het lichaam heen. Hij bleef staan bij de monsterlijke kop van de stier, nam een van de horens in zijn hand en trok eraan. De kop was erg zwaar. Hij ging met zijn hand over de hele lengte van het lichaam; door de wollige haarbos op de bult, over de scherp hellende rug en over de romp. Hij hield de pluimstaart tussen zijn vingers. Die leek belachelijk klein.

De luitenant keerde op zijn schreden terug, hurkte voor de kop van de stier neer en kneep in de lange zwarte baard die aan zijn kin hing. Deze deed hem aan de geitesik van een generaal denken en hij vroeg zich af of dit dier ook een hoogstaand lid van de kudde was geweest.

Hij stond op en deed een paar passen terug, nog altijd onder de indruk van de aanblik van de dode bizon. Het was hem al een mysterie dat één van die opmerkelijke wezens kon bestaan. En er waren er wel duizenden.

Misschien zijn er wel miljoenen, dacht hij.

Hij was er niet trots op dat hij de stier het leven benomen had, maar voelde ook geen wroeging. Afgezien van een sterk gevoel van respect, ervoer hij helemaal geen emoties. Hij voelde echter wel iets fysieks. Hij voelde zijn maag en hoorde hem rammelen. Het water liep hem in de mond. Dagenlang had hij slechts schamele maaltijden gegeten en nu hij naar deze grote bonk vlees keek, was hij zich echt bewust van zijn honger.

Er waren nauwelijks tien minuten verstreken sinds de woeste aanval, maar de jacht was nu al voorbij. De kudde was verdwenen, met achterlating van de doden. De jagers hingen om hun vangst heen, wachtend tot de vrouwen en kinderen en ouderen met hun slachtuitrusting op de vlakte zouden verschijnen. Hun stemmen klonken jubelend van opwinding en Dunbar had het idee dat er een of ander feest was begonnen.

Wind In Zijn Haar kwam aanrijden met twee vrienden. Blozend van plezier sprong hij breed glimlachend van zijn hijgende pony. De luitenant zag een lelijke, bloedende wond net onder de knie van de krijger.

Maar Wind In Zijn Haar merkte het niet. Hij straalde nog steeds toen hij naast de luitenant kwam staan en hem als een goedbedoelde begroeting hard op zijn rug sloeg, waardoor Dunbar languit neerviel.

Smakelijk lachend trok Wind In Zijn Haar de verbaasde luitenant overeind en drukte hem een mes met een breed lemmet in de hand. Hij zei iets in Comanche en wees op de dode stier.

Dunbar bleef staan waar hij stond en grijnsde schaapachtig naar het mes in zijn hand. Hij glimlachte hulpeloos en schudde het hoofd. Hij wist niet wat hij moest doen.

Wind In Zijn Haar mompelde iets tegen zijn vrienden, klopte de luitenant op de schouder en nam het mes weer aan. Toen liet hij zich naast de buik van Dunbars bizon op zijn knie vallen.

Met het zelfvertrouwen van een doorgewinterde slager stak hij het mes diep in de borst van de bizon en sneed hem met beide handen helemaal open. Toen de ingewanden eruit puilden, stak Wind In Zijn Haar zijn hand erin, graaiend als een man die iets zoekt in het donker.

Hij vond wat hij zocht, trok er een paar keer flink aan en kwam overeind met een lever, zo groot dat hij over zijn beide handen heen hing. Hij imiteerde de welbekende buiging van de blanke soldaat en bood de luitenant de lever aan. Dunbar nam het dampende orgaan behoedzaam aan, maar omdat hij geen idee had wat hij ermee moest doen, maakte ook hij zijn buiging en gaf zo beleefd als hij kon de lever terug.

Normaal zou Wind In Zijn Haar dat wellicht als een belediging hebben beschouwd, maar hij hield zich voor dat 'Jun' een blanke was en dus niets wist. Hij maakte nog een buiging, stak een kant van de warme lever in zijn mond en beet er een flink stuk af.

Luitenant Dunbar keek ongelovig toe terwijl de krijger de lever doorgaf aan zijn vrienden. Ook zij knaagden stukken van het rauwe vlees af. Ze aten het gretig, als verse appeltaart.

Inmiddels had zich een kleine menigte, waarvan sommigen te paard en anderen te voet, rond Dunbars bizon vergaard. Schoppende Vogel was er, en Staat Met Een Vuist. Zij en een andere vrouw waren al bezig de dode stier te villen.

Opnieuw bood Wind In Zijn Haar hem het nu half opgegeten vlees aan en opnieuw nam Dunbar het aan. Hij hield het vast terwijl zijn ogen naar een gelaatsuitdrukking of een teken van iemand in de menigte zochten dat hem verder kon helpen.

Hij kreeg geen hulp. Ze keken zwijgend, verwachtingsvol naar hem en hij besefte dat het belachelijk doorzichtig zou zijn als hij nu weer probeerde het door te geven. Zelfs Schoppende Vogel wachtte.

Toen Dunbar dan ook de lever naar zijn mond bracht, hield hij zich voor dat het gemakkelijk was, dat het niet moeilijker kon zijn dan een lepel doorslikken van iets waaraan hij een hekel had, zoals limabonen.

Hopend dat hij niet zou gaan kokhalzen, beet hij in de lever.

Het vlees was ongelooflijk zacht. Het smolt in zijn mond. Hij keek naar de horizon terwijl hij kauwde en even vergat luitenant Dunbar zijn zwijgende publiek toen zijn smaakpapillen een ongelooflijke boodschap naar zijn hersenen zonden.

Het vlees smaakte heerlijk.

Zonder erbij na te denken nam hij nog een hap. Er verscheen een spontane glimlach op zijn gezicht en hij hief de rest van het vlees triomfantelijk boven zijn hoofd.

Zijn medejagers beantwoordden dat gebaar met een luid gejuich.

# 19

*een*

Zoals veel mensen had luitenant Dunbar het grootste deel van zijn leven langs de zijlijn doorgebracht, observerend in plaats van deelnemend. Wanneer hij deelnam, waren zijn daden duidelijk onafhankelijk, zoals ook zijn ervaring in de oorlog was geweest.

Het was frustrerend om altijd alleen te staan.

Er veranderde iets aan die levenslange sleur op het moment dat hij de lever ophief, het symbool van zijn vangst, en het geschreeuw van aanmoediging van zijn metgezellen hoorde. Toen voelde hij de bevrediging ergens bij te horen waarvan het geheel groter is dan de som van de afzonderlijke delen. Het was een gevoel dat heel diep ging. En tijdens de dagen die hij op de jachtvlakte doorbracht en de nachten in het tijdelijke kamp werd dat gevoel alleen maar versterkt.

Het leger had onvermoeibaar op de waarden van dienstbaarheid gehamerd, van persoonlijke opoffering in naam van God of vaderland of beide. De luitenant had zijn best gedaan die principes over te nemen, maar het gevoel van dienstbaarheid aan het leger had voornamelijk in zijn hoofd gezeten. Niet in zijn hart. Het ging nooit verder dan de vage, holle frasen van vaderlandsliefde.

De Comanches waren anders.

Ze waren een primitief volk. Ze leefden in een grote, eenzame, vreemde wereld die door zijn eigen mensen werd afgeschreven als niet meer dan honderden waardeloze kilometers waar je doorheen moest trekken.

Maar de feiten van hun bestaan waren minder belangrijk voor hem geworden. Ze waren een groep die leefde en gedijde door dienstbaarheid. Daarmee bepaalden ze het kwetsbare lot van hun leven. Ze bewezen elkaar voortdurend diensten, trouw en zonder klagen, eenvoudigweg omdat dat hun levenswijze was. En luitenant Dunbar vond daarin een vrede die hem zeer aangenaam was.

Het was niet zo dat hij zichzelf verloochende. Hij dacht er niet over een Indiaan te worden. Maar hij wist dat zolang hij bij hen was, hij dezelfde geest zou dienen.

Die ontdekking maakte van hem een gelukkiger man.

### *twee*

Het slachten was een kolossale onderneming.

Er lagen misschien wel zeventig dode bizons als chocoladeflikken over een grote aarden vloer verspreid en bij elk lichaam zetten families draagbare fabriekjes op die met verbazingwekkende snelheid en precisie de dieren tot bruikbare produkten verwerkten.

De luitenant kon zijn ogen niet geloven bij het zien van al dat bloed. Het werd door de bodem opgezogen als een omgevallen beker vruchtesap door een tafelkleed. Het bedekte de armen, kleren en gezichten van de slagers. Het droop van de pony's en sleden af die het vlees naar het kamp transporteerden.

Ze gebruikten alles: huiden, vlees, ingewanden, hoeven, staarten, koppen. In een paar uur tijds was alles weg en zag de prairie eruit als een gigantische, zojuist verlaten bankettafel.

Luitenant Dunbar bracht de tijd door met de andere krijgers. Iedereen was goed gestemd. Slechts twee mannen waren gewond geraakt, geen van beiden ernstig. Een oude pony had zijn voorbeen gebroken, maar dat verlies telde nauwelijks in vergelijking met de overvloedige vangst van de jagers.

Ze waren verrukt en dat was van hun gezichten af te lezen op die middag die ze doorbrachten met roken, eten en verhalen vertellen. Dunbar verstond de woorden niet, maar de verhalen waren duidelijk genoeg. Het waren verhalen over nipte reddingen, gebroken bogen en degenen die hadden kunnen ontsnappen.

Toen de luitenant gevraagd werd zijn verhaal te vertellen, vertolkte hij het in mime, met zoveel theatraal vertoon dat de krijgers bijna gek werden van het lachen. Het werd het meest geliefde verhaal van die dag en hij moest het wel een keer of zes herhalen. Het resultaat was elke keer hetzelfde. Tegen de tijd dat hij halverwege was, hielden zijn toehoorders de armen om de borstkas geslagen in een poging de pijn van ongebreideld gelach terug te dringen.

Luitenant Dunbar vond het niet erg. Hij lachte zelf ook. En hij had geen bezwaar tegen de rol die het geluk speelde bij zijn daden, want hij wist dat het goede daden waren geweest. En hij wist dat hij daardoor iets geweldigs had bereikt.

Hij was 'een van de jongens' geworden.

## *drie*

Het eerste wat hij zag toen ze die avond terugkeerden in het kamp was zijn pet. Die zat op het hoofd van een man van middelbare leeftijd die hij niet kende.

Er heerste even enige spanning toen de luitenant recht op hem afstapte, naar de legerpet wees, die de man tamelijk slecht paste, en kalm zei: 'Die is van mij.'

De krijger keek hem nieuwsgierig aan en nam de pet af. Hij draaide hem in zijn handen rond en zette hem terug op zijn hoofd. Toen trok hij het mes uit zijn gordel, gaf het aan de luitenant en vervolgde zijn weg zonder een woord te zeggen.

Dunbar zag zijn pet uit het zicht verdwijnen en staarde naar het mes in zijn hand. Het met kralen bezette gevest leek wel een schat en hij ging op zoek naar Schoppende Vogel in de overtuiging dat hij een heel goede ruil had gedaan.

Hij bewoog zich vrijelijk door het kamp en werd overal vrolijk begroet.

Mannen knikten hem toe, vrouwen glimlachten, en giechelende kinderen liepen achter hem aan. De troep was verrukt over het vooruitzicht van het aanstaande feestmaal en de aanwezigheid van de luitenant was een extra bron van vreugde. Zonder een formele verklaring of afspraak waren ze hem gaan beschouwen als een levende geluksbrenger.

Schoppende Vogel bracht hem rechtstreeks naar de tent van Tien Beren, waar een kleine dankceremonie werd gehouden. De oude man was nog opmerkelijk fit en de bult van zijn bizon werd het eerst geroosterd. Toen het vlees klaar was sneed Tien Beren er zelf een stuk af, sprak een paar woorden tot de Grote Geest en eerde de luitenant door hem het eerste stuk te geven.

Dunbar maakte zijn korte buiging, nam een hap, en gaf het stuk galant terug aan Tien Beren, wat grote indruk op de oude man maakte. Hij stak zijn pijp op en eerde de luitenant opnieuw door hem het eerste trekje te laten nemen.

Het roken voor de tent van Tien Beren was het begin van een wilde nacht. Overal brandden vuren en boven ieder vuur hing vers vlees te roosteren, bulten, ribben en vele andere kostelijke stukken.

Het tijdelijke dorp was verlicht als een kleine stad en twinkelde nog lang na in de nacht terwijl de rook wegdreef in de donkere hemel met een aroma dat op kilometers afstand te ruiken was.

De mensen aten alsof er geen morgen meer kwam. Wanneer ze vol zaten, hielden ze kleine pauzes, gingen in groepjes zitten praten of deden spelletjes, maar zodra de laatste maaltijd was gezakt, keerden ze terug naar het vuur en propten zich opnieuw vol.

De nacht was nog niet zo ver verstreken toen luitenant Dunbar al het gevoel had dat hij een hele bizon had opgegeten. Hij was met Wind In Zijn Haar het kamp doorgetrokken en bij elk vuur werden de twee mannen als koningen onthaald.

Ze waren op weg naar weer een stel vrolijke feestvierders toen de luitenant in de schaduw van een tent stilstond en Wind In Zijn Haar door middel van gebaren vertelde dat zijn maag pijn deed en dat hij wilde slapen.

Maar Wind In Zijn Haar luisterde op dat moment niet zo goed. Zijn aandacht werd opgeëist door de tuniek van de luitenant. Dunbar keek naar de rij koperen knopen op zijn borst en toen weer naar het gezicht van zijn jachtvriend. De ogen van de krijger waren een beetje wazig toen hij een vinger uitstak en op een van de knopen drukte.

'Wil je dit hebben?' vroeg de luitenant en de klank van zijn woorden verdreef het waas uit de ogen van Wind In Zijn Haar.

De krijger zei niets. Hij inspecteerde zijn vinger om te zien of de koperen knoop had afgegeven.

'Als je hem wilt hebben,' zei de luitenant, 'dan kun je hem krijgen.'

Hij maakte de knopen los, trok zijn armen uit de mouwen en gaf de tuniek aan de krijger.

Wind In Zijn Haar wist dat het hem werd aangeboden, maar nam het niet meteen aan. In plaats daarvan begon hij de prachtige borstplaat van glanzende pijpbeenderen los te maken die aan zijn hals en middel was vastgemaakt. Deze gaf hij aan Dunbar terwijl zijn andere bruine hand zich om de tuniek sloot.

De luitenant hielp met de knopen en toen hij klaar was zag hij dat Wind In Zijn Haar zo blij was als een kind met Kerstmis.

Dunbar gaf de prachtige borstplaat terug, maar die werd geweigerd. Wind In Zijn Haar schudde heftig het hoofd en zwaaide met zijn handen. Hij maakte bewegingen waarmee hij de blanke soldaat beduidde het ding aan te trekken.

'Dat kan ik niet aannemen,' stamelde de luitenant. 'Dit is niet... het is geen eerlijke ruil... Begrijp je?'

Maar Wind In Zijn Haar wilde er niet van horen. In zijn ogen was de ruil meer dan eerlijk. Borstplaten waren vol macht en het maken kostte veel tijd. Maar de tuniek was enig in zijn soort.

Hij draaide Dunbar om, hing het decoratieve harnas over zijn borst en knoopte het stevig vast.

Aldus was de koop gesloten en waren beide mannen gelukkig. Wind In Zijn Haar gromde ten afscheid en ging op weg naar het volgende vuur. De nieuwe aanwinst zat strak en kriebelde aan zijn huid. Maar dat was niet belangrijk. Hij wist zeker dat de tuniek een goede aanvulling zou blijken te zijn op zijn charmes. Op den duur zou hij misschien zelfs een krachtige medicijn blijken te bevatten, met name de koperen knopen en de gouden strepen op de schouders.

Het was een grote schat.

## *vier*

Om het voedsel te ontwijken dat hem beslist zou worden opgedrongen als hij door het kamp liep, sloop luitenant Dunbar de prairie op en liep om het tijdelijke kamp heen in de hoop dat hij de tent van Schoppende Vogel zou vinden en meteen kon gaan slapen.

Bij zijn tweede volledige omwenteling kreeg hij de tent met de beer in het oog. In de wetenschap dat de tent van Schoppende Vogel daar dicht bij zou staan, liep hij weer het kamp in.

Hij was nog niet ver gekomen toen zijn aandacht door een geluid werd getrokken en hij bleef staan achter een onbeduidende tent. Vlak voor hem flakkerde het licht van een vuur boven de grond en daar kwam ook het geluid vandaan. Er werd gezongen, hoog en repeterend; duidelijk vrouwenstemmen.

Luitenant Dunbar hield zich vast aan de wand van de tent en keek om de hoek als een gluurder.

Een dozijn jonge vrouwen, die klaar waren met hun werk voor die dag, dansten en zongen in een ongelijke kring rond het vuur. Voorzover hij het kon begrijpen had het geheel niets ceremonieels en hij bedacht dat het een spontane dans was, puur voor het plezier van de vrouwen.

Zijn ogen vielen even op zijn borstplaat. Die werd nu verlicht door de oranjeachtige gloed van het vuur en hij kon het niet laten met zijn hand over de dubbele rij pijpbeenderen te strelen die zijn hele borst en maag bedekte. Hij vond het zeldzaam dat een voorwerp tegelijkertijd zulke een schoonheid en kracht kon herbergen. Hij voelde zich er heel bijzonder door.

Ik bewaar dit voor altijd, dacht hij dromerig.

Toen hij weer opkeek hadden verscheidene dansers zich uit de kring losgemaakt en een groepje glimlachende, fluisterende vrouwen gevormd wier huidige onderwerp van gesprek duidelijk de blanke man met de benen borstplaat was. Ze keken hem recht aan en hoewel hij dat niet merkte, was er iets duivels in de blik in hun ogen.

Nadat hij al wekenlang onderwerp van gesprek was geweest, kenden ze de luitenant allemaal: als mogelijke god, als clown, als held, en als een vertegenwoordiger van het mysterieuze. Zonder het te weten had de luitenant zich een bijzondere status verworven in de cultuur van de Comanches, een status die misschien nog wel het meest op prijs werd gesteld door de vrouwen.

Hij was een beroemdheid.

En nu werden zijn beroemdheid en knappe uiterlijk in de ogen van de vrouwen sterk benadrukt door de prachtige borstplaat. Hij maakte een lichte buiging en stapte zelfbewust de lichtcirkel binnen, van plan meteen door te lopen zonder hen te storen.

Maar toen hij langs hen liep stak een van de vrouwen impulsief haar hand uit en pakte zacht de zijne beet. Hij stond meteen stil. Hij staarde naar de vrouwen die nu nerveus giechelden en vroeg zich af of ze van plan waren een spelletje met hem te spelen.

Twee of drie van hen begonnen te zingen en toen het dansen werd hervat, trokken een paar van de vrouwen aan zijn armen. Hij werd uitgenodigd met hen mee te doen.

Er waren niet veel mensen in de buurt. Er zou geen publiek over zijn schouder mee kijken.

En bovendien, zo hield hij zich voor, was een beetje beweging goed voor de spijsvertering.

De dans was langzaam en eenvoudig. Een voet optillen, omhooghouden, neerzetten. De andere voet optillen, omhooghouden, neerzetten. Hij stapte de cirkel binnen en oefende de passen. Hij had ze al snel onder de knie en danste in een mum van tijd in de maat met de andere dansers. Hij glimlachte breeduit en amuseerde zich prima.

Dansen was hem altijd al gemakkelijk afgegaan. Het was een van zijn favoriete vormen van ontspanning. Terwijl hij werd meegesleept door de muziek van de vrouwen tilde hij zijn voeten steeds hoger op en zette ze met hernieuwde flair weer neer. Hij begon met zijn armen te draaien en gaf zich steeds meer over aan het ritme. Toen het eindelijk echt lekker ging sloot de nog altijd glimlachende luitenant zijn ogen en liet zich wegdrijven op de extase van zijn bewegingen.

Daardoor kon hij niet zien dat de kring om hem heen kleiner werd. Pas toen hij tegen de romp van een vrouw voor hem botste, besefte de luitenant hoe weinig ruimte er nog over was. Hij keek de vrouwen in de cirkel vragend aan, maar ze stelden hem vrolijk glimlachend gerust. Dunbar ging verder met dansen.

Hij voelde nu zo af en toe de druk van borsten, onmiskenbaar zacht, tegen zijn rug. Zijn middel raakte regelmatig de romp voor hem. Wanneer hij dat probeerde te voorkomen, voelde hij weer de borsten tegen zijn rug.

Het was allemaal niet zozeer opwindend als wel verbazingwekkend. Hij had in zo lange tijd niet de aanraking van een vrouw gevoeld dat het iets volkomen nieuws leek, zo nieuw dat hij niet wist wat hij moest doen.

De gezichten van de vrouwen die hem steeds dichter insloten

hadden niets vijandigs. Ze glimlachten voortdurend en drukten voortdurend hun borsten en billen tegen hem aan.

Hij tilde zijn voeten nu niet meer op. Hij had daar geen ruimte meer voor en kon alleen nog wat op en neer springen.

De kring viel uiteen en de vrouwen drukten zich tegen hem aan. Hun handen streelden hem op speelse wijze, over zijn rug en maag en achterwerk. Plotseling raakten ze zijn meest intieme delen, aan de voorkant van zijn broek.

Nog een seconde en de luitenant zou zijn weggesprongen, maar voor hij iets kon doen vlogen de vrouwen al uiteen.

Hij zag ze als beschaamde schoolmeisjes in de duisternis wegduiken. Toen draaide hij zich om naar wat hen had doen schrikken.

Hij stond alleen aan de rand van het vuur, stralend en dreigend met een uilekop als kap. Schoppende Vogel gromde iets tegen hem, maar de luitenant wist niet of hij ontevreden was of niet.

De medicijnman wendde zich van het vuur af en luitenant Dunbar volgde hem als een jonge hond die vermoedt dat hij iets verkeerds heeft gedaan en zijn straf nog moet krijgen.

## *vijf*

Er bleek geen berisping te volgen voor zijn samenzijn met de dansende vrouwen. Maar tot zijn grote wanhoop zag Dunbar een grote groep nog steeds etende feestvierders bij het vuur voor de tent van Schoppende Vogel zitten die erop stonden dat hij het eerste stuk van de geroosterde ribben nam die ze juist van het vuur haalden.

Dus bleef de luitenant nog een poosje zitten en koesterde zich in het goede humeur van de mensen om hem heen terwijl hij nog meer vlees in zijn toch al gezwollen maag stuwde.

Een uur later kon hij nauwelijks zijn ogen openhouden en toen Schoppende Vogel dat zag, stond de medicijnman op. Hij bracht de blanke soldaat de tent binnen en leidde hem naar een bed dat daar speciaal voor hem tegen een achterwand was opgemaakt.

Luitenant Dunbar liet zich op de vacht vallen en begon zijn laarzen uit te trekken. Hij was zo moe dat hij vergat goedenacht te zeggen en slechts een glimp opving van de rug van de medicijnman toen die de tent verliet.

Dunbar liet de laatste laars zo op de grond vallen en rolde zijn bed in. Hij legde een arm over zijn ogen en dreef de slaap tegemoet. In de schemerzone voor de bewusteloosheid ving zijn geest een voortdurende stroom van warme, onduidelijke en vaag seksuele beelden op. Er liepen vrouwen om hem heen. Hij kon hun gezichten niet onderscheiden, maar hoorde het gemurmel van hun zachte stemmen. Hij zag hun vormen vlak langs hem heen zwieren als de plooien van een jurk die dansen in de wind.

Hij voelde dat ze hem licht aanraakten en toen hij wegzonk in de slaap voelde hij de aanraking van blote huid tegen de zijne.

## *zes*

Er giechelde iemand in zijn oor en hij kon zijn ogen niet open krijgen. Ze waren te zwaar. Maar het giechelen hield aan en al gauw werd hij zich bewust van de geur die in zijn neus hing. De bizonvacht. Nu hoorde hij dat er niet in zijn oor werd gegiecheld. Maar het was wel dichtbij. In dit vertrek.

Hij opende zijn ogen en draaide zijn hoofd in de richting van het geluid. Hij zag niets en richtte zich een beetje op. Het was stil in de tent en de vage figuren van het gezin van Schoppende Vogel lagen roerloos. Iedereen leek te slapen.

Toen hoorde hij het gegiechel weer. Het klonk hoog en zoet, beslist vrouwelijk en het kwam van en plek recht tegenover hem. De luitenant richtte zich iets verder op, genoeg om over het smeulende vuur midden in het vertrek heen te kunnen kijken.

De vrouw giechelde weer en nu bereikte hem ook een mannenstem, laag en teder. Hij zag de vreemde bundel die altijd boven het bed van Schoppende Vogel hing. Daar kwamen de geluiden vandaan.

Dunbar had geen idee wat er aan de hand was, wreef snel in zijn ogen en richtte zich nog een fractie hoger op.

Hij zag nu de omtrekken van twee mensen; hun hoofden en schouders staken boven het beddegoed uit en hun levendige bewegingen leken misplaatst op dit late tijdstip. De luitenant kneep zijn ogen tot spleetjes in een poging het duister te doorboren.

De lichamen bewogen zich nu. Het ene kwam boven op het andere en ze versmolten tot één. Een ogenblik was het absoluut stil, toen hoorde hij een langgerekt, laag gekreun, als een luide zucht en Dunbar besefte plotseling dat ze de liefde bedreven.

Hij voelde zich een idioot, liet zich snel zakken en hoopte dat de twee geliefden zijn gapende gezicht niet hadden gezien.

Klaarwakker nu, lag hij op de bizonvacht te luisteren naar de gestage, dringende geluiden van hun liefdesspel. Zijn ogen waren aan het donker gewend geraakt en hij kon de slapende figuur naast zich onderscheiden.

Het regelmatig rijzen en dalen van haar beddegoed vertelde hem dat ze in diepe slaap was. Ze lag op haar zijde, haar rug naar hem toegekeerd. Maar hij herkende de vorm van haar hoofd en de verwarde, kersenkleurige haren.

Staat Met Een Vuist sliep alleen en hij begon over haar na te denken. Ze mocht dan blank bloed hebben, maar verder was ze helemaal Indiaans. Ze sprak hun taal alsof het haar eigen taal was. Engels was haar vreemd. Ze gedroeg zich niet alsof ze onder dwang stond. Ze maakte absoluut niet de indruk van een gevangene. Ze leek volstrekt gelijk aan de anderen van de troep. Hij vermoedde dat ze al jong was meegenomen.

Terwijl hij zo peinzend teruggleed naar de slaap, werden de vragen over de vrouw van twee volken verweven tot een enkele vraag.

Ik vraag me af of ze gelukkig is met haar leven, dacht hij.

De vraag bleef in zijn hoofd hangen, vermengde zich met de geluiden van het liefdesspel van Schoppende Vogel en zijn vrouw.

Toen begon de vraag, aanvankelijk langzaam maar met elke draai meer snelheid vergarend, rond te tollen door zijn hoofd. Het ging sneller en sneller tot hij het uiteindelijk niet meer kon zien en luitenant Dunbar weer in slaap viel.

# 20

## *een*

Ze bleven nog geen drie dagen in het tijdelijke kamp en drie dagen is kort om een grote verandering te ondergaan.

Maar dat is wat er gebeurde.

De levensloop van luitenant Dunbar werd gewijzigd.

Het was niet zo dat een enkele, plechtige gebeurtenis verantwoordelijk was voor de verschuiving. Hij had geen mystieke visioenen. Hij zag geen verschijning van God. Hij werd niet tot Comanche-krijger gedoopt.

Er was geen duidelijk ogenblik, geen aandenken als bewijs waarop je kon wijzen en zeggen, op dat moment en op die plaats was het.

Het was alsof een heerlijk, mysterieus virus van ontwaken dat lang in incubatie had gelegen, nu eindelijk de kop opstak in zijn leven.

De ochtend na de jacht werd hij opmerkelijk fris wakker. Hij had geen kater van de slaap en de luitenant dacht erover na hoelang het geleden was dat hij zo prettig wakker was geworden. Dat moest in zijn kindertijd zijn geweest.

Zijn voeten plakten, dus pakte hij zijn laarzen en kroop langs de slapenden de tent uit, hopend dat hij buiten een plek kon vinden om zijn voeten te wassen. Die plek vond hij zodra hij de tent uitstapte. De met gras overdekte prairie was nat van de dauw.

De luitenant liet zijn laarzen naast de tent staan en liep in oostelijke richting omdat hij wist dat de ponykudde daar ergens was. Hij wilde naar Cisco gaan kijken.

De eerste rozige strepen van het ochtendgloren hadden het duister doorbroken en hij keek er vol ontzag naar, zich er niet van bewust dat zijn broekspijpen al drijfnat waren van de dauw.

Elke dag begint met een wonder, dacht hij plotseling.

De strepen werden breder en veranderden elke seconde van kleur.

Wat God ook mag zijn, ik dank God voor deze dag.

Hij vond de woorden zo mooi dat hij ze hardop uitsprak.

'Wat God ook mag zijn, ik dank God voor deze dag.'

Hij ontdekte de hoofden van de eerste paarden, hun opgestoken oren een silhouet tegen de ochtendschemering. Hij zag ook het hoofd van een Indiaan. Waarschijnlijk de jongen die altijd glimlachte.

Hij vond Cisco zonder veel moeite. Het paard hinnikte zacht bij zijn komst en Dunbars hart zwol van trots. Zijn paard legde zijn zachte snuit tegen Dunbars borst en zo bleven ze enkele ogenblikken staan, terwijl de ochtendkoelte nog over hen heen hing. De luitenant tilde zacht Cisco's kin op en blies lucht in zijn neusgaten.

Nieuwsgierig begonnen de andere paarden zich om hen heen te verdringen en luitenant Dunbar deed Cisco een hoofdstel om voor ze al te lastig konden worden en keerde terug naar het kamp.

De tocht naar het kamp toe was al even indrukwekkend als die ervandaan. Het tijdelijke dorp was perfect ingesteld op de klok van moeder natuur en kwam, net als de dag zelf, langzaam tot leven.

Er brandden al een paar vuren en het leek wel of iedereen was opgestaan in de korte tijd dat hij weg was geweest. Terwijl het licht helderder werd, als bij het langzaam omhoogdraaien van een lamp, werden ook de figuren die door het kamp liepen duidelijker zichtbaar.

'Wat een harmonie,' zei de luitenant terwijl hij voortliep met een arm over de schoft van het paard geslagen.

Toen verviel hij in een reeks diepe en ingewikkelde gedachten over de verdiensten van harmonie, die hem tot na het ontbijt bleven bezighouden.

## *twee*

Ze reden die ochtend weer uit en Dunbar doodde nog een bizon. Dit keer hield hij Cisco tijdens de aanval beter in toom en in plaats van zich midden in de kudde te storten, zocht hij langs de rand naar een geschikt dier en volgde dat. Hoewel hij zorgvuldig richtte, was het eerste schot te hoog en had hij een tweede kogel nodig om het karwei af te maken.

De koe die hij neerhaalde was groot en een aantal krijgers dat zijn vangst kwam bekijken maakte hem complimenten voor zijn goede keus. Er heerste niet dezelfde opwinding als de vorige dag. Hij at die dag geen verse lever, maar voelde zich alleszins veel competenter.

Opnieuw verspreidden vrouwen en kinderen zich over de vlakte om de dieren te slachten en tegen het einde van de middag werd het tijdelijke kamp overstelpt met vlees. Ontelbare droogrekken, die doorzakten onder het gewicht van duizenden kilo's vlees, schoten uit de grond als paddestoelen na een regenbui, en opnieuw was er een feestmaal van vers geroosterde delicatessen.

De jongste krijgers en een aantal jongens die nog niet klaar waren voor het oorlogspad organiseerden kort na hun terugkeer in het kamp een paardenwedren. Lacht Veel zou dolgraag Cisco berijden. Hij deed zijn verzoek met zoveel respect dat de luitenant hem niet kon weigeren en er waren al diverse races gereden eer hij zich tot zijn afgrijzen realiseerde dat de winnaars de paarden van de verliezers kregen. Hij duimde uit alle macht voor Lacht Veel en gelukkig voor de luitenant won de jongen alle drie de races waaraan hij deelnam.

Later werd er gegokt en Wind In Zijn Haar wist de luitenant tot een spelletje te verleiden. Behalve dat het met dobbelstenen werd gespeeld, was het spel hem onbekend en het kostte Dunbar zijn hele tabaksvoorraad eer hij het een beetje door kreeg. Een aantal van de spelers toonde interesse voor de broek met gele strepen die hij droeg, maar nu hij zijn pet en tuniek al had weggegeven, meende de luitenant dat hij toch nog enigszins de schijn van een uniform moest ophouden.

Bovendien zou hij, zoals het er nu uitzag, de broek verliezen en niets meer hebben om aan te trekken.

Ze vonden de borstplaat ook mooi, maar ook die deed niet mee. Hij bood zijn oude laarzen aan, maar die hadden voor de Indianen geen enkele waarde. Ten slotte haalde de luitenant zijn geweer te voorschijn en dat werd door de spelers unaniem aanvaard. De inzet van een geweer veroorzaakte nogal wat opschudding en het werd plotseling een spel met hoge inzetten, dat veel toeschouwers trok.

De luitenant wist nu wat hij deed en toen het spel werd voortgezet bleken de stenen hem goedgezind. Hij had geluk en toen het stof van zijn succes weer was neergedaald, had hij niet alleen zijn geweer nog in bezit, maar was hij ook de eigenaar van drie uitstekende pony's.

De verliezers deden zo gemakkelijk en goedgehumeurd afstand van hun schatten dat Dunbar op dezelfde manier wilde reageren. Hij gaf zijn winst onmiddellijk weer weg. Het grootste en sterkste dier schonk hij aan Wind In Zijn Haar. Toen liep hij, met een menigte nieuwsgierigen in zijn kielzog, met de twee overgebleven paarden het kamp door en gaf, bij de tent van Schoppende Vogel aangekomen, de beide teugels aan de medicijnman.

Schoppende Vogel was verheugd maar verbaasd. Toen iemand uitlegde waar de paarden vandaan kwamen, keek hij om zich heen, zag Staat Met Een Vuist staan en riep haar bij zich, beduidend dat hij wilde dat ze het woord voor hem deed.

Ze zag er vreselijk uit toen ze daar naar de medicijnman stond te luisteren. Haar armen, gezicht en schort zaten onder het bloed van de slachtpartij.

Ze wendde onwetendheid voor, schudde het hoofd tegen hem, maar Schoppende Vogel drong aan en de kleine menigte voor de tent werd stil en wachtte om te zien of ze het Engels kon spreken waarom Schoppende Vogel haar had gevraagd.

Ze staarde naar haar voeten en oefende een woord verscheidene keren. Toen keek ze de luitenant aan en probeerde het.

'Tank,' zei ze.

De luitenant trok met zijn gezicht.

'Wat?' was zijn wedervraag terwijl hij zich dwong te glimlachen.

'Tank.'

Ze prikte met haar vinger in zijn arm en gebaarde naar de pony's.

'Pard.'

'Dank?' opperde de luitenant. 'Mij bedanken?'

Staat Met Een Vuist knikte.

'Ja,' zei ze duidelijk.

Luitenant Dunbar wilde Schoppende Vogel de hand schudden, maar ze weerhield hem daarvan. Ze was nog niet klaar en met een vinger opgestoken ging ze tussen de twee pony's staan.

'Pard,' zei ze en wees met haar vrije hand naar de luitenant. Ze herhaalde het woord en wees naar Schoppende Vogel.

'Een voor mij?' vroeg de luitenant en gebruikte dezelfde gebaren. 'En een voor hem?'

Staat Met Een Vuist zuchtte opgelucht en glimlachte zacht nu ze wist dat hij het begreep.

'Ja,' zei ze en zonder na te denken kwam een ander oud woord, perfect uitgesproken, uit haar mond te voorschijn. 'Correct.'

Het klonk zo vreemd, dat stijve, echt Engelse woord, dat luitenant Dunbar hardop lachte en Staat Met Een Vuist verborg haar mond achter haar hand als een tiener die zojuist iets raars heeft gezegd.

Het was hun grapje. Ze wist dat het woord er was uitgevlogen als een onverwachte boer, en de luitenant wist dat ook. In een reflex keken ze naar Schoppende Vogel en de anderen. Maar de Indianen keken niet-begrijpend en toen de ogen van de cavalerie-officier en de vrouw van twee volken elkaar weer ontmoetten, dansten ze van plezier om iets dat alleen zij beiden met elkaar konden delen. Het was onmogelijk aan de anderen uit te leggen. Het was niet grappig genoeg om er al die moeite voor te doen.

Luitenant Dunbar hield de andere pony niet, maar leidde hem naar de tent van Tien Beren en verhoogde zo, zonder het te weten, zijn status nog verder. De Comanche-traditie vereiste dat de rijken hun rijkdom met de minder gefortuneerden deelden. Maar Dunbar draaide dat om en de oude man bedacht dat deze blanke werkelijk een bijzonder man was.

Toen hij die avond bij het vuur van Schoppende Vogel naar een gesprek zat te luisteren dat hij niet verstond, kreeg luitenant Dunbar Staat Met Een Vuist in het oog. Ze zat een eindje van hem vandaan op haar hurken naar hem te kijken. Ze hield het hoofd schuin en haar blik was nieuwsgierig. Voor ze haar blik kon afwenden, knikte hij met zijn hoofd in de richting van de pratende krijgers, trok een officieel gezicht, legde een hand naast zijn mond en fluisterde: 'Correct.'

Ze keek snel de andere kant op, maar hij hoorde haar duidelijk giechelen.

## *drie*

Het zou zinloos zijn geweest nog langer te blijven. Ze hadden al het vlees dat ze dragen konden. Kort na zonsopkomst was alles ingepakt en halverwege de ochtend was de troep op weg. Nu de sleden hoog opgestapeld waren, duurde de terugweg dubbel zo lang en het werd al donker tegen de tijd dat ze Fort Sedgewick bereikten.

Een slede met een paar honderd kilo in repen gesneden vlees werd in de provisiehut uitgeladen. Er werd ten afscheid geroepen en terwijl de luitenant vanuit de deuropening van zijn plaggenhut toekeek, trok de karavaan verder naar het permanente kamp verder stroomopwaarts.

Onwillekeurig zochten zijn ogen het halfduister dat de lange, luidruchtige colonne omringde af naar een glimp van Staat Met Een Vuist.

Hij zag haar niet.

## *vier*

De luitenant had gemengde gevoelens over zijn terugkeer.

Hij kende het fort als zijn thuis en dat was geruststellend. Het was goed om zijn laarzen uit te trekken, op zijn brits te gaan liggen en zich in alle rust uit te rekken. Met half gesloten ogen keek hij naar de flakkerende lont in de lamp en hij dreef loom weg in de stilte die de hut omgaf. Alles was op zijn plaats, en hij ook.

Enkele minuten later realiseerde hij zich echter dat zijn rechtervoet doelloos heen en weer bewoog.

Wat doe je nou? vroeg hij zich af terwijl hij de voet stilhield. Je bent toch niet nerveus?

Nog geen minuut later ontdekte hij dat de vingers van zijn rechterhand ongeduldig op zijn borst trommelden.

Hij was niet nerveus. Hij was verveeld. Verveeld en eenzaam.

In het verleden zou hij zijn rookgerei hebben gepakt, een sigaret hebben gedraaid en zich hebben beziggehouden met het oproken daarvan. Maar hij had geen tabak meer.

Kan net zo goed even naar de rivier gaan kijken, dacht hij, trok zijn laarzen weer aan en liep naar buiten.

Hij bleef staan toen hij aan de borstplaat dacht die hem nu al zo dierbaar was. Het harnas hing over het zadel dat hij uit de provisiehut had meegebracht. Hij liep terug naar binnen, alleen om er even naar te kijken.

Het blonk zelfs nog in het zwakke licht van de lamp. Luitenant Dunbar streelde over de beenderen. Het leek wel glas. Toen hij de borstplaat oppakte hoorde hij het getik van botten die elkaar raakten. Het voelde plezierig koel en hard aan tegen zijn ontblote borst.

Het 'naar de rivier kijken' werd een lange wandeling. Het was al weer bijna volle maan en hij had geen lantaarn nodig toen hij rustig langs de hoge oever stapte die over de stroom uitkeek.

Hij nam de tijd, stond vaak even stil om naar de rivier te kijken, of naar een tak die krom boog in de wind, of naar een konijn dat aan een twijgje knaagde. Zijn aanwezigheid maakte geen verschil uit.

Hij voelde zich onzichtbaar en hij mocht dat gevoel wel.

Na bijna een uur draaide hij om en ging weer op weg naar huis. Als daar iemand was geweest toen hij voorbijkwam, zou die iemand hebben gezien dat de luitenant niettegenstaande zijn lichte tred en zijn aandacht voor alles om zich heen, nauwelijks zichtbaar was.

Behalve op de momenten dat hij stilstond om naar de maan te kijken. Dan hief hij het hoofd, wendde zijn lichaam helemaal in de richting van haar magische licht en flitste de borstplaat helder wit op, als een vallende ster.

## *vijf*

De volgende dag gebeurde er iets vreemds.

De hele ochtend en een deel van de middag probeerde hij in het fort wat te werken: het restant van de voorraden opnieuw sorteren, een paar nutteloze spullen verbranden, een veilige manier zoeken om het vlees te bewaren en wat verslagen schrijven.

Het ging allemaal niet van harte. Hij dacht erover de kraal te gaan versterken, maar besloot dat hij zichzelf alleen maar werk probeerde te verschaffen. Dat had hij de hele dag al gedaan en het gaf hem een doelloos gevoel.

De zon was al flink aan het dalen toen hij weer een wandeling over de prairie wilde gaan maken. Het was een zinderend hete dag geweest. Tijdens het werken was het zweet door zijn broek heengedrongen en had prikkelend hete vlekken op zijn bovenbenen veroorzaakt. Hij zag geen reden om zijn wandeling daardoor te laten verpesten. Dus liep Dunbar zonder kleren de prairie op, hopend dat hij Twee Sokken zou tegenkomen.

Hij liet de rivier links liggen en liep de uitgestrekte graslanden in die overal om hem heen golfden alsof ze een eigen leven leidden.

Het gras had zijn toppunt van groei bereikt en reikte op sommige plaatsen zelfs tot zijn heupen. Boven hem hing de lucht vol witte schapewolkjes die scherp afstaken tegen de helderblauwe achtergrond.

Op een kleine heuvel zo'n anderhalve kilometer van het fort vandaan ging hij in het diepe gras liggen. Omgeven door natuurlijke windschermen, genoot hij van de laatste zonnewarmte en staarde dromerig naar de langzaam voortglijdende wolken.

De luitenant rolde opzij om zijn rug te laten verwarmen. Daarbij werd hij door een gevoel overvallen dat hij zo lang niet had gehad dat hij aanvankelijk niet wist wat hij voelde.

Het gras boven hem ruiste zacht in de wind. De zon lag op zijn rug als een deken van droge warmte. Het gevoel zwol verder aan en Dunbar gaf zich eraan over.

Zijn hand zakte omlaag en de luitenant hield op te denken. Niets begeleidde zijn daad, geen visioenen of woorden of herinneringen. Hij voelde slechts, verder niets.

Toen hij zich weer van zijn omgeving bewust was, keek hij omhoog naar de hemel en zag de aarde draaien in de beweging van de wolken. Hij rolde zich op zijn rug, legde zijn armen naast zijn romp als vleugels en zweefde een poosje op zijn bed van gras en aarde.

Toen sloot hij zijn ogen en sliep een half uur.

## *zes*

Die nacht lag hij te woelen en te draaien, en zijn geest sprong van onderwerp naar onderwerp alsof hij een lange reeks van kamers doorzocht op zoek naar een rustplaats. Elke kamer was afgesloten of ongastvrij, tot hij eindelijk de ruimte betrad waarvan hij in zijn achterhoofd altijd al had geweten dat daar zijn bestemming lag.

De kamer was vol Indianen.

Dat beeld leek hem zo juist dat hij erover dacht onmiddellijk de tocht naar het kamp van Tien Beren te maken. Maar dat leek hem toch te onbezonnen.

Ik sta vroeg op, dacht hij. Misschien kan ik deze keer een paar dagen blijven.

Hij werd al voor het ochtendgloren met een prettig voorgevoel wakker, maar weerstond de aandrang om meteen op te staan en hals over kop naar het dorp te rijden. Hij wilde niet te hoge verwachtingen koesteren en bleef in bed tot het licht werd.

Toen hij alles aan had behalve zijn hemd, pakte hij het op en stak een arm in de mouw en bleef zo even staan, terwijl hij door het raam naar buiten keek wat voor weer het was. Het was binnen nu al warm, en buiten waarschijnlijk nog warmer.

Het zal wel heet worden, dacht hij en trok zijn arm weer uit de mouw.

De borstplaat hing nu aan een spijker en toen hij zijn hand ernaar uitstak, realiseerde de luitenant zich dat hij die aldoor al had willen dragen, wat voor weer het ook was.

Voor de zekerheid stopte hij het hemd in een haverzak.

## *zeven*

Twee Sokken zat buiten te wachten.

Toen hij luitenant Dunbar naar buiten zag komen, deed hij een paar passen achteruit, draaide in het rond, stapte een meter of wat opzij en ging hijgend als een puppy weer liggen.

Dunbar hield vragend zijn hoofd schuin.

'Wat is er met jou aan de hand?'

De wolf hief zijn kop bij het horen van Dunbars stem. Hij keek de luitenant zo indringend aan dat die onwillekeurig moest grinniken.

'Wil je met me mee?'

Twee Sokken sprong overeind en staarde de luitenant aan zonder een vin te verroeren.

'Nou, kom op dan.'

## *acht*

Schoppende Vogel werd wakker met de gedachte aan 'Jun' daarginds in het fort van de blanke.

'Jun.' Wat een vreemde naam. Hij probeerde te bedenken wat het zou kunnen betekenen. Jonge Ruiter misschien. Of Snelle Ruiter. Het had waarschijnlijk iets met rijden te maken.

Hij vond het plezierig dat de eerste jacht van het seizoen nu achter de rug was. Nu de bizons eindelijk waren gekomen, was het voedselprobleem opgelost en dat betekende dat hij zich met enige regelmaat aan zijn lievelingsproject kon wijden. Hij zou er meteen vandaag weer mee beginnen.

De medicijnman ging naar de tenten van twee naaste adviseurs en vroeg of ze er met hem naar toe wilden rijden. Hij was verbaasd te zien hoe gretig ze reageerden, maar zag het als een goed teken. Niemand was nog bang. De mensen leken zich zelfs op hun gemak te voelen bij de blanke soldaat. In de gesprekken van de laatste dagen had zelfs enige genegenheid voor hem geklonken.

Schoppende Vogel voelde zich buitengewoon goed bij de gedachte aan de komende dag toen hij een poos later het kamp uitreed. De eerste stadia van zijn plan waren goed verlopen. Het begin was gemaakt. Nu kon hij aan het echte werk beginnen: zijn onderzoek naar het blanke ras.

## *negen*

Luitenant Dunbar dacht dat hij zowat zes kilometer had afgelegd. Hij had verwacht de wolf na drie kilometer kwijt te zullen raken. Bij vier kilometer begon hij zich al te verbazen. En nu, na zes kilometer, was hij echt met stomheid geslagen.

Ze hadden een smalle, met gras begroeide laagte tussen twee hellingen bereikt en de wolf volgde hem nog steeds. Hij was nog nooit zo ver meegegaan.

De luitenant sprong van Cisco's rug en staarde naar Twee Sokken. De wolf was zoals gewoonlijk ook stil blijven staan. Cisco liet zijn hoofd zakken om aan het gras te knabbelen en Dunbar begon naar Twee Sokken te lopen. Maar de kop en oren die boven het gras uitstaken, bewogen niet en toen de luitenant eindelijk stilstond, was hij nog maar een meter van de wolf vandaan.

Het dier hield zijn hoofd verwachtingsvol schuin, maar bleef bewegingloos zitten toen Dunbar voor hem neerhurkte.

'Ik denk niet dat je welkom bent waar ik heenga,' zei hij hardop, alsof hij tegen een goede buur zat te babbelen.

Hij keek op naar de zon. 'Het wordt heet; waarom ga je niet naar huis?'

De wolf luisterde aandachtig, maar verroerde zich niet.

De luitenant sprong overeind.

'Vooruit, Twee Sokken,' zei hij geërgerd, 'ga naar huis.'

Hij maakte een wegjagend gebaar en Twee Sokken sprong opzij. Hij probeerde het opnieuw en de wolf sprong op, maar het was wel duidelijk dat Twee Sokken niet van plan was naar huis te gaan.

'Goed,' zei Dunbar nadrukkelijk, 'dan ga je niet. Maar blijf dan. Blijf hier.'

Hij zwaaide daarbij boos met zijn vinger en maakte rechtsomkeert. Hij had zijn draai net voltooid toen hij het gehuil hoorde. Het was geen luid, maar een zacht en klaaglijk gehuil.

Gehuil. De luitenant draaide zijn hoofd om en daar zat Twee Sokken, zijn snuit omhoog, zijn ogen op luitenant Dunbar gericht, als een klein kind te jammeren.

Voor een oplettende toeschouwer zou het een opmerkelijke vertoning zijn geweest, maar Dunbar, die hem zo goed kende, wist dat het zijn laatste strohalm was.

'Je gaat naar huis!' brulde Dunbar en haalde uit naar Twee Sokken. Als een zoon die zijn vader te veel heeft getreiterd, rende hij met zijn oren in zijn nek en zijn staart tussen zijn poten weg.

Tegelijk rende luitenant Dunbar de andere kant uit, hopend dat hij Cisco kon bereiken, in volle galop wegrijden en Twee Sokken kwijtraken.

Hij rende door het gras, denkend aan zijn plan, toen de wolf vrolijk naast hem kwam springen.

'Ga naar huis,' snauwde de luitenant en deed een uitval naar zijn achtervolger. Twee Sokken sprong recht omhoog als een geschrokken konijn dat van zijn sokken gaat in de plotselinge paniek om weg te komen. De luitenant was maar één pas achter hem toen hij weer neerkwam. Hij reikte naar de aanzet van de wolvestaart en kneep erin. De wolf vloog vooruit alsof er een voetzoeker onder hem was afgegaan en Dunbar moest zo lachen dat hij niet verder kon lopen.

Twee Sokken kwam twintig meter verderop tot stilstand en keek zo beschaamd over zijn schouder dat de luitenant niet anders kon dan medelijden met hem hebben.

Hij wuifde hem gedag en draaide zich nog nahikkend om naar Cisco om tot de ontdekking te komen dat die, knabbelend aan het heerlijke gras, een stukje terug was gelopen.

De luitenant rende er op zijn gemak heen, nog steeds lachend om de aanblik van Twee Sokken die wegvluchtte voor zijn aanraking.

Dunbar sprong wild op toen iets zijn enkel beetpakte en meteen weer los liet. Hij tolde rond, klaar om de onzichtbare aanvaller onder ogen te zien.

Daar stond Twee Sokken, hijgend als een bokser tussen twee ronden.

Luitenant Duinbar staarde hem enkele seconden aan.

Twee Sokken wierp een schijnbaar onverschillige blik huiswaarts, alsof hij vond dat het spelletje nu lang genoeg had geduurd.

'Goed dan,' zei de luitenant zacht met een gebaar van overgave. 'Je kunt meegaan, of hier blijven. Ik heb hier geen tijd meer voor.'

Misschien was het een geluid, of misschien een bepaalde geur in de wind. Wat het ook was, Twee Sokken ving het op. Hij draaide zich plotseling om en staarde het pad af, de nekharen recht overeind.

Dunbar volgde zijn blik en zag onmiddellijk Schoppende Vogel met nog twee mannen. Ze stonden vlakbij vanaf de schouder van een helling naar hem te kijken.

Dunbar wuifde gretig en brulde: 'Hallo,' terwijl Twee Sokken wegsloop.

## *tien*

Schoppende Vogel en zijn vrienden hadden al een poosje staan kijken, lang genoeg om de hele show te zien. Ze hadden zich kostelijk vermaakt. Schoppende Vogel wist bovendien dat hij getuige was geweest van iets heel bijzonders, iets dat een oplossing bood voor een van de puzzels rondom de blanke man... de puzzel van een naam voor hem.

Een man hoorde een echte naam te hebben, dacht hij toen hij luitenant Dunbar tegemoet reed, vooral wanneer het een blanke is die zich zo gedraagt als deze.

Hij herinnerde zich de oude namen, zoals De Man Die Straalt Als Sneeuw, en enkele van de nieuwe waarover gesproken was, zoals Vindt De Bizon. Geen ervan paste echt goed. En Jun al helemaal niet.

Hij wist zeker dat hij nu de goede naam had. Hij paste bij de persoonlijkheid van de blanke soldaat. Zo zouden de mensen hem zich herinneren. En Schoppende Vogel zelf was, samen met twee getuigen, aanwezig geweest toen de Grote Geest die naam onthulde.

Terwijl hij de helling afreed zei hij hem diverse malen zacht voor zich heen. De klank was even goed als de naam zelf.

Dans van de Wolf.

# 21

### *een*

Het was op een heel rustige manier een van de meest bevredigende dagen van luitenant Dunbars leven.

Het gezin van Schoppende Vogel begroette hem met een warmte en respect die hem het gevoel gaven meer dan een gast te zijn. Ze waren oprecht blij hem te zien.

Hij en Schoppende Vogel gingen zitten om wat te roken wat, door de voortdurende maar plezierige onderbrekingen, tot ruim in de middag duurde.

Het bericht over luitenant Dunbars naam en de manier waarop hij die had verkregen verspreidde zich met de gebruikelijke verbazingwekkende snelheid door het kamp en als iemand nog hardnekkige argwaan jegens de blanke soldaat mocht hebben gekoesterd, dan verdween die bij het horen van het inspirerende nieuws.

Hij was geen god, maar was evenmin hetzelfde als andere haarmonden die ze eerder hadden ontmoet. Hij was een man met medicijn. Voortdurend kwamen krijgers langs, sommigen om gedag te zeggen, anderen alleen om een blik op Dans van de Wolf te werpen.

De luitenant herkende de meesten nu wel. Telkens wanneer er iemand kwam, stond hij op en maakte zijn gebruikelijke korte buiging. Sommigen beantwoordden die buiging op dezelfde manier. Een paar staken hun hand uit zoals ze hem hadden zien doen.

Er was niet veel waarover ze konden praten, maar de luitenant werd goed in gebarentaal, goed genoeg om een paar van de hoogtepunten van de jacht te bespreken. Dat vormde de basis voor bijna het hele bezoek.

Na een paar uur droogde de gestage stroom bezoekers langzaam op en Dunbar begon zich net af te vragen waarom hij Staat Met Een Vuist niet had gezien en of ze op de agenda stond, toen Wind In Zijn Haar plotseling binnen kwam lopen.

Voor ze elkaar konden begroeten werd de aandacht van de beide mannen getrokken door de voorwerpen die ze hadden geruild: de openhangende tuniek en de glanzende borstplaat. Het was voor hen beiden een geruststellende aanblik.

Terwijl ze elkaar de hand schudden dacht luitenant Dunbar: ik mag deze kerel; ik ben blij hem te zien.

Dezelfde gedachten speelden door het hoofd van Wind In Zijn Haar en ze gingen zitten voor een gezellig babbeltje, hoewel geen van beiden begreep wat de ander zei.

Schoppende Vogel riep naar zijn vrouw om eten en algauw zat het drietal achter een maaltijd van pemmikan en bessen. Ze aten zwijgend.

Na de maaltijd werd er nog een pijp gestopt en de twee Indianen vervielen in een gesprek waaruit de luitenant geen wijs kon worden. Aan de hand van hun gebaren en spraak vermoedde hij echter dat het om meer dan koetjes en kalfjes ging.

Ze leken iets van plan te zijn en het verbaasde hem niet toen de mannen aan het eind van het gesprek opstonden en hem verzochten hen naar buiten te volgen.

Dunbar volgde hen naar de achterkant van de tent van Schoppende Vogel, waar een stapel materiaal klaarlag. Naast een nette stapel buigzame wilgetakken lag een hoge berg gedroogd kreupelhout.

De twee mannen pleegden nog kort overleg en gingen toen aan het werk. Toen de luitenant zag wat ze aan het maken waren, hielp hij hier en daar een handje mee, maar hij had nauwelijks enige bijdrage kunnen leveren of het materiaal was al getransformeerd in een schaduwrijk prieel van zo'n anderhalve meter hoog.

Een klein, onbedekt gebleven deel diende als ingang en luitenant Dunbar werd als eerste binnengeleid. Er was onvoldoende ruimte om te staan, maar toen hij eenmaal zat, vond hij het ruim genoeg en vredig. Het kreupelhout gaf voldoende beschutting tegen de zon en was open genoeg om een vrije luchtstroom mogelijk te maken.

Pas toen hij met zijn korte inspectie klaar was, merkte hij dat Schoppende Vogel en Wind In Zijn Haar verdwenen waren. Een week tevoren zou hij zich onplezierig hebben gevoeld bij hun plotselinge verdwijning. Maar net als de Indianen koesterde ook hij geen argwaan meer. Hij ging tevreden tegen de verbazingwekkend sterke achterwand zitten en luisterde naar de nu bekende geluiden van het kamp van Tien Beren terwijl hij de verdere gebeurtenissen afwachtte.

Die lieten niet lang op zich wachten.

Er waren maar een paar minuten verstreken toen hij voetstappen hoorde naderen. Schoppende Vogel kwam gehurkt door de ingang en ging zo ver weg zitten dat er voldoende ruimte tussen hen overbleef voor nog een persoon.

Een schaduw die over de ingang viel maakte Dunbar duidelijk dat er buiten iemand stond te wachten. Hij nam zonder erbij na te denken aan dat het Wind In Zijn Haar was.

Schoppende Vogel riep zacht. De schaduw verplaatste zich met het geluid van tinkelende belletjes en Staat Met Een Vuist kwam gebukt binnen.

Dunbar schoof op om meer ruimte te maken terwijl zij zich tussen hen in manoeuvreerde en in de paar seconden die ze daarvoor nodig had, zag hij veel nieuwe dingen aan haar.

De belletjes waren aan de zijkanten van met fijne kralen bezette mocassins genaaid. Haar herteleren jurk zag eruit als een erfstuk, goed verzorgd en niet elke dag gedragen. Het lijfje was bedekt met korte, dikke botten die in rijen waren gerangschikt. Het waren elandstanden.

Aan de pols aan zijn kant droeg ze een massief koperen armband. Rond haar hals zat een strakke ketting van dezelfde pijpbeenderen die hij om zijn borst droeg. Haar fris geurende haar hing in een enkele vlecht op haar rug en toonde meer van het gezicht met de scherpe jukbeenderen en het hoge voorhoofd dan hij tot nog toe had gezien. Ze leek hem nu kwetsbaarder en vrouwelijker. En blanker.

Toen begon de luitenant te begrijpen dat het prieel als ontmoetingsplaats voor hen was gebouwd. En in de tijd die het haar kostte om te gaan zitten, besefte hij hoezeer hij ernaar had uitgekeken haar weer te zien.

Ze keek hem nog steeds niet aan en terwijl Schoppende Vogel iets tegen haar mompelde, besloot hij het initiatief te nemen en gedag te zeggen.

Toevallig keerden ze hun hoofd om, openden hun mond en zeiden het woord op exact hetzelfde moment. De twee 'hallo's' botsten in de tussenruimte tegen elkaar en de sprekers trokken zich een beetje opgelaten terug.

Schoppende Vogel zag een goed voorteken in het ongelukje. Hij zag twee mensen van gelijkgestemde geest. Het kwam hem een beetje ironisch voor omdat het precies was wat hij had gehoopt.

De medicijnman grinnikte zacht. Toen wees hij naar luitenant Dunbar en gromde iets, alsof hij wilde zeggen: 'Ga je gang... jij eerst.'

'Hallo,' zei hij vriendelijk.

Ze hief het hoofd. Haar uitdrukking was zakelijk, maar hij zag niets meer van de vijandigheid die er eerder was geweest.

'Hullo,' antwoordde ze.

## *twee*

Ze zaten lang in het prieel die dag en het merendeel van de tijd werd besteed aan het herhalen van de eenvoudige woorden die ze bij hun eerste formele sessie hadden uitgewisseld.

Tegen zonsondergang, toen ze alle drie moe waren van de voortdurende, haperende herhalingen, schoot Staat Met Een Vuist plotseling de Engelse vertaling voor haar naam te binnen.

Dat vond ze zo opwindend dat ze hem meteen aan luitenant Dunbar begon te leren. Eerst moest ze duidelijk maken wat ze wilde. Ze wees naar hem en zei: 'Jun,' wees daarna op zichzelf en zei niets. In dezelfde beweging stak ze een vinger op die zei: 'Wacht, ik zal het je laten zien.'

Het was tot nu toe zo geweest dat hij uitbeeldde wat zij hem vroeg en dan raadde wat het Engelse woord ervoor was. Ze wilde dat hij ging staan, maar dat was onmogelijk in het lage prieel, dus duwde ze de beide mannen naar buiten, waar ze volledige bewegingsvrijheid hadden.

Luitenant Dunbar raadde 'opstaan', 'staat op', en 'overeind' voor hij scoorde met 'staat'. 'Met' was niet zo moeilijk, 'een' hadden ze al gehad en 'vuist' raadde hij meteen goed. Toen hij het Engels kende, leerde ze het hem in Comanche.

Daarna leerde hij in snelle opeenvolging Wind In Zijn Haar, Tien Beren en Schoppende Vogel.

Luitenant Dunbar was opgewonden. Hij vroeg iets om mee te tekenen en schreef met een stuk houtskool de vier namen in fonetisch Comanche op een stuk dunne, witte bast.

Staat Met Een Vuist bleef afstandelijk. Maar inwendig jubelde ze. De Engelse woorden stroomden haar hoofd binnen nu duizenden deuren die zo lang gesloten waren geweest, openzwaaiden. Ze was buiten zinnen van opwinding over het leerproces.

Telkens weer herhaalde de luitenant de lijst op het stukje bast en steeds wanneer hij de namen bijna uitsprak zoals ze moesten worden uitgesproken, moedigde ze hem met een vage glimlach aan en zei: 'Ja.'

Overigens hoefde luitenant Dunbar haar glimlachje niet te zien om te weten dat de aanmoediging van harte gemeend was. Hij hoorde het aan de klank van het woord en zag het in de kracht in haar lichtbruine ogen. Hem die woorden te horen zeggen, in Engels en Comanche, betekende iets bijzonders voor haar. Haar inwendige verrukking hing helemaal om hen heen. De luitenant kon het voelen.

Ze was niet meer de verdrietige en verloren vrouw die hij op de prairie had gevonden. Ze had dat ogenblik nu ver achter zich gelaten. Het maakte hem blij te zien hoe ver ze was gekomen.

Het mooist van alles was dat stukje bast in zijn handen. Hij hield het stevig vast, vastbesloten het niet te laten vallen. Het was het eerste deel van een landkaart die hem zou leiden in de toekomst die hij mogelijk had bij deze mensen. Er was van nu af aan zo ontzettend veel mogelijk.

Het was echter Schoppende Vogel die het meest onder de indruk was van de wending die de gebeurtenissen hadden genomen. Voor hem was het een wonder van de hoogste orde, gelijk aan de deelname aan iets groots zoals geboorte of dood.

Zijn droom was werkelijkheid geworden.

Toen hij de luitenant zijn naam hoorde zeggen in Comanche, was het alsof een ondoordringbare muur plotseling in rook was opgegaan. En zij liepen daar doorheen. Ze communiceerden met elkaar.

Evenzo was zijn visie op Staat Met Een Vuist veranderd. Ze was niet langer een Comanche. Door zichzelf tot een brug voor hun woorden te maken, was ze meer geworden dan dat. Net als de luitenant hoorde hij het in de klank van haar Engelse woorden en zag hij het in de nieuwe kracht in haar ogen. Er was iets aan haar toegevoegd, iets dat er eerder aan had ontbroken, en Schoppende Vogel wist wat het was.

Haar lang begraven gebleven bloed stroomde weer, haar onvervalst blanke bloed.

De invloed van dat alles was zelfs meer dan Schoppende Vogel kon verwerken en als een professor die weet wanneer het tijd is om zijn pupillen naar huis te sturen, zei hij tegen Staat Met Een Vuist dat het zo genoeg was voor één dag.

Er vloog iets van teleurstelling over haar gezicht. Toen liet ze haar hoofd zakken en knikte onderdanig.

Maar op dat moment kreeg ze een geweldig idee. Ze ving de blik van Schoppende Vogel en vroeg vol respect of ze nog één ding mochten doen.

Ze wilde de blanke soldaat zijn eigen naam leren.

Het was een goed idee, zo goed dat Schoppende Vogel het zijn geadopteerde dochter niet kon weigeren. Hij zei haar, door te gaan.

Ze herinnerde zich het woord meteen. Ze kon het zien, maar ze kon het niet zeggen. En ze herinnerde zich niet hoe ze het als meisje had gedaan. De mannen wachtten terwijl ze het zich probeerde te herinneren.

Toen hief luitenant Dunbar zijn hand op om een vlieg weg te wuiven die aan zijn oor zat en plotseling wist ze het weer.

Ze greep de hand van de luitenant in de lucht vast en legde de vingertoppen van haar andere hand voorzichtig op zijn heup. En voor een van de mannen haar ervan kon weerhouden, leidde ze Dunbar in een wat moeizame maar onmiskenbare herinnering aan een wals.

Na enkele seconden trok ze zich bedeesd terug en luitenant Dunbar bleef geschokt staan. Hij worstelde om zich de reden ervan te herinneren.

Toen ging hem een lichtje op. Het begon in zijn ogen te stralen en alsof hij de enige jongen in de klas was die het antwoord wist, glimlachte hij tegen zijn onderwijzeres.

## *drie*

Daarna was de rest heel eenvoudig.

Luitenant Dunbar liet zich op een knie zakken en schreef de naam onderaan op zijn grammaticaboek-bast. Zijn ogen bleven hangen bij de Engelse woorden. Het leek meer dan alleen een naam. Hoe langer hij ernaar keek, hoe meer het hem beviel.

Hij zei het in zichzelf. Dans van de Wolf.

De luitenant kwam overeind, boog kort naar Schoppende Vogel en, zoals een butler de komst van een gast voor het diner aankondigt, nederig en zonder ophef, zei hij de naam opnieuw.

Deze keer in Comanche.

'Dans van de Wolf.'

# 22

*een*

Dans van de Wolf bleef die nacht in de tent van Schoppende Vogel. Hij was uitgeput maar kon, zoals soms gebeurt, de slaap niet vatten. De gebeurtenissen van die dag sprongen door zijn hoofd rond als popcorn in een steelpannetje.

Toen hij eindelijk in vergetelheid begon weg te zinken, glipte hij weg in het schemerduister van een droom die hij sinds zijn vroege jeugd niet meer had gehad. Omringd door sterren zweefde hij door de koude, stille leegte van de ruimte, een klein, gewichtloos jongetje, alleen in een wereld van zilver en zwart.

Maar hij was niet bang. Hij lag knus en warm onder de dekens van een bed op vier poten en als een enkel zaadje ronddrijven in het heelal, zelfs voor eeuwig, was niet onplezierig. Het was een genoegen.

En zo viel hij die eerste nacht in het voorouderlijke zomerkamp van de Comanches in slaap.

*twee*

In de maanden die volgden zou luitenant Dunbar nog vaak in het kamp van Tien Beren in slaap vallen.

Hij keerde vaak naar Fort Sedgewick terug, maar die bezoeken werden voornamelijk gedaan uit schuldgevoel, niet uit verlangen. Zelfs wanneer hij daar was wist hij dat het niet van harte was. Toch voelde hij zich ertoe verplicht.

Hij wist dat er geen logische reden was om te blijven. Hij wist nu zeker dat het leger de post en hem erbij had verlaten, en dacht erover terug te keren naar Fort Hays. Hij had zijn plicht gedaan. Zijn toewijding aan de post en het leger van de Verenigde Staten was zelfs buitengewoon geweest. Hij kon met opgeheven hoofd vertrekken.

Wat hem daarvan weerhield was de aantrekkingskracht van een andere wereld, een wereld die hij net begon te ontdekken. Hij wist niet precies wanneer het gebeurde, maar het kwam hem voor dat zijn droom om in het Westen te worden gestationeerd, een droom die hij had omgezet in het werken binnen de beperkte grenzen van de militaire dienst, van het begin af aan naar het onbegrensde avontuur had gewezen waarin hij nu verwikkeld was. Landen en legers en rassen verbleekten in het licht van dat avontuur. Hij had bij zichzelf een groot verlangen ontdekt en kon dat evenmin verdringen als een stervende man water kon weigeren.

Hij wilde zien wat er zou gebeuren en daarom gaf hij zijn idee, terug te keren naar het leger, op. Maar het idee dat het leger naar hem terugkeerde schoof hij nog niet helemaal terzijde. Vroeg of laat moesten ze wel komen.

Dus hield hij zich tijdens zijn bezoeken aan het fort bezig met onbelangrijke dingen: een scheur in de luifel repareren, spinnewebben uit de hoeken van de plaggenhut vegen, dagrapporten schrijven.

Hij legde zichzelf die karweitjes op als een vergezochte manier om aan zijn oude leven vast te houden. Hoe nauw hij inmiddels ook bij de Comanches betrokken was, hij kon het niet over zijn hart verkrijgen om alles te laten vallen, en de nietszeggende dingen die hij deed maakten het hem mogelijk zich aan de resten van zijn verleden vast te klampen.

Door op semi-regelmatige basis het fort te bezoeken, bewaarde hij een discipline waar die niet langer noodzakelijk was, en daarmee bewaarde hij ook de herinnering aan luitenant John J. Dunbar, U.S. Army.

De rapporten die hij schreef waren niet langer een afspiegeling van zijn dagen. De meeste waren niet meer dan een schatting van de datum, een kort commentaar over het weer of zijn gezondheid en een handtekening. Zelfs als hij het had gewild, zou het een te zware opgave zijn geweest om het leven te beschrijven dat hij nu leidde. Bovendien was het iets persoonlijks.

Hij liep altijd naar de rand van de klif boven het riviertje, gewoonlijk met Twee Sokken achter zich aan. De wolf was zijn eerste echte contact geweest en de luitenant was altijd blij hem te zien. De tijd die ze samen zwijgend doorbrachten, was iets dat hij koesterde.

Hij bleef altijd een paar minuten aan de rand van de riviertje staan kijken naar het water dat voorbijstroomde. Als het licht gunstig was, kon hij zichzelf zien als in een spiegel. Zijn haar hing al over zijn schouders. De voortdurende zon en wind hadden zijn gezicht gebruind. Hij draaide zich om als een modepop en bewonderde de borstplaat die hij nu droeg als een uniform. Cisco uitgezonderd, was niets dat hij het zijne kon noemen waardevoller dan dat.

Soms maakte de weerspiegeling in het water hem in de war. Hij leek nu zoveel op hen. Wanneer dat gebeurde ging hij op één been staan en stak het andere omhoog zodat het water de broek met de gele strepen en de hoge zwarte rijlaarzen weerspiegelde.

Zo nu en dan dacht hij erover ze te verruilen voor beenflappen en mocassins, maar de weerspiegeling maakte hem altijd duidelijk dat het zo hoorde. In zekere zin maakten ze ook deel uit van de discipline. Hij zou de broek en laarzen dragen tot ze uit elkaar vielen. Dan zou hij wel verder zien.

Op sommige dagen, wanneer hij zich meer Indiaans dan blank voelde, kwam hij over de hoge oever teruggelopen en leek het fort hem een oude plaats, een spookachtig relikwie van een lang vervlogen verleden waarvan hij moeilijk kon geloven dat hij er ooit mee verbonden was geweest.

Naarmate de tijd verstreek werd de gang naar Fort Sedgewick een verplichting. Hij ging minder vaak en met langere tussenpozen. Maar hij bleef de rit naar zijn oude verblijfplaats wel maken.

## *drie*

Het dorp van Tien Beren werd het middelpunt van zijn leven, maar ondanks het gemak waarmee hij zich erin aanpaste, bleef luitenant Dunbar een buitenstaander. Zijn huid en accent en broek en laarzen duidden hem aan als een bezoeker uit een andere wereld, en net als Staat Met Een Vuist werd hij al snel een man van twee volken.

Zijn integratie in het Comanche-leven werd voortdurend getemperd door de overblijfselen uit de wereld die hij achter zich had gelaten, en wanneer Dunbar nadacht over zijn ware plaats in het leven, begon hij plotseling in de verte te staren. Een dichte, ondoordringbare mist vulde zijn hoofd alsof alle normale gedachtenprocessen waren weggevaagd. Na een paar seconden trok de mist op en ging hij verder met zijn werk, zonder goed te weten wat hem was overkomen.

Gelukkig verdwenen die aanvallen mettertijd.

De eerste zes weken van zijn verblijf in het kamp van Tien Beren concentreerden zich rond één plek in het bijzonder: het kleine prieel achter de tent van Schoppende Vogel.

Het was hier, in dagelijkse ochtend- en middagsessies die verscheidene uren duurden, dat luitenant Dunbar vrijelijk leerde converseren met de medicijnman.

Staat Met Een Vuist maakte goede vorderingen en ging steeds vloeiender spreken en aan het eind van de eerste week voerden ze gedrieën lange gesprekken.

De luitenant had altijd al gedacht dat Schoppende Vogel een goed mens was, maar toen Staat Met Een Vuist grote delen van zijn gedachten in het Engels begon te vertalen, ontdekte Dunbar dat hij te maken had met een uitzonderlijk hoge intelligentie.

In het begin was het voornamelijk een spel van vragen en antwoorden. Luitenant Dunbar vertelde het verhaal over zijn komst naar Fort Sedgewick en over zijn onverklaarde isolement. Hoe interessant het verhaal ook was, het frustreerde Schoppende Vogel. Dans van de Wolf wist bijna niets. Hij kende niet eens de missie van het leger, laat staan haar specifieke plannen. Er viel niets te leren over militaire zaken. Hij was maar een eenvoudig soldaat.

Het blanke ras was iets heel anders.

'Waarom komen de blanken naar ons land?' vroeg Schoppende Vogel vaak.

En Dunbar antwoordde: 'Ik geloof niet dat ze naar je land willen komen, ik denk dat ze er alleen doorheen willen trekken.'

Schoppende Vogel antwoordde dan: 'De Texanen zijn al in ons land, ze hakken de bomen om en woelen de aarde om. Ze doden de bizons en laten ze in het gras liggen. Dat gebeurt nu al. Er zijn nu al te veel blanken. Hoeveel zullen er nog komen?'

Dan vertrok de luitenant zijn mond en zei: 'Ik weet het niet.'

'Ik heb horen zeggen,' vervolgde de medicijnman, 'dat de blanken alleen maar vrede willen in het land. Waarom komen ze dan altijd met haarmond-soldaten? Waarom komen die haarmond-Texas Rangers achter ons aan als wij alleen maar met rust gelaten willen worden? Ik heb gehoord over gesprekken die de blanke opperhoofden met mijn broeders hebben gevoerd. Er is me verteld dat die gesprekken vreedzaam verlopen en dat er beloften worden gedaan. Maar er is me ook verteld dat die beloften altijd verbroken worden. Als blanke opperhoofden naar ons toe komen, hoe moeten we dan weten wat ze werkelijk denken? Moeten we hun geschenken aannemen? Moeten we hun papieren tekenen om aan te geven dat er vrede tussen ons zal bestaan? Toen ik een kind was gingen veel Comanches naar een wetshuis in Texas voor een grote bijeenkomst met blanke opperhoofden en ze werden doodgeschoten.'

De luitenant probeerde altijd doordachte antwoorden te geven op de vragen van Schoppende Vogel, maar het waren op zijn best zwakke theorieën en wanneer de medicijnman aandrong besloot hij altijd met te zeggen: 'Ik weet het eigenlijk niet.'

Hij was voorzichtig, want hij zag de grote bezorgdheid achter de vragen van Schoppende Vogel en kon zich er niet toe brengen te zeggen wat hij werkelijk dacht. Als de blanken ooit met een echt grote strijdmacht hierheen kwamen, dan waren de Indianen, hoe goed bewapend ook, nergens meer. Ze zouden puur door betere bewapening verslagen worden.

Tegelijkertijd kon hij Schoppende Vogel niet zeggen zijn zorgen opzij te zetten. Hij moest zich juist wel zorgen maken. De luitenant kon hem gewoonweg niet de waarheid vertellen. Maar evenmin kon hij de medicijnman leugens voorschotelen. Het was moeilijk en omdat hij zich zorgen maakte, verschuilde hij zich achter een muur van onwetendheid, hopende op de komst van nieuwe, beter bespreekbare onderwerpen.

Maar elke dag weer, als een vlek die niet meer weg te wassen is, restte altijd één belangrijke vraag.

'Hoeveel komen er nog?'

*vier*

Langzaam aan begon Staat Met Een Vuist zich te verheugen op de uren die ze in het prieel doorbracht.

Nu Dans van de Wolf door de troep was geaccepteerd, vormde hij niet meer het grote probleem dat hij eens was geweest. Zijn band met de blanke maatschappij was vervaagd en hoewel datgene wat hij vertegenwoordigde nog steeds angstaanjagend voor haar was, was de soldaat zelf dat niet. Hij zag er niet eens meer uit als een soldaat.

Aanvankelijk stoorde Staat Met Een Vuist zich eraan dat iedereen op de hoogte was van de activiteiten in het prieel. Het onderricht aan Dans van de Wolf, zijn aanwezigheid in het kamp en haar sleutelrol als tussenpersoon waren voortdurend onderwerp van gesprek in het dorp. De bekendheid die ermee samenhing gaf haar een onplezierig gevoel, alsof ze voortdurend in de gaten werd gehouden. Ze was vooral gevoelig voor de mogelijkheid van kritiek omdat ze zich aan de regelmatige plichten van een Comanche-vrouw had onttrokken. Natuurlijk had Schoppende Vogel zelf haar daarvan ontslagen, maar ze maakte zich niettemin bezorgd.

Na twee weken bleek echter geen van haar angsten bewaarheid en het nieuwe respect dat ze genoot had een gunstig effect op haar persoonlijkheid. Ze lachte vaker en hield haar schouders rechter. Het belang van haar nieuwe rol gaf haar een gevoel van gezag dat iedereen aan haar houding kon aflezen. Haar leven werd verruimd en diep in haar binnenste wist ze dat dat goed was.

Ook andere mensen wisten dat.

Toen ze op een avond hout aan het verzamelen was, bukte een vriendin zich plotseling naast haar en zei met iets van trots in haar stem: ‘De mensen praten over je.’

Staat Met Een Vuist rechtte haar rug, niet zeker hoe ze die opmerking moest opnemen.

‘Wat zeggen ze dan?’ vroeg ze vlak.

‘Ze zeggen dat je medicijn maakt. Ze zeggen dat je misschien je naam zou moeten veranderen.’

‘In wat?’

‘O, ik weet het niet,’ antwoordde de vriendin. ‘Medicijntong misschien, zoiets. Het is maar praat.’

Staat Met Een Vuist liet het door haar hoofd spelen terwijl ze in de schemering terugliepen. Pas aan de rand van het kamp sprak ze weer.

'Ik vind mijn naam mooi,' zei ze in de wetenschap dat haar wens algauw het kamp rond zou gaan. 'Ik wil hem houden.'

Een paar avonden later keerde ze terug naar de tent van Schoppende Vogel nadat ze zich had ontlast toen ze hoorde hoe iemand in een tent dichtbij begon te zingen. Ze bleef even staan om te luisteren en verbaasde zich zeer over wat ze hoorde.

*'De Comanches hebben een brug*
*Die voert naar een andere wereld*
*De brug heet Staat Met Een Vuist.'*

Te beschaamd om nog langer te luisteren, haastte ze zich naar bed. Maar toen ze de dekens onder haar kin optrok, had ze geen kwade gedachten over het lied. Ze dacht alleen aan de woorden die ze had gehoord en achteraf leken het heel mooie woorden.

Ze sliep vast die nacht. Het was al licht toen ze de volgende ochtend wakker werd. In een poging de dag in te halen haastte ze zich naar buiten en bleef toen plotseling staan.

Dans van de Wolf reed op zijn kleine paard het kamp uit. Het was een aanblik die haar iets meer deprimeerde dan ze had verwacht. Niet de gedachte dat hij wegging bracht haar in verwarring, maar de gedachte dat hij wellicht niet terug zou komen ontmoedigde haar zo erg dat het van haar gezicht af te lezen was.

Staat Met Een Vuist bloosde bij de gedachte dat iemand haar zo zou kunnen zien. Ze keek vlug om zich heen en kleurde nog iets roder.

Schoppende Vogel keek naar haar.

'We praten niet vandaag,' zei hij en bekeek haar zo aandachtig dat ze er de kriebels van kreeg.

'Ik begrijp het,' zei ze, zo neutraal mogelijk.

Maar ze zag de nieuwsgierigheid in zijn ogen, nieuwsgierigheid die om een verklaring vroeg.

'Ik houd van de gesprekken,' vervolgde ze. 'Het doet me plezier de blanke woorden te spreken.'

'Hij wil het fort van de blanke zien. Hij komt bij zonsondergang terug.'

De medicijnman keek haar nog eens indringend aan en zei: 'Morgen praten we weer.'

## *vijf*

Haar dag verstreek minuut voor minuut.

Ze hield de zon in de gaten zoals een verveelde kantoorklerk elke tik van de klok in de gaten houdt. Niets gaat zo langzaam als de tijd waarop gelet wordt. Daardoor had ze veel moeite zich op haar werk te concentreren.

Wanneer ze niet de tijd in de gaten hield, zat ze te dagdromen.

Nu hij een echte persoon bleek te zijn, ontdekte ze dingen in hem die ze bewonderde. Een paar waren misschien terug te voeren op het feit dat ze beiden blank waren. Andere waren alleen van hem. En allemaal waren ze interessant.

Ze voelde een vreemd soort trots wanneer ze dacht aan de dingen die hij had gedaan, daden die bij haar hele volk bekend waren.

De herinnering aan zijn mimespel maakte haar aan het lachen. Hij was soms heel grappig. Grappig, maar niet dom. Hij leek in alles oprecht en open en respectvol en goedgehumeurd. Ze was ervan overtuigd dat die eigenschappen echt waren.

Het had aanvankelijk misplaatst geleken hem met een borstplaat te zien, zoals een Comanche niet zichzelf zou zijn met een hoge hoed op. Maar hij droeg de borstplaat elke dag zonder er enige aandacht aan te besteden. En hij deed hem nooit af. Het was duidelijk dat hij er blij mee was. Hij had zijn laarzen en broek ook niet uitgedaan, maar droeg ze op dezelfde natuurlijke manier als hij de borstplaat droeg.

Die overpeinzingen leidden tot de conclusie dat Dans van de Wolf een eerlijk persoon was. Ieder menselijk wezen heeft bepaalde eigenschappen die hij boven alles koestert en bij Staat Met Een Vuist was dat eerlijkheid.

Ze bleef aan Dans van de Wolf denken en naarmate de middag vorderde, werden de gedachten vrijer. Ze stelde zich voor hoe hij bij zonsondergang terug zou komen. Ze stelde zich voor hoe ze de volgende dag weer in het prieel zouden zitten.

Er doemde nog een ander beeld voor haar op toen ze laat in de middag naast de rivier neerknielde om een kan met water te vullen. Ze zaten samen in het prieel. Hij praatte over zichzelf en zij luisterde. Maar ze waren maar met z'n tweeën.

Schoppende Vogel was er niet bij.

## *zes*

De volgende dag al werd haar dagdroom werkelijkheid.

Ze zaten net met hun drieën te praten toen ze hoorden dat een groepje jonge krijgers hun voornemen kenbaar had gemaakt om tegen de Pawnee ten strijde te trekken. Omdat daar eerder nog niet over gesproken was en omdat de jongemannen in kwestie onervaren waren, belegde Tien Beren snel een vergadering.

Schoppende Vogel werd weggeroepen en ze zaten plotseling alleen.

De stilte in het prieel was zo zwaar dat ze er allebei nerveus van werden. Ze wilden allebei praten, maar werden daar nog van weerhouden door twijfels over wat te zeggen en hoe het te zeggen. Ze waren sprakeloos.

Ten slotte had Staat Met Een Vuist haar openingswoorden gekozen, maar ze was te laat.

Hij wendde zich al tot haar en sprak de woorden verlegen maar vastberaden uit.

'Ik wil meer over je weten,' zei hij.

Ze wendde zich af, probeerde na te denken. Het Engels ging haar nog moeilijk af. Na moeizaam denken kwam het er in heldere, maar half gestamelde woorden uit.

'Waa... Wat weet je... wil je weten?' vroeg ze.

## *zeven*

De rest van de ochtend vertelde ze hem over zichzelf, zijn aandacht vasthoudend met verhalen over haar tijd als blank meisje, en haar lange leven als Comanche.

Wanneer ze een verhaal probeerde af te sluiten, stelde hij weer een vraag. Hoe graag ze het ook had gewild, ze kon niet op een ander onderwerp dan zichzelf doorgaan.

Hij vroeg hoe ze aan haar naam was gekomen en ze vertelde het verhaal van haar komst naar het kamp, vele jaren geleden. De herinneringen aan de eerste maand waren vaag, maar ze herinnerde zich nog heel goed de dag waarop ze haar naam kreeg.

Ze was nog door niemand officieel geadopteerd en was ook nog niet echt in de troep opgenomen. Ze werkte alleen maar. Toen ze haar opdrachten goed bleek uit te voeren, werd het werk minder slaafs en kreeg ze meer instructies over de leefwijzen op de prairie. Maar hoe langer ze werkte, hoe meer ze haar lage status ging haten. En een paar van de vrouwen plaagden haar genadeloos.

Op een ochtend was ze buiten een van de tenten tegen de ergste van die vrouwen uitgevallen. Jong en ongeoefend als ze was, had ze geen hoop het gevecht te winnen. Maar de klap die ze uitdeelde was hard en perfect getimed. Hij knalde tegen de punt van de kin van de vrouw, die meteen bewusteloos was. Ze schopte haar bewusteloze kwelgeest nog een keer en stelde zich met gebalde vuisten tegenover de andere vrouwen op, een klein blank meisje, klaar om het tegen iedereen op te nemen.

Niemand daagde haar uit. Ze keken alleen maar. Even later was iedereen naar haar werk teruggekeerd, de gemene vrouw achterlatend waar ze was neergevallen.

Daarna plaagde niemand het blanke meisje meer. Het gezin dat haar had opgenomen, begon genegenheid te tonen en de weg naar een leven als Comanche was voor haar geëffend. Vanaf dat moment was ze Staat Met Een Vuist.

Een bijzondere warmte vulde het prieel toen ze het verhaal vertelde. Luitenant Dunbar wilde exact de plaats weten waar haar vuist de kin van de vrouw had geraakt en Staat Met Een Vuist tikte hem zonder aarzelen met haar knokkels tegen zijn kaak.

De luitenant staarde haar even aan.

Zijn ogen rolden weg onder zijn oogleden en hij viel achterover.

Het was een leuke grap en ze verlengde hem nog door hem bij te brengen door zacht aan zijn arm te trekken.

Ze voelden zich hierdoor wat beter op hun gemak bij elkaar, maar hoe prettig dat ook was, de plotselinge vertrouwelijkheid baarde Staat Met Een Vuist ook zorgen. Ze wilde niet dat hij haar persoonlijke vragen stelde, vragen over haar status als vrouw. Ze voelde dat de vragen eraan kwamen en dat vooruitzicht doorbrak haar concentratie. Het maakte haar nerveus en geslotener.

De luitenant voelde dat ze in haar schulp kroop. Dat maakte hem ook nerveus en geslotener.

Voor ze het in de gaten hadden was er weer een stilte tussen hen gevallen.

De luitenant zei het toch. Hij wist niet precies waarom, maar het was iets wat hij moest vragen. Als hij de kans nu voorbij liet gaan, zou hij het misschien nooit meer vragen. Dus deed hij het.

Zo rustig als hij kon strekte hij zijn been en geeuwde.

'Ben je getrouwd?' vroeg hij.

Staat Met Een Vuist liet haar hoofd zakken en richtte haar blik op haar schoot. Ze schudde kort, onbehaaglijk het hoofd en zei: 'Nee.'

De luitenant stond op het punt te vragen waarom niet toen hij zag dat ze haar hoofd in haar handen boog. Hij wachtte even, zich afvragend of er iets mis was.

Ze was volkomen stil.

Juist toen hij weer iets wilde zeggen, stond ze plotseling op en verliet het prieel.

Ze was weg voor Dunbar haar na kon roepen. Geschokt bleef hij in het prieel zitten, verdoemde zichzelf omdat hij die vraag had gesteld en hoopte tegen beter weten in dat wat er mis was gegaan nog recht kon worden gezet. Maar er was niets dat hij daaraan kon doen. Hij kon Schoppende Vogel niet om advies vragen. Hij kon zelfs niet met Schoppende Vogel praten.

Tien frustrerende minuten lang zat hij alleen in het prieel. Toen ging hij op weg naar de ponykudde. Hij had behoefte aan een ritje.

Ook Staat Met Een Vuist ging uit rijden. Ze stak de rivier over en reed een pad door de struiken af terwijl ze haar gedachten probeerde te ordenen.

Ze had weinig succes.

Haar gevoelens jegens Dans van de Wolf waren een puinhoop. Nog niet zo lang geleden haatte ze hem. De afgelopen paar dagen had ze aan niets anders dan aan hem gedacht. En er waren nog zoveel andere tegenstrijdigheden.

Met een schok besefte ze dat ze helemaal niet aan haar overleden echtgenoot had gedacht. Hij was nog zo kort geleden het middelpunt van haar leven en nu was ze hem al vergeten. Ze werd overweldigd door schuldgevoel.

Ze keerde haar pony en reed terug, waarbij ze Dans van de Wolf uit haar hoofd zette door een lange reeks gebeden voor haar dode echtgenoot op te zeggen.

Ze was nog uit het zicht van het dorp toen haar pony zijn hoofd ophief en angstig begon te snuiven.

Achter haar in de struiken hoorde ze iets groots en wetend dat het niets anders kon zijn dan een beer, haastte ze zich op haar pony naar huis.

De gedachte kwam zomaar in haar op toen ze de rivier weer overstak.

Ik vraag me af of Dans van de Wolf ook wel eens een beer heeft gezien, peinsde ze.

Op dat moment riep Staat Met Een Vuist zichzelf een halt toe. Ze kon niet toestaan dat dit gebeurde, dat ze voortdurend aan hem dacht. Het was ontoelaatbaar.

Tegen de tijd dat ze de andere oever bereikte had de vrouw van twee volken besloten dat haar rol als vertaalster van nu af aan uiterst zakelijk zou zijn, zoals handel. Verder zou het niet gaan, zelfs niet in haar gedachten.

Dat zou zij voorkomen.

# 23

## *een*

De rit van luitenant Dunbar voerde ook langs de rivier. Maar terwijl Staat Met Een Vuist naar het zuiden reed, ging hij naar het noorden.

Niettegenstaande de grote hitte boog hij na een kilometer of drie van de rivier af. Hij ging het open veld in met de gedachte dat hij zich, omringd door ruimte, wellicht beter zou gaan voelen.

De luitenant was erg somber gestemd.

Telkens weer haalde hij zich het beeld voor de geest hoe ze het prieel verliet en probeerde er iets in terug te vinden waaraan hij houvast had. Maar haar vertrek had iets definitiefs gehad en dat gaf hem het vreselijke gevoel dat hij zich iets kostbaars door de vingers had laten glippen, juist toen hij het wilde oppakken.

De luitenant nam het zichzelf vreselijk kwalijk dat hij haar niet achterna was gegaan. Als hij dat wel had gedaan, zouden ze nu misschien alweer vrolijk zitten te praten, terwijl het gevoelige onderwerp, wat dat ook geweest mocht zijn, achter de rug was.

Hij had haar iets over zichzelf willen vertellen en dat zou nu misschien nooit meer gebeuren. Hij wilde met haar terug zijn in het prieel. In plaats daarvan liep hij hier rond te dwalen als een verloren ziel onder de brandende zon.

Hij was nog nooit zo ver benoorden het kamp geweest en verbaasde zich erover hoe radicaal het landschap veranderde. Hier rezen echte heuvels voor hem uit de grond omhoog, niet zomaar bulten in het grasland. Tussen de heuvels lagen diepe, puntige canyons.

De hitte en zijn voortdurende zelfkritiek hadden hem behoorlijk verhit en hem plotseling duizelig gemaakt, dus spoorde hij Cisco aan. Hij had een kilometer verderop de schaduwrijke monding van een donkere kloof ontdekt die uitkwam op de prairie.

De wanden aan weerszijden waren wel meer dan dertig meter hoog en de duisternis die over paard en ruiter heen viel was heel verfrissend. Maar toen ze zorgvuldig hun weg kozen over de met rotsen bezaaide bodem van de kloof, kreeg die iets dreigends. De wanden kwamen dichter naar elkaar toe. Hij voelde Cisco's gespannen spieren en was zich in de absolute stilte van de middag sterk bewust van het holle bonken van zijn eigen hart.

Hij was er zeker van dat hij iets heel ouds had ontdekt. Misschien was het kwaadaardig.

Hij dacht er al over terug te keren toen de kloof plotseling weer breder werd. Ver vooruit in de ruimte tussen de wanden van de canyon zag hij een groepje populieren, glinsterend in het heldere zonlicht.

Na nog een aantal kronkels en bochten bereikten hij en Cisco de grote natuurlijke open plek waar de populieren stonden. Zelfs midden in de zomer was alles hier nog opmerkelijk groen en hoewel hij nergens een riviertje zag, wist hij dat er water moest zijn.

Het bruingele paardje kromde zijn nek en snoof de lucht op. Hij zou ook wel dorst hebben en Dunbar liet hem zijn gang gaan. Cisco liep langs de populieren en nog honderd meter verder naar de voet van een stenen muur die het eind van de canyon vormde. Daar bleef hij staan.

Aan zijn voeten, bedekt met een dunne laag van bladeren en algen, lag een kleine bron van zo'n tweeëneenhalve meter doorsnee. Voor de luitenant kon afstijgen had Cisco zijn snuit door de oppervlaktebedekking gestoken en dronk met lange teugen.

Toen de luitenant op zijn knieën naast zijn paard ging zitten en naar de bron kroop, viel zijn blik ergens op. Er was een spleet onder in de stenen muur, die de klif inliep en bij de ingang groot genoeg was om rechtop door te lopen.

Luitenant Dunbar stak zijn gezicht naast dat van Cisco in het water en dronk snel. Hij haalde het hoofdstel van Cisco's hoofd, liet het naast de bron vallen en liep de donkere spleet in.

Het was heerlijk koel binnen. De grond onder zijn voeten was zacht en voor zover hij kon zien was de grot leeg. Maar toen zijn ogen over de vloer gingen wist hij dat hier vaker mensen kwamen.

Houtskool van wel duizend vuren lag als geplukte veren over de grond verspreid.

Het plafond werd lager en toen de luitenant het aanraakte, bedekte het roet van de duizend vuren zijn vingers.

Hij voelde zich nog steeds licht in het hoofd en ging zitten, waarbij zijn achterwerk de grond zo hard raakte dat hij kreunde.

Hij keek in de richting vanwaar hij was gekomen en de ingang, honderd meter verderop, was nu een venster naar de namiddag. Cisco stond tevreden aan het gras bij de bron te grazen. Achter hem schitterden de bladeren van de populieren als spiegels. Terwijl de koelte over hem heen viel, werd luitenant Dunbar plotseling overvallen door een grote, allesomvattende vermoeidheid. Hij legde zijn armen op de grond als een kussen voor zijn hoofd en ging op zijn rug op de zachte, zanderige bodem naar het plafond liggen staren.

Het massieve rotsplafond was geblakerd door de rook en daaronder waren duidelijk tekens zichtbaar. Diepe voren waren in de steen uitgehakt en toen hij ze bestudeerde, besefte Dunbar dat ze door mensenhanden waren gemaakt.

De slaap begon hem te overweldigen, maar hij was gefascineerd door de tekeningen. Hij deed zijn best er wijs uit te worden, zoals een sterrenkijker zijn best zou doen de omtrekken van Taurus te ontdekken.

De tekeningen recht boven hem werden plotseling duidelijk. Er was een bizon, ruw getekend, maar met alle essentiële details. Zelfs de kleine staart stond recht overeind.

Naast de bizon stond een jager. Hij had een stok vast, hoogstwaarschijnlijk een speer, die hij op de bizon had gericht.

De slaap was nu onontkoombaar. Toen zijn zware oogleden begonnen dicht te vallen kwam het bij hem op dat de bron wellicht besmet was.

Toen zijn ogen dicht waren kon hij de bizon en de jager nog steeds zien. De jager kwam hem bekend voor. Het was geen exact duplicaat, maar de man had iets van Schoppende Vogel, iets wat honderden jaren achtereen was overgeleverd.

Toen was hij zelf de jager.

En daarna viel hij in slaap.

*twee*

De bomen droegen geen bladeren.

Hier en daar lag sneeuw op de grond.

Het was erg koud.

Een grote kring van ontelbaar veel soldaten wachtte levenloos, de geweren naast zich op de grond.

Hij ging van de een naar de ander, keek naar hun bevroren, blauwe gezichten op zoek naar tekenen van leven. Niemand reageerde.

Hij vond zijn vader onder hen, de dokterstas in zijn hand als een natuurlijk verlengstuk van het lichaam. Hij zag een jeugdvriendje dat verdronken was. Hij zag de man die in zijn oude woonplaats een stal had en de paarden sloeg wanneer ze zich niet goed gedroegen. Hij zag generaal Grant, stil als een sfinx, met een soldatenpet op zijn hoofd. Hij zag een man met waterige ogen en een priesterkraag. Hij zag een prostituée, haar dode gezicht besmeerd met rouge en poeder. Hij zag zijn lerares van de lagere school met haar reusachtige boezem. Hij zag het lieve gezicht van zijn moeder; tranen lagen bevroren op haar wangen.

Dit grote leger van zijn leven zwom langs zijn ogen alsof er geen einde aan zou komen.

Er waren wapens, grote, koperkleurige kanonnen op wielen.

Er kwam iemand naar de wachtende kring van soldaten.

Het was Tien Beren. Hij liep soepel in de ijzige kou, met slechts een enkele deken over zijn benige schouders geslagen. Hij zag eruit als een toerist toen hij bij een van de grote kanonnen kwam. Een koperkleurige hand gleed onder de deken uit om aan de loop te voelen.

Het kanon ging af en Tien Beren verdween in een grote rookwolk. Het bovenste deel van zijn lichaam vloog langzaam rond door de doodse winterse hemel. Als water uit een slang stroomde het bloed weg waar zijn middel had gezeten. Zijn gezicht was kleurloos. Zijn vlechten zweefden loom van zijn hoofd weg.

Andere kanonnen gingen af en net als Tien Beren vlogen de tenten van zijn dorpen in de lucht. Ze tolden door de lucht als zware papieren puntzakken en toen ze weer op aarde terugkeerden, staken de tipi's ondersteboven in de keiharde grond.

Het leger was nu gezichtsloos. Als een groep vrolijke zwemmers die op een hete zomerdag naar het zeewater trekken, vielen ze over de mensen heen die onbedekt lagen zonder hun tenten.

Baby's en kleine kinderen werden het eerst opzijgegooid. Ze vlogen hoog de lucht in. Hun lichamen werden doorstoken door de takken van kale bomen en daar hingen de kinderen te jammeren en hun bloed droop langs de boomstammen naar beneden terwijl het leger zijn werk voortzette.

Ze maakten de mannen en vrouwen open alsof het kerstcadeautjes waren: ze schoten hen in het hoofd en namen het schedeldak eraf; sneden buiken open met hun bajonetten en trokken dan met ongeduldige handen de huid opzij; zetten ledematen af en schudden ze leeg.

In elke Indiaan zat geld. Zilver stroomde uit hun ledematen. Bankbiljetten puilden uit hun buiken. Goud zat in hun schedels als snoep in een pot.

Het grote leger trok weg in wagens, volgeladen met rijkdommen. Een aantal soldaten rende langs de wagens en raapte op wat eraf gevallen was.

Er braken gevechten uit in de gelederen van het leger en lang nadat ze verdwenen waren, flitste het lawaai van hun strijd op als bliksem boven de bergen.

Eén soldaat werd achtergelaten en liep bedroefd en verdwaasd over het veld vol lijken.

Dat was hij.

De harten van de uiteengereten mensen klopten nog, gelijkmatig in een cadans die als muziek klonk.

Hij stak een hand onder zijn tuniek en keek hoe die rees en daalde op zijn eigen harteklop. Hij zag zijn adem voor zijn gezicht bevriezen. Weldra zou hij ook bevroren zijn.

Hij ging tussen de lijken liggen en toen hij zich uitstrekte, ontsnapte er een lange, bedroefde zucht aan zijn lippen. In plaats van te vervagen, won de zucht aan kracht. Het geluid ervan cirkelde over het slachtveld, tolde sneller en sneller langs zijn oren en kreunde een boodschap die hij niet begreep.

## *drie*

Luitenant Dunbar was koud tot op het bot.

Het was donker.

Wind floot door de grot.

Hij sprong overeind, stootte zijn hoofd tegen het massieve rotsplafond en liet zich weer op zijn knieën zakken. Hij knipperde met zijn ogen tegen de pijn van de klap en ontwaarde een zilverkleurig licht dat door de ingang naar binnen scheen. Maanlicht.

In paniek kroop Dunbar als een aap naar voren, een hand boven zijn hoofd om naar het plafond te voelen. Toen hij veilig kon staan, rende hij naar de uitgang van de rots en hij hield niet in eer hij in het heldere maanlicht op de open plek stond.

Cisco was weg.

De luitenant floot hoog en schril.

Niets.

Hij liep verder de open plek op en floot nog eens. Hij hoorde iets bewegen tussen de populieren. Toen hoorde hij zacht gehinnik en flitste Cisco's bruingele pels op als amber in het maanlicht toen hij onder de bomen uitkwam.

Dunbar wilde het hoofdstel gaan halen dat hij bij de bron had laten liggen toen hij een beweging in de lucht voelde. Hij keek om en zag nog net de donkere vorm van een grote uil die langs Cisco's hoofd zweefde en toen steil klom om ten slotte tussen de takken van de hoogste populier te verdwijnen.

De vlucht van de uil was angstaanjagend en moest hetzelfde effect op Cisco hebben gehad, want toen hij het dier bereikte, stond het te trillen van angst.

## *vier*

Ze zochten hun weg terug uit de canyon en toen ze de open prairie bereikten was dat met de opluchting van een zwemmer die na een lange, diepe duik de oppervlakte bereikt.

Luitenant Dunbar verplaatste zijn gewicht iets naar voren en even later droeg Cisco hem in een vlotte galop over de zilverkleurige graslanden.

Hij reed met hernieuwde kracht, verrukt dat hij wakker en in leven was en afstand schiep tussen zichzelf en die vreemde, onrustbarende droom. Het deed er niet toe waar de droom vandaan kwam en wat hij betekende. De beelden waren nog te vers en duidelijk om al te herkauwen. Hij verdreef de hallucinatie met behulp van andere gedachten en luisterde naar het zachte geroffel van Cisco's hoeven.

Hij kreeg een gevoel van macht over zich dat met elke kilometer toenam. Hij voelde het in de moeiteloze beweging van Cisco's galop en hij voelde het in zijn eigen eenheid: eenheid met zijn paard en de prairie en het vooruitzicht veilig terug te keren naar het dorp dat nu zijn thuis was. Ergens in zijn achterhoofd wist hij dat de kwestie met Staat Met Een Vuist geregeld moest worden en dat de groteske droom ergens in zijn toekomst moest worden ingevoegd.

Maar op dat moment waren dat maar kleine dingen. Ze vormden helemaal geen bedreiging, want hij was vervuld van het besef dat zijn leven als menselijk wezen open voor hem lag en dat de lei van zijn verleden was schoongeveegd. De toekomst was net zo open als op de dag waarop hij was geboren en dat bracht hem in een buitengewoon goede stemming. Hij was de enige mens op aarde, een koning zonder onderdanen, die door het grenzeloze gebied van zijn leven trok.

Hij was blij dat ze Comanche waren en geen Kiowa, want hij herinnerde zich nu hun bijnaam, die hij in het dode verleden ergens had gehoord of gelezen.

Heren van de vlakte, zo werden ze genoemd. En hij was een van hen.

Dromerig liet hij de teugels los en sloeg zijn armen over elkaar, waarbij hij zijn handen plat tegen de borstplaat legde die zijn borst bedekte.

'Ik ben Dans van de Wolf,' riep hij hard, 'ik ben Dans van de Wolf.'

## *vijf*

Toen hij die avond terugkwam zaten Schoppende Vogel, Wind In Zijn Haar en diverse anderen rond het vuur.

De medicijnman was bezorgd genoeg geweest om groepjes

verkenners in de vier windrichtingen naar de blanke soldaat te laten zoeken. Maar er werd geen groot alarm geslagen. Het gebeurde in stilte. Ze waren teruggekomen zonder iets te kunnen melden, en Schoppende Vogel zette de kwestie uit zijn gedachten. Wanneer iets buiten zijn invloedssfeer viel, vertrouwde hij altijd op de wijsheid van de Grote Geest.

Hij was eerder in de war door wat hij op het gezicht van Staat Met Een Vuist had gezien dan door het vertrek van Dans van de Wolf. Bij het noemen van zijn naam bespeurde hij een vaag onbehagen in haar, alsof ze iets te verbergen had.

Maar ook dat viel buiten zijn gezag. Als er iets belangrijks tussen hen beiden was gebeurd, zou dat te zijner tijd wel blijken.

De luitenant gleed van Cisco's rug en groette de mannen rond het vuur in Comanche. Ze beantwoordden de groet en wachtten of hij iets van betekenis te zeggen had over zijn verdwijning.

Dunbar bleef voor hen staan als een ongenode gast, spelend met Cisco's teugels terwijl hij hen aankeek. Iedereen kon zien dat zijn hersenen met iets bezig waren.

Na een paar seconden bleef zijn blik op Schoppende Vogel rusten en de medicijnman dacht dat hij de luitenant nog nooit zo rustig en zelfverzekerd had zien kijken.

Toen glimlachte Dunbar. Het was een glimlach vol vertrouwen.

In perfect Comanche zei hij: 'Ik ben Dans van de Wolf.'

Toen wendde hij zich van het vuur af en leidde Cisco naar de rivier om hem te laten drinken.

# 24

## *een*

De eerste vergadering van Tien Beren bracht geen uitsluitsel, maar de dag na luitenant Dunbars terugkeer was er een nieuwe bijeenkomst en dit keer werd een goed compromis bereikt.

In plaats van onmiddellijk te vertrekken, zoals de jongemannen hadden gewild, zou de oorlogstroep tegen de Pawnee een week de tijd nemen om de noodzakelijke voorbereidingen te treffen. Ook werd besloten dat er een aantal ervaren krijgers zou meegaan.

Wind In Zijn Haar zou de leiding hebben en Schoppende Vogel zou ook meegaan om belangrijke spirituele begeleiding te geven bij praktische zaken als het kiezen van plaatsen voor het kamp, aanvalstijden en het verklaren van onvoorziene voortekenen, waarvan zich er zeker diverse zouden voordoen. Het zou een kleine troep van zo'n twintig krijgers zijn en ze gingen eerder voor de buit dan om wraak te nemen.

Er was veel belangstelling voor de groep omdat er diverse jongemannen voor het eerst als volwas krijgers aan zouden deelnemen en het feit dat ze bovendien door een aantal befaamde mannen zouden worden aangevoerd, veroorzaakte voldoende opwinding om de normale dagelijkse routine in het kamp van Tien Beren in de war te gooien.

Ook de routine van luitenant Dunbar, die toch al was gewijzigd door zijn vreemde dag en nacht in de oude canyon, werd omgegooid. Nu er zoveel aan de hand was, werden de bijeenkomsten in het prieel voortdurend onderbroken en na twee dagen werden ze stopgezet.

Nu hij het zo druk had was Schoppende Vogel blij dat hij zijn aandacht volledig op de voorbereidingen voor de overval kon richten. Staat Met Een Vuist was blij met de afkoelingsperiode en

Dans van de Wolf ook. Het was hem wel duidelijk dat ze extra haar best deed een zekere afstand te bewaren, en alleen al daarom was het voor hem een opluchting dat er een einde kwam aan de lessen.

De voorbereidingen voor de krijgstroep intrigeerden hem en hij volgde Schoppende Vogel zoveel hij kon.

De medicijnman leek met het hele kamp in contact te staan en Dans van de Wolf vond het heerlijk daarbij betrokken te zijn, ook al was het alleen om te observeren. Hoewel verre van vloeiend, begreep hij nu bijna alles wat er werd gezegd en was zo goed in gebarentaal geworden dat ze Staat Met Een Vuist nog zelden nodig hadden in die laatste dagen voor het vertrek van de krijgstroep.

Het was een eersteklas opleiding voor de vroegere luitenant Dunbar. Hij nam deel aan veel bijeenkomsten waarbij aan elk lid van de krijgstroep met grote zorg en tact verantwoordelijkheden werden gedelegeerd. Tussen de regels door zag hij dat geen van de buitengewone kwaliteiten van Schoppende Vogel zo belangrijk was als zijn vermogen elke man het gevoel te geven dat hij een uiterst belangrijk lid van de komende expeditie was.

Dans van de Wolf bracht ook veel tijd door met Wind In Zijn Haar. Omdat deze al bij vele gelegenheden de Pawnee had bevochten, was er vraag naar zijn verhalen over die ontmoetingen. Die verhalen vormden zelfs een vitaal onderdeel van de voorbereiding van de jongeren. In en rond de tent van Wind In Zijn Haar werden informele lessen in oorlogvoering gegeven en naarmate de dagen verstreken, raakte ook Dans van de Wolf besmet.

De besmetting was aanvankelijk zwakjes, niet meer dan overpeinzingen over hoe de oorlog zou verlopen. Maar uiteindelijk werd hij door een sterk verlangen overvallen om mee uit te rijden tegen de vijanden van de Comanches.

Hij wachtte geduldig op geschikte momenten om te vragen of hij mee mocht. Hij had wel kansen, maar die gingen voorbij zonder dat hij zich uitsprak. Hij was verlegen door de angst dat iemand nee zou zeggen.

Twee dagen voor het voorgenomen vertrek van de troep werd nabij het kamp een grote kudde antilopen gezien en een groep krijgers, waaronder Dans van de Wolf, reed uit op zoek naar vlees.

Met behulp van dezelfde techniek van omsingelen als ze op de bizons hadden toegepast, wisten de mannen een groot aantal dieren te doden, zo'n zestig stuks.

Vers vlees was altijd welkom, maar belangrijker was dat het verschijnen van en de succesvolle jacht op de antilopen als een teken werd beschouwd dat de kleine oorlog tegen de Pawnee een goed resultaat zou hebben. De mannen die uitreden zouden zekerder zijn met de wetenschap dat de gezinnen die achterbleven geen gebrek aan voedsel zouden hebben, zelfs al bleven ze verscheidene weken weg.

Diezelfde avond werd er een dans georganiseerd om hun dank uit te spreken en iedereen was in opperbeste stemming. Iedereen behalve Dans van de Wolf. Terwijl de avond vorderde, keek hij van een afstand toe en werd steeds somberder. Hij dacht alleen aan het feit dat hij achtergelaten werd en kon die gedachte niet verdragen.

Hij manoeuvreerde zich naar Staat Met Een Vuist toe en toen de dans werd onderbroken stond hij naast haar.

'Ik wil met Schoppende Vogel praten,' zei hij.

Er was iets mis, dacht ze. Ze zocht in zijn ogen naar aanwijzingen, maar vond die niet.

'Wanneer?'

'Nu.'

## *twee*

Om de een of andere reden kon hij zichzelf niet tot kalmte brengen. Hij was abnormaal nerveus en onrustig en zowel Staat Met Een Vuist als Schoppende Vogel merkten dat toen ze naar de tent liepen.

Zijn spanning was nog duidelijk merkbaar toen ze in de tipi van Schoppende Vogel hadden plaatsgenomen. De medicijnman doorliep luchtig de normale formaliteiten en kwam snel terzake.

'Zeg wat je te zeggen hebt,' zei hij, via Staat Met Een Vuist.

'Ik wil mee.'

'Waarheen?' vroeg ze.

De ogen van Dans van de Wolf schoten rusteloos heen en weer terwijl hij moed verzamelde.

'Tegen de Pawnee.'

Dit werd doorgegeven aan Schoppende Vogel. Afgezien van de licht opgetrokken wenkbrauwen leek de medicijnman onaangedaan.

'Waarom wil je strijd voeren tegen de Pawnee?' vroeg hij . 'Ze hebben jou niets gedaan.'

Dans van de Wolf dacht een ogenblik na.

'Ze zijn vijanden van de Comanches.'

Het stond Schoppende Vogel niet aan. Het verzoek had iets geforceerds. Dans van de Wolf overhaastte de zaak.

'Alleen Comanche-krijgers kunnen mee,' zei hij vlak.

'Ik ben al langer een krijger in het leger van de blanken dan de leertijd van sommige jongemannen die nu meegaan. Sommigen van hen trekken voor het eerst ten strijde.'

'Ze zijn onderricht op de wijze van de Comanches,' zei de medicijnman vriendelijk. 'Jij niet. De strijdwijze van de blanke is niet die van de Comanches.'

Dans van de Wolf verloor iets van zijn vastberadenheid. Hij wist dat hij aan het verliezen was. Zijn stem werd zachter.

'Ik kan de Comanche-wijze van oorlogvoeren niet leren als ik in het kamp moet blijven,' zei hij mat.

Het was moeilijk voor Schoppende Vogel. Hij wilde dat het niet gebeurde.

Hij koesterde een grote genegenheid voor Dans van de Wolf. De blanke soldaat was zijn verantwoordelijkheid en had zich de risico's die Schoppende Vogel had genomen waardig getoond. Meer dan waardig zelfs.

Anderzijds had de medicijnman een hoge en geëerde positie bereikt door het toegewijde vergaren van wijsheid. Nu was hij wijs en begreep hij de wereld goed genoeg om zijn volk van dienst te zijn.

Schoppende Vogel was verdeeld tussen de genegenheid voor één man en zijn dienstbaarheid jegens de gemeenschap. Hij wist dat er weinig keus was. Al zijn wijsheid zei hem dat het verkeerd zou zijn Dans van de Wolf mee te nemen.

Terwijl hij met het vraagstuk worstelde hoorde hij Dans van de Wolf iets tegen Staat Met Een Vuist zeggen.

'Hij vraagt je er met Tien Beren over te praten,' zei ze.

Schoppende Vogel keek in de hoopvolle ogen van zijn protégé en aarzelde.

'Dat zal ik doen,' zei hij.

### *drie*

Dans van de Wolf sliep slecht die nacht. Hij vervloekte zichzelf omdat hij te opgewonden was om te slapen. Hij wist dat er pas de volgende dag een beslissing zou vallen en morgen leek nog veel te ver weg. De hele nacht door sliep hij telkens tien minuten en lag er dan twintig wakker. Een half uur voor het ochtendgloren gaf hij het eindelijk op en ging naar de rivier om een bad te nemen.

Hij vond het idee om in het kamp op bericht te moeten wachten ondraaglijk en toen Wind In Zijn Haar hem vroeg mee op zoek te gaan naar bizons greep hij zijn kans. Ze trokken naar het oosten en het was al middag toen ze terugkeerden in het kamp.

Hij liet Cisco door Lacht Veel terugbrengen naar de ponykudde en stapte met wild kloppend hart de tent van Schoppende Vogel binnen.

Er was niemand.

Hij was vastbesloten te wachten tot er iemand terugkwam, maar door de achterwand hoorde hij vrouwenstemmen vermengd met werkgeluiden en hoe langer hij luisterde, hoe minder hij zich kon voorstellen wat er aan de hand was. Na een paar minuten dreef de nieuwsgierigheid hem naar buiten.

Direct achter de woning van Schoppende Vogel, een paar meter van het prieel vandaan, legden Staat Met Een Vuist en de vrouwen van Schoppende Vogel de laatste hand aan een nieuwe tent.

Ze waren bezig de laatste zomen te stikken en hij bleef even staan kijken voor hij zijn vraag stelde.

'Waar is Schoppende Vogel?'

'Bij Tien Beren,' zei ze.

'Ik wacht wel op hem,' zei Dans van de Wolf en draaide zich om.

'Als je wilt,' zei ze zonder van haar werk op te kijken,' kun je hier binnen wachten.'

Ze onderbrak haar werk nu om de zweetdruppels van haar voorhoofd te vegen en keek hem aan.

'We maken deze tent voor jou.'

*vier*

Het gesprek met Tien Beren duurde niet lang, het belangrijkste onderwerp althans niet.

De oude man was in een goede stemming. Zijn pijnlijke botten hielden van het warme weer en hoewel hij niet meeging, was hij verrukt over het vooruitzicht van een succesvolle onderneming tegen de gehate Pawnee. Zijn kleinkinderen waren kogelrond van de zomerse feestmalen en alle drie zijn vrouwen waren de laatste tijd bijzonder goedgemutst.

Schoppende Vogel had geen beter moment kunnen kiezen om hem over een delicate zaak aan te spreken.

Tien Beren luisterde zwijgend terwijl de medicijnman hem over het verzoek van Dans van de Wolf vertelde. Hij stopte zijn pijp alvorens te antwoorden. 'Je hebt me verteld wat zijn hart zegt,' zei de oude man. 'Wat zegt jouw hart?'

Hij bood Schoppende Vogel de pijp aan.

'Mijn hart zegt dat hij te hevig is. Hij wil te veel, te snel. Hij is een krijger, maar hij is geen Comanche. Het zal nog een poos duren voor hij een Comanche is.'

Tien Beren glimlachte.

'Je spreekt altijd goed, Schoppende Vogel. En je ziet het goed.'

De oude man stak de pijp aan en gaf hem door.

'Vertel me nu eens,' zei hij, 'waarover wil je mijn advies?'

*vijf*

Aanvankelijk was het een vreselijke teleurstelling. Hij kon het alleen maar vergelijken met een verlaging van rang. Maar het was erger dan dat. Hij was zelfs nog nooit zo teleurgesteld geweest.

En toch verbaasde het hem hoe snel de pijn was verdwenen. Zodra Schoppende Vogel en Staat Met Een Vuist de tent hadden verlaten was die al bijna weg.

Hij lag op het nieuwe bed in zijn nieuwe woning en verbaasde zich over die verandering. Enkele minuten geleden pas had hij het te horen gekregen, maar hij was nu al niet meer verpletterd. Het was nog slechts een kleine tegenvaller.

Het heeft te maken met het feit dat ik hier ben, dacht hij, bij deze mensen. Het heeft te maken met onverdorven zijn.

Schoppende Vogel had alles heel precies gedaan. Hij kwam met de twee vrouwen die de vachten droegen, Staat Met Een Vuist en een van zijn echtgenotes. Toen ze het nieuwe bed hadden opgemaakt was de vrouw vertrokken en waren Schoppende Vogel, Staat Met Een Vuist en Dans van de Wolf tegenover elkaar in de tipi blijven staan.

Schoppende Vogel sprak met geen woord over de strijdgroep of de negatieve beslissing. Hij begon gewoon te praten.

'Het zou goed zijn als je nog wat met Staat Met Een Vuist praat wanneer ik weg ben. Doe dat in mijn tent zodat mijn gezin je kan zien. Ik wil dat ze je leren kennen terwijl ik weg ben en ik wil dat jij hen leert kennen. Ik zal me beter voelen wanneer ik weet dat jij tijdens mijn afwezigheid voor mijn gezin zorgt. Kom nu mee naar mijn vuur en eet als je honger hebt.'

Toen hij hem eenmaal voor het eten had uitgenodigd, draaide de medicijnman zich abrupt om en liep weg, gevolgd door Staat Met Een Vuist.

Terwijl hij hen nakeek voelde Dans van de Wolf tot zijn verbazing zijn neerslachtigheid verdwijnen. Daarvoor in de plaats was een gevoel van verlichting gekomen. Hij voelde zich helemaal niet klein. Hij voelde zich groter.

Het gezin van Schoppende Vogel zou onder zijn bescherming staan en hij verheugde zich onmiddellijk op het idee hen als zodanig te dienen. Hij zou weer bij Staat Met Een Vuist zijn en ook dat pepte hem op.

De krijgstroep zou een hele tijd weg zijn, wat hem de mogelijkheid gaf veel Comanche te leren. En tijdens dat leerproces zou hij meer oppikken dan alleen de taal. Als hij heel hard werkte zou hij bij de terugkeer van zijn mentors een heel nieuw niveau hebben bereikt. Dat idee maakte hem blij.

Er klonken nu trommels in het dorp. Het grote afscheidsdansfeest was begonnen en hij wilde erheen. Hij hield van dansen.

Dans van de Wolf liet zich van het bed rollen en keek de tent rond. Die was leeg, maar zou binnen niet al te lange tijd gesierd worden door de kleine ornamenten van zijn leven, en het was een plezierige gedachte weer eens iets het zijne te kunnen noemen.

Hij stapte door de deurflap naar buiten en bleef buiten in het schemerduister staan. Hij had tijdens het eten voortdurend zitten dagdromen, maar de rook van de kookvuren hing nog dik in de lucht en de geur daarvan gaf hem een tevreden gevoel.

Toen kwam er een gedachte bij Dans van de Wolf op.

Ik moest maar hier blijven, zei hij bij zichzelf, dat is veel beter.

Hij liep in de richting van de trommels.

Toen hij het grote pad bereikte, liep hij met een paar krijgers mee die hij kende. In gebarentaal vroegen ze hem of hij van plan was die avond te dansen. Het antwoord van Dans van de Wolf was zo heftig dat ze erom moesten lachen.

# 25

*een*

Toen de troep eenmaal weg was, hervond het leven in het dorp zijn rustige routine, een tijdloze kringloop van ochtend naar dag naar avond naar nacht waardoor het leek alsof de prairie de enige plek op aarde was.

Dans van de Wolf liep al snel met die kringloop in de pas en draaide erin mee op een plezierige, dromerige manier. Een leven van rijden en jagen en verkennen was lichamelijk veeleisend, maar zijn lichaam had zich goed aangepast en toen hij eenmaal het ritme van de dagen had gevonden, merkte hij dat de meeste bezigheden hem moeiteloos afgingen.

Het gezin van Schoppende Vogel eiste het meest van zijn tijd op. De vrouwen deden bijna al het werk in het kamp, maar hij voelde zich verplicht hun dagelijks leven en dat van hun kinderen te begeleiden en zo kwam het dat hij op de een of andere manier altijd zijn handen vol had.

Wind In Zijn Haar gaf hem tijdens het afscheidsfeest een goede boog en een pijlenkoker. Hij was verrukt over het geschenk en zocht een oudere krijger genaamd Stenen Kalf op die hem de fijne kneepjes van het gebruik bijbracht. In een week tijd waren de twee goede vrienden geworden en Dans van de Wolf ging vaak naar de tent van Stenen Kalf.

Hij leerde zijn wapens verzorgen en snelle reparaties uitvoeren. Hij leerde de woorden van belangrijke liederen en hoe ze te zingen. Hij keek toe hoe Stenen Kalf vuur maakte met alleen een beetje hout en zag hem zijn eigen medicijn maken.

Hij was een gewillige leerling en leerde vlug, zo vlug dat Stenen Kalf hem de bijnaam Snel gaf.

Hij ging elke dag een paar uur op verkenning, zoals de meeste van de mannen. Ze gingen in groepen van drie of vier en Dans van de Wolf had binnen korte tijd een basiskennis van noodzakelijke dingen, zoals hoe je de ouderdom van sporen kon aflezen en het weer kon voorspellen.

De bizons kwamen en gingen op hun eigen mysterieuze wijze. Sommige dagen zagen ze er helemaal geen en andere dagen zagen ze er zoveel dat het een grap leek.

Op de twee punten die telden waren de verkenningstochten een succes. Er was vers vlees te over en het landschap herbergde geen vijanden.

Al na een paar dagen vroeg hij zich af waarom niet iedereen in een tent woonde. Wanneer hij aan de plaatsen dacht waar hij eerder had gewoond, kon hij zich alleen een verzameling steriele kamers voor de geest halen.

Voor hem was de tent een echt thuis. Het was er zelfs op de heetste dagen nog koel en onverschillig hoeveel drukte er in het kamp ook heerste, de cirkel van ruimte hier binnen leek altijd vervuld van rust.

Hij genoot van de tijd die hij er in zijn eentje doorbracht.

Het favoriete moment van de dag was voor hem de late namiddag, en vaak zat hij dan bij de deurflap een of ander karweitje te doen, zoals zijn laarzen poetsen, terwijl hij keek hoe de wolken van formatie veranderden of naar het zachte ruisen van de wind luisterde.

Zonder dat hij daar echt zijn best voor deed, werd tijdens die middagen zijn verstand uitgeschakeld en kwam zijn geest op een verfrissende manier tot rust.

### *twee*

Het duurde echter niet lang eer een ander facet van zijn leven alle andere ging domineren.

Dat was Staat Met Een Vuist.

Hun gesprekken begonnen weer, dit keer onder de onverschillige, maar altijd aanwezige blikken van het gezin van Schoppende Vogel.

De medicijnman had instructies achtergelaten dat ze moesten doorgaan, maar zonder Schoppende Vogel om hen te leiden was het niet zo duidelijk welke richting de lessen moesten volgen.

De eerste dagen bestonden voornamelijk uit mechanische, weinig opwindende herhalingen.

In zekere zin was dat maar goed ook. Zij was nog steeds in de war en beschaamd. Het saaie van hun eerste bijeenkomsten maakte het mogelijk de draad van het verleden weer op te pakken. Daardoor kon ze de nodige afstand bewaren om weer aan hem gewend te raken.

Dans van de Wolf was daar tevreden mee. De eentonigheid van hun gesprekken stond tegenover zijn oprechte verlangen om goed te maken wat de band die tussen hen had bestaan, had vernietigd en hij wachtte de eerste paar dagen geduldig af tot ze zou ontdooien.

Het Comanche vorderde goed, maar het werd hem al spoedig duidelijk dat de snelheid waarmee hij kon leren ernstig werd beperkt wanneer ze de hele ochtend in de tent bleven zitten. Zoveel dingen die hij moest weten waren buiten. En ze werden voortdurend onderbroken door de familie.

Maar hij wachtte zonder zich te beklagen en liet Staat Met Een Vuist de woorden overslaan die ze niet kon uitleggen.

Toen ze op een middag kort na het eten het woord voor gras niet kon vinden, nam Staat Met Een Vuist hem eindelijk mee naar buiten. Het ene woord leidde tot het andere en ze keerden pas na ruim een uur terug naar de tent. Ze slenterden door het dorp, zo intens bezig met hun studie dat de tijd ongemerkt voorbijvloog.

In de dagen die volgden werd dat patroon herhaald en versterkt. Ze werden een normale aanblik, een stel pratenden dat het dorp doortrok, zich slechts bewust van de voorwerpen die hun werk omvatte: bot, deurflap, zon, hoef, hond, stok, lucht, kind, haar, vacht, gezicht, ver, dichtbij, hier, daar, helder, somber, en zo verder.

Elke dag raakte de taal dieper in hem geworteld en algauw kon Dans van de Wolf meer dan alleen losse woorden maken. Hij vormde zinnen en breide ze aan elkaar met een ijver die veel fouten veroorzaakte.

'Vuur groeit op de prairie.'

'Water eten is goed voor mij.'

'Is die man een bot?'

Hij was als een goede hardloper die elke derde stap valt, maar hij bleef op het moeras van de nieuwe taal inhakken en maakte door pure wilskracht opmerkelijke vorderingen.

Hoeveel fouten hij ook maakte, het veranderde niets aan zijn goede stemming en hij overwon alle obstakels met een bijzonder goed humeur en vastberadenheid.

Ze zaten steeds minder vaak in de tent. Buiten waren ze vrij en er heerste een bijzondere rust in het dorp. Het was er ongewoon vredig.

Iedereen dacht aan de mannen die onzekere gebeurtenissen tegemoet waren gereden in het land van de Pawnee. Elke tijdloze dag die verstreek baden de familieleden en vrienden van de mannen in de krijgstroep met meer toewijding voor hun veiligheid. Het leek alsof bidden plotseling de meest voor de hand liggende bezigheid in het kamp was geworden. Gebeden vonden hun weg naar maaltijden, bijeenkomsten, karweitjes, al waren ze nog zo kort.

De heiligheid die het kamp omhulde gaf Staat Met Een Vuist en Dans van de Wolf een perfecte omgeving om in te werken. Weggezonken in deze tijd van wachten en gebed, besteedden de andere mensen weinig aandacht aan het blanke stel. Ze bewogen zich voort in een serene, goed beschermde luchtbel, een eenheid op zich.

Ze brachten elke dag drie of vier uur samen door, zonder elkaar aan te raken en zonder over zichzelf te praten. Aan de oppervlakte bleef een zorgvuldige formaliteit waarneembaar. Ze lachten samen om bepaalde dingen en spraken over normale onderwerpen als het weer. Maar hun gevoelens bleven altijd verborgen. Staat Met Een Vuist ging voorzichtig met haar gevoelens om en Dans van de Wolf respecteerde dat.

## *drie*

Twee weken nadat de krijgstroep was vertrokken vond een grote verandering plaats.

Laat in de middag, na een lange verkenningstocht onder de wrede zon keerde Dans van de Wolf terug naar de tent van Schoppende Vogel, vond daar niemand en ging, met de gedachte dat het gezin wel naar de rivier gegaan zou zijn, op weg naar het water.

De vrouwen van Schoppende Vogel waren daar hun kinderen aan het wassen. Staat Met Een Vuist was er niet. Hij bleef lang genoeg rondhangen om zich door de kinderen te laten nat spetteren en liep toen over het pad terug naar het dorp.

De zon was nog steeds warm en toen hij het prieel zag, werd hij daar door de gedachte aan de schaduw naartoe getrokken.

Hij was bijna binnen toen hij besefte dat zij er was. Het gewone onderricht was al voorbij en ze waren allebei verlegen met de situatie.

Dans van de Wolf ging op bescheiden afstand zitten en zei haar gedag.

'Het... het is heet,' antwoordde ze, als om zich te excuseren voor haar aanwezigheid.

'Ja,' stemde hij in, 'erg heet.'

Hoewel dat niet nodig was, veegde hij zijn voorhoofd af. Het was een dwaze manier om haar duidelijk te maken dat hij om dezelfde reden daar was.

Maar nog terwijl hij dat gebaar maakte riep hij zichzelf een halt toe. Hij ervoer plotseling de hevige aandrang haar te vertellen wat hij voelde.

Hij begon gewoon te praten. Hij vertelde haar dat hij in de war was. Hij vertelde haar hoe prettig hij het vond hier te zijn. Hij vertelde haar over zijn tent en hoe blij hij daarmee was. Hij nam de borstplaat met beide handen beet en vertelde haar wat hij daarover dacht, dat het voor hem iets heel bijzonders was. Hij bracht hem naar zijn wang en zei: 'Ik houd hiervan.' Toen zei hij: 'Maar ik ben blank... en ik ben soldaat. Is het goed dat ik hier ben of is het dwaas? Ben ik een dwaas?'

Hij zag volledige aandacht in haar ogen.

'Is niet... ik weet het niet,' antwoordde ze.

Het was even stil. Hij kon zien dat ze wachtte.

'Ik weet niet waar ik heen moet gaan,' zei hij zacht. 'Ik weet niet waar ik thuishoor.'

Ze draaide langzaam het hoofd en staarde naar buiten.

'Ik weet het,' zei ze.

Ze keek nog steeds in gedachten verloren naar buiten toen hij zei: 'Ik wil hier zijn.'

Ze wendde zich weer tot hem. Haar gezicht zag er prachtig uit.

De ondergaande zon had er een zachte gloed aan verleend. Diezelfde gloed lag in haar ogen, die vol gevoel waren.

'Ja,' zei ze, precies begrijpend wat hij bedoelde.

Ze liet haar hoofd zakken. Toen ze weer opkeek, voelde Dans van de Wolf zich opgeslokt, zoals die eerste keer met Timmons op de prairie. Haar ogen waren de ogen van een gevoelig mens, vervuld van een schoonheid die weinig mannen kenden. Ze waren eeuwig.

Dans van de Wolf werd verliefd toen hij dat zag.

Staat Met Een Vuist was al eerder verliefd geworden. Het was gebeurd op het moment dat hij begon te spreken, niet ineens, maar in langzame stadia tot ze het ten slotte niet meer kon ontkennen. Ze zag zichzelf in hem. Ze zag dat ze samen één konden zijn.

Ze praatten nog wat en vervielen toen in stilte. Enkele minuten lang staarden ze naar de namiddag, beiden wetend wat de ander voelde, maar niet in staat zich uit te spreken.

De betovering werd verbroken toen toevallig een van de zoontjes van Schoppende Vogel langskwam, naar binnen keek en vroeg wat ze zaten te doen.

Staat Met Een Vuist glimlachte om zijn onschuldige onderbreking en zei hem in Comanche: 'Het is heet. We zitten in de schaduw.'

Dat klonk de jongen zo zinnig in de oren dat hij ook binnenkwam en bij Dans van de Wolf op schoot sprong. Ze stoeiden enkele ogenblikken, maar dat duurde niet lang.

De jongen ging plotseling rechtop zitten en zei tegen Staat Met Een Vuist dat hij honger had.

'Goed,' zei ze in Comanche en nam hem bij de hand.

Ze keek Dans van de Wolf aan.

'Eten?'

'Ja, ik heb honger.'

Ze kropen het prieel uit en liepen naar de tent van Schoppende Vogel om een kookvuur aan te steken.

## *vier*

Zijn eerste werk de volgende ochtend was een bezoek aan Stenen Kalf. Hij kwam al vroeg bij de tent van de krijger aan en werd meteen uitgenodigd om mee te ontbijten.

Nadat ze hadden gegeten gingen de twee mannen buiten zitten praten terwijl Stenen Kalf een wilg bewerkte om een nieuw stel pijlen van te maken. Behalve met Staat Met Een Vuist had hij met niemand zo'n uitgebreide conversatie gehad.

Stenen Kalf was ervan onder de indruk dat deze Dans van de Wolf, die nog maar zo kort bij hen was, al in Comanche sprak. En goed ook.

De oude krijger merkte ook wel dat Dans van de Wolf iets wilde en toen het gesprek plotseling op Staat Met Een Vuist kwam, wist hij dat dat het moest zijn.

Dans van de Wolf probeerde het zo onverschillig mogelijk te zeggen, maar Stenen Kalf was een oude vos die echt wel doorzag dat de vraag belangrijk was voor zijn bezoeker.

'Is Staat Met Een Vuist getrouwd?'

'Ja,' antwoordde Stenen Kalf.

Dat antwoord kwam als een harde klap voor Dans van de Wolf. Hij zweeg.

'Waar is haar echtgenoot?' vroeg hij ten slotte. 'Ik zie hem nergens.'

'Hij is dood.'

Dat was een mogelijkheid die hij niet had overwogen.

'Wanneer is hij gestorven?'

Stenen Kalf keek op van zijn werk.

'Het is onbeleefd over de doden te praten,' zei hij. 'Maar jij bent nieuw, dus zal ik het je vertellen. Het was rond de tijd van de kersemaan, in de lente. Ze rouwde om hem op de dag dat jij haar vond en terugbracht.'

Dans van de Wolf stelde verder geen vragen, maar Stenen Kalf gaf nog enkele feiten. Hij noemde de tamelijk hoge rang van de dode en het feit dat zijn huwelijk met Staat Met Een Vuist kinderloos was gebleven.

Dans van de Wolf, die wat hij had gehoord moest verwerken, bedankte zijn informant en vertrok.

Stenen Kalf vroeg zich af of er misschien iets gaande was

tussen die twee, besloot dat het zijn zaak niet was en ging door met zijn werk.

## *vijf*

Dans van de Wolf deed het enige waarvan hij wist dat het zijn hoofd helder zou maken. Hij haalde Cisco uit de ponykudde en reed het dorp uit. Hij wist dat ze bij de tent van Schoppende Vogel op hem wachtte, maar zijn hoofd tolde en hij kon haar nu niet onder ogen komen.

Hij reed stroomafwaarts en besloot na een kilometer of drie helemaal naar Fort Sedgewick te rijden. Hij was er al twee weken niet geweest en voelde nu plotseling de neiging erheen te gaan, alsof het fort hem op een of andere manier iets zou kunnen vertellen.

Al van een afstand zag hij dat de late zomerstormen de luifel hadden vernield. Die hing helemaal los van de palen. Het canvas zelf was verscheurd. Wat er nog van restte wapperde in de bries als het gerafelde grote zeil van een spookschip.

Twee Sokken zat op de klif te wachten en hij gooide het oude dier de reep vlees toe die hij had meegebracht om op te kauwen. Hij had geen honger.

Veldmuizen schoten alle kanten uit toen hij een blik in de vergane provisiehut wierp. Ze hadden het enige dat hij had achtergelaten, een jutezak gevuld met beschimmelde scheepsbeschuit, vernield.

In de plaggenhut die zijn thuis was geweest ging hij een paar minuten op de brits liggen en keek naar de afbrokkelende muren.

Hij nam zijn vaders kapotte zakhorloge van de spijker om het in zijn broekzak te laten glijden. Maar hij keek er een paar seconden naar en hing het toen terug.

Zijn vader was zes jaar geleden overleden. Of waren het er zeven? Zijn moeder was zelfs al langer dood. Hij kon zich details van zijn leven met hen herinneren, maar de personen zelf... het leek wel alsof die al honderd jaar dood waren.

Hij zag het dagboek op een van de klapstoelen liggen en pakte het op. Het was vreemd om het door te bladeren. Ook wat hij had geschreven leek oud en voorbij, als iets uit een vorig leven.

Soms moest hij lachen om wat hij had geschreven, maar over het geheel genomen ontroerde het hem. Zijn leven was opnieuw begonnen, en hierin stonden delen van het verslag daarover. Het was nu nog slechts een curiositeit en van geen belang voor zijn toekomst. Maar het was interessant om terug te kijken en te zien hoe ver hij was gekomen.

Aan het einde zaten een paar lege bladzijden en hij kwam op het idee dat een post scriptum wel gepast zou zijn, misschien iets gevats en mysterieus.

Maar toen hij zijn ogen opsloeg om na te denken zag hij tegen de kale muur alleen haar. Hij zag de welgevormde kuiten onder de zoom van haar daagse herteleren jurk bewegen. Hij zag de lange, prachtige handen gracieus uit de mouwen steken. Hij zag de ronding van haar borst onder het lijfje. Hij zag de hoge jukbeenderen en dikke, expressieve wenkbrauwen en de eeuwige ogen en de bos verwarde, kersekleurige haren.

Hij dacht aan hoe ze plotseling bloosde en aan het licht dat haar gelaat omgaf in het prieel. Hij dacht aan haar bescheidenheid, haar waardigheid en haar pijn.

Alles wat hij zag en alles waaraan hij dacht, vond hij aanbiddelijk.

Toen zijn blik weer op de blanco pagina op zijn schoot viel, wist hij wat hij moest schrijven. Hij was dol van vreugde het in woorden tot leven te zien komen.

*laat in de zomer 1863*

*Ik houd van Staat Met Een Vuist.*

*Dans van de Wolf*

Hij sloot het dagboek en legde het zorgvuldig midden op het bed met de gedachte dat het nageslacht daar wat aan te puzzelen zou hebben.

Hij was blij te zien dat Twee Sokken verdwenen was toen hij naar buiten liep. Hij wist dat hij hem nooit meer zou zien en zei een gebed voor de grootvader wolf, waarin hij hem voor zijn resterende jaren een goed leven wenste.

Toen sprong hij op Cisco's stevige rug, joelde een afscheid in Comanche en galoppeerde weg.

Toen hij over zijn schouder naar Fort Sedgewick keek, zag hij alleen de open, golvende prairie.

### *zes*

Ze wachtte bijna een uur, toen vroeg een van de vrouwen van Schoppende Vogel: 'Waar is Dans van de Wolf?'

Het wachten was haar zwaar gevallen. Elke minuut was gevuld geweest met gedachten aan hem. Toen de vraag werd gesteld, probeerde ze haar antwoord te geven op een toon die verborg wat ze voelde.

'O, ja... Dans van de Wolf. Nee, ik weet niet waar hij is.'

Daarna ging ze buiten rondvraag doen. Iemand had hem al vroeg in zuidelijke richting zien wegrijden en ze vermoedde terecht dat hij naar het fort van de blanken was gegaan.

Ze wilde niet weten waarom hij was weggegaan en wierp zich op het afmaken van de zadeltassen waarmee ze bezig was geweest, waarbij ze probeerde zich voor de afleidingen van het kamp af te sluiten zodat ze zich alleen op hem kon concentreren.

Maar het was niet genoeg.

Ze wilde alleen zijn met hem, ook al was het slechts in haar gedachten, en na het middagmaal liep ze het pad naar de rivier op.

Het was gewoonlijk wel even rustig na het middageten en ze was blij te zien dat er niemand bij het water zat. Ze deed haar mocassins uit, liep een dikke boomstam op die als een pier in de rivier stak en ging er schrijlings met haar voeten in het koele, ondiepe water op zitten.

Er woei slechts een lichte bries, maar dat was genoeg om de hitte van die dag wat te doen afzwakken. Ze legde een hand op elke dij, ontspande haar schouders en staarde met half gesloten ogen over de langzaam stromende rivier uit.

Als hij nu naar haar toekwam. Als hij haar aankeek met die sterke ogen en zijn grappige lach en zei dat ze weggingen. Dan ging ze meteen mee, onverschillig waarheen.

Ze herinnerde zich plotseling hun eerste ontmoeting zo duidelijk alsof het pas gisteren was geweest. De rit terug, zij half bewusteloos, hij overdekt met haar bloed. Ze herinnerde zich de veiligheid die ze had gevoeld, zijn arm om haar heen, haar gezicht tegen de vreemd geurende stof van zijn jasje gedrukt.

Ze begreep nu wat het betekende. Ze begreep dat wat ze nu voelde, gelijk was aan wat ze toen voelde. Toen was het slechts een zaadje geweest, diep begraven en uit het zicht, en had ze niet geweten wat het betekende. Maar de Grote Geest had het wel geweten. De Grote Geest had het zaadje laten groeien. De Grote Geest in al zijn geheimzinnigheid had het zaadje langzaam tot leven gebracht.

Dat gevoel dat ze had, het gevoel van veiligheid. Ze wist nu dat het niet de veiligheid was die je voelde ten overstaan van een vijand of een storm of een verwonding. Het was helemaal niet iets fysieks. Het was een veiligheid die ze in haar hart voelde. Het was er al die tijd al geweest.

Een van de zeldzaamste dingen in dit leven is gebeurd, dacht ze. De Grote Geest heeft ons samengebracht.

Ze verbaasde zich erover hoe het allemaal gebeurd was toen ze dichtbij het zachte geplas van water hoorde.

Hij zat op zijn hurken op een klein stukje strand rustig, ongehaast water in zijn gezicht te spatten. Hij keek haar aan en zonder de moeite te nemen het van zijn gezicht omlaag druipende water weg te vegen, glimlachte hij naar haar als een kleine jongen.

'Hallo,' zei hij. 'Ik ben naar het fort geweest.'

Hij zei dat alsof ze al hun hele leven samen waren. Ze antwoordde op dezelfde manier.

'Ik weet het.'

'Kunnen we even praten?'

'Ja,' zei ze, 'daar heb ik op gewacht.'

In de verte, boven aan het pad, klonken stemmen.

'Waar zullen we heen gaan?' vroeg hij.

'Ik weet wel iets.'

Ze kwam snel overeind en liep een paar passen voor hem uit over het oude zijpad dat ze had genomen op de dag dat Schoppende Vogel haar had gevraagd zich de blanke spraak te herinneren.

Ze liepen zwijgend voort, omringd door het zachte geluid van hun voetstappen, het geruis van de wilgen en het gefluit van de vogels die in de struiken huisden.

Inwendig bonkten hun harten van het vermoeden van wat er te

gebeuren stond en de spanning van waar en wanneer het zou plaatsvinden.

Toen lag de beschermde open plek waar ze zich het verleden had herinnerd voor hen. Nog steeds zwijgend gingen ze met gekruiste benen voor de grote populier naast de rivier zitten.

Ze konden niet spreken. Alle andere geluiden leken te stoppen. Alles was stil.

Staat Met Een Vuist liet haar hoofd zakken en zag een scheur in de zoom van zijn broekspijp. Zijn hand lag erbij, halverwege de dij.

'Dat is kapot,' fluisterde ze en haar vingers raakten voorzichtig de scheur aan. Toen haar hand eenmaal daar lag, kon ze hem er niet meer wegnemen. De dunne vingers lagen stil tegen elkaar.

Als geleid door een vreemde macht kwamen hun hoofden langzaam naar elkaar toe. Hun vingers verstrengelden zich. De aanraking was even meeslepend als seks zelf. Geen van beiden hadden ze kunnen zeggen hoe het precies gebeurde, maar een ogenblik later kusten ze elkaar.

Het was geen hartstochtelijke kus, niet meer dan een streling en een licht tegen elkaar drukken van hun lippen.

Maar die bezegelde de liefde tussen hen.

Ze drukten hun wangen tegen elkaar en terwijl hun neuzen zich vulden met de geur van de ander, zonken ze weg in een droom. In die droom bedreven ze de liefde en toen ze klaar waren en naast elkaar onder de grote populier lagen, keek Dans van de Wolf haar aan en zag tranen in haar ogen.

Hij wachtte lang, maar ze zei niets.

'Vertel het me,' fluisterde hij.

'Ik ben gelukkig,' zei ze. 'Ik ben blij dat de Grote Geest me zo lang heeft laten leven.'

'Dat gevoel heb ik ook,' zei hij met vochtige ogen. Toen drukte ze zich dicht tegen hem aan en begon te huilen. Hij hield haar hand vast, onbevreesd voor de vreugdetranen die over haar gezicht stroomden.

De hele middag bedreven ze de liefde en hielden tussendoor lange gesprekken. Toen de schaduwen zich eindelijk over de open plek uitstrekten, kwamen ze overeind, wetend dat ze gemist zouden worden als ze nog langer bleven.

Ze keken naar de gloed op het water toen hij zei: 'Ik heb met Stenen Kalf gepraat... Ik weet waarom je die dag wegliep... toen ik je vroeg of je getrouwd was.'

Ze stond op en stak haar hand uit. Hij pakte die vast en zij trok hem overeind.

'Ik had een goed leven met hem. Hij is heengegaan omdat jij kwam. Zo zie ik het nu.'

Ze leidde hem weg van de open plek en ze liepen, dicht tegen elkaar gedrukt, terug. Toen ze binnen gehoorsafstand van de vage stemmen vanuit het dorp waren, bleven ze staan. Het pad was vlakbij.

De geliefden knepen elkaar in de hand en glipten tussen de wilgen weg en, alsof het hen zou helpen de komende nacht van scheiding door te komen, kwamen ze weer tot elkaar, snel als een gehaaste afscheidskus.

Nog een paar passen van het grote pad naar het dorp vandaan stonden ze opnieuw stil en terwijl ze elkaar opnieuw omhelsden fluisterde ze hem iets in zijn oor.

'Ik ben in de rouw en ons volk zou deze liefde niet goedkeuren. We moeten onze liefde zorgvuldig verbergen tot het moment waarop iedereen het mag zien.'

Hij knikte begrijpend, ze omhelsden elkaar nog even en toen glipte ze door het struikgewas weg.

Dans van de Wolf bleef nog tien minuten tussen de wilgen wachten en volgde haar toen. Hij was blij te zien dat hij alleen was toen hij de heuvel naar het dorp op klom.

Hij liep recht naar zijn tent en ging op zijn bed zitten, staarde door de deurflap naar buiten naar het laatste restje licht en droomde van hun namiddag onder de populier.

Toen het donker was ging hij op de dikke vachten liggen en merkte dat hij uitgeput was. Toen hij zich omdraaide, ontdekte hij haar geur nog aan zijn handen. Terwijl hij hoopte dat die de hele nacht zou blijven hangen, viel hij in slaap.

# 26

## *een*

De volgende paar dagen waren dagen van gelukzaligheid voor Dans van de Wolf en Staat Met Een Vuist.

Er speelde voortdurend een glimlach om hun mond, hun wangen waren blozend van liefde en waar ze ook gingen, hun voeten leken de grond niet te raken.

In het bijzijn van anderen waren ze discreet en probeerden hun genegenheid niet te laten blijken. Ze waren zo op geheimhouding gericht dat de taallessen zakelijker waren dan ooit tevoren. Als ze alleen in de tent waren, durfden ze elkaars hand vast te houden en elkaar hun liefde te betonen met hun vingers. Maar verder gingen ze niet.

Ze probeerden elkaar tenminste een keer per dag heimelijk te ontmoeten, gewoonlijk bij de rivier. Daaraan konden ze niets doen, maar het kostte tijd om volledige afzondering te vinden en vooral Staat Met Een Vuist was erg bang voor ontdekking.

Ze dachten beiden aan trouwen. Dat was iets wat ze allebei wilden. En hoe eerder hoe beter. Maar het feit dat ze weduwe was vormde een groot struikelblok. De Comanches kenden geen vastgestelde rouwperiode en die kon alleen worden opgeheven door de vader van de vrouw. Had ze geen vader, dan lag de verantwoordelijkheid bij de krijger die in haar levensonderhoud voorzag. Staat Met Een Vuist moest daarvoor bij Schoppende Vogel zijn. Alleen hij kon bepalen wanneer ze niet langer weduwe was. En dat kon lang duren.

Dans van de Wolf probeerde zijn geliefde gerust te stellen door haar te zeggen dat alles wel in orde zou komen en ze zich geen zorgen moest maken. Tijdens een aanval van depressiviteit over dat onderwerp stelde ze voor dat ze samen zouden weglopen. Maar hij lachte slechts, en het idee kwam niet meer ter sprake.

Ze namen risico's. Twee keer in de vier dagen na hun samenzijn bij de rivier verliet ze in het duister van de vroege ochtend de tent van Schoppende Vogel en glipte ongezien de tipi van Dans van de Wolf binnen. Daar lagen ze dan tot het eerste ochtendgloren naakt onder zijn slaapvacht naast elkaar en voerden fluisterende gesprekken.

Al met al deden ze het zo goed als verwacht mag worden van twee mensen die zich volledig aan de liefde hebben overgegeven. Ze gedroegen zich waardig, tactvol en gedisciplineerd.

En ze hielden bijna niemand voor de gek.

Iedereen in het kamp die oud genoeg was om te weten hoe de liefde tussen een man en een vrouw eruitzag, kon het van de gezichten van Staat Met Een Vuist en Dans van de Wolf aflezen.

De meesten konden het niet over hun hart verkrijgen de liefde te veroordelen, ongeacht de omstandigheden. De weinigen die zich er wellicht aan stoorden, hielden hun mond wegens gebrek aan bewijs. Het belangrijkste was wel dat de onderlinge aantrekkingskracht geen bedreiging voor de troep in het algemeen betekende. Zelfs de oudere, conservatieve stamleden vonden in hun hart dat deze mogelijke vereniging zinnig leek.

Ze waren immers beiden blank.

## *twee*

Op de vijfde avond na hun ontmoeting bij de rivier moest Staat Met Een Vuist hem opnieuw zien. Ze had gewacht tot iedereen in de tent van Schoppende Vogel sliep. Nog lang nadat de gedempte, snurkende geluiden de tipi vervulden, lag ze te wachten om er zeker van te zijn dat haar vertrek onopgemerkt bleef.

Ze was juist tot het besef gekomen dat de geur van regen sterk in de lucht hing toen de stilte plotseling werd doorbroken door opgewonden gejoel. De stemmen waren luid genoeg om iedereen te wekken en enkele seconden later wierpen ze hun dekens van zich af en haastten zich naar buiten.

Er was iets gebeurd. Het hele dorp was in rep en roer. Ze haastte zich met een hele groep anderen het grote pad door het dorp af, allemaal op weg naar een groot vuur dat het middelpunt van de aandacht leek te zijn. In de chaos zocht ze tevergeefs naar Dans van de Wolf, maar ze zag hem pas toen ze al dicht bij het vuur stond.

Terwijl ze door de menigte naar elkaar toe schuifelden merkte ze bij het vuur onbekende Indianen op. Het waren er een half dozijn. Diverse anderen lagen op de grond verspreid, sommigen dood, anderen afschuwelijk gewond. Het waren Kiowa's, sinds lang vrienden en jachtpartners van de Comanche.

De zes mannen die niet gewond waren, waren doodsbang. Ze gesticuleerden heftig en spraken in gebarentaal met Tien Beren en twee of drie naaste adviseurs. De toeschouwers keken zwijgend en vol verwachting hoe het verhaal van de Kiowa's zich ontvouwde.

Zij en Dans van de Wolf hadden de ruimte tussen hen bijna overbrugd toen een paar vrouwen begonnen te gillen. Een ogenblik later viel de groep uiteen toen vrouwen en kinderen, in paniek tegen elkaar botsend, naar hun tenten renden. Krijgers verzamelden zich rond Tien Beren en uit alle monden klonk een enkel woord. Het rolde door het dorp heen zoals de donder door de zwart geworden hemel boven hun hoofden.

Het was een woord dat Dans van de Wolf goed kende, want hij had het vele malen gehoord in gesprekken en verhalen.

'Pawnee.'

Met Staat Met Een Vuist aan zijn zijde drong hij dichter naar de krijgers rondom Tien Beren. Terwijl ze toekeken vertelde ze hem dicht bij zijn oor wat er met de Kiowa's was gebeurd.

Ze waren in een kleine groep, minder dan twintig man, op zo'n vijftien kilometer ten noorden van het Comanche-kamp op zoek gegaan naar bizons. Daar werden ze aangevallen door een grote krijgstroep van de Pawnee, minstens tachtig krijgers, misschien zelfs meer. Ze werden kort na zonsondergang aangevallen en er zou vast niemand ontkomen zijn als het niet donker was geweest en ze het landschap niet beter hadden gekend dan de Pawnee.

Ze hadden hun aftocht zo goed mogelijk gedekt, maar met een zo groot leger was het niet meer dan een kwestie van tijd eer de Pawnee dit kamp zouden vinden. Het was zelfs mogelijk dat ze nu al in positie waren. De Kiowa's dachten dat ze hoogstens een paar uur hadden om zich voor te bereiden. Dat er een aanval zou volgen, waarschijnlijk bij het ochtendgloren, was een uitgemaakte zaak.

Tien Beren begon bevelen te geven die Staat Met Een Vuist noch Dans van de Wolf konden horen. Uit de gelaatsuitdrukking van de oude man bleek wel dat hij zich zorgen maakte. Tien van de beste krijgers van de troep waren met Schoppende Vogel en Wind In Zijn Haar mee. De mannen die waren achtergebleven waren goede strijders, maar als er tachtig Pawnee onderweg waren, waren ze gevaarlijk in de minderheid.

De bijeenkomst rond het vuur viel uiteen in een vreemd soort anarchie, waarbij enkele krijgers in diverse richtingen wegliepen achter de man die hen naar hun mening het beste zou leiden.

Dans van de Wolf had een onplezierig gevoel. Alles leek zo ongeorganiseerd. De donder boven hun hoofden klonk met kortere tussenpozen en regen scheen onvermijdelijk. Het zou de naderende Pawnee dekking geven.

Maar het was nu zijn dorp en hij stoof achter Stenen Kalf aan met slechts één gedachte in zijn hoofd.

'Ik zal je volgen,' zei hij toen hij de man had ingehaald.

Stenen Kalf keek hem grimmig aan.

'Het wordt een zwaar gevecht,' zei hij. 'De Pawnee komen nooit voor paarden. Ze komen voor bloed.'

Dans van de Wolf knikte.

'Haal je wapens en kom naar mijn tent,' zei de oudere krijger.

'Ik ga wel,' zei Staat Met Een Vuist en met haar jurk rond haar kuiten opgetrokken rende ze weg en liet Dans van de Wolf achter bij Stenen Kalf.

Hij probeerde te berekenen hoeveel schoten hij met zijn geweer en zijn revolver kon lossen toen hij zich iets herinnerde wat hem abrupt deed stilstaan.

'Stenen Kalf,' riep hij. 'Stenen Kalf.'

De krijger draaide zich naar hem om.

'Ik heb wapens,' gooide Dans van de Wolf eruit. 'In de grond bij het fort van de blanken liggen vele wapens.'

Ze maakten onmiddellijk rechtsomkeert naar het vuur.

Tien Beren was nog steeds bezig de Kiowa-jagers te ondervragen.

De arme mannen, die toch al half waanzinnig waren door het trauma dat ze ternauwernood aan de dood waren ontsnapt, krompen ineen bij het zien van Dans van de Wolf en het duurde even voor ze hen wisten te kalmeren.

Het gezicht van Tien Beren lichtte op toen Stenen Kalf hem over de wapens vertelde.

'Wat voor wapens?' vroeg hij gretig.

'Wapens van blanke soldaten... geweren,' antwoordde Dans van de Wolf.

Het was een moeilijke beslissing voor Tien Beren. Hoewel hij goedkeuring voelde voor Dans van de Wolf was er iets in zijn oude Comanche-bloed dat de blanke man nog niet volledig vertrouwde. De geweren zaten in de grond en het zou enige tijd vergen om ze op te graven. De Pawnee waren wellicht al dichtbij en hij had elke man nodig om het dorp te verdedigen. Hij moest aan de lange rit naar het fort van de blanken denken. En het kon elk moment gaan regenen.

Maar het zou een hevig gevecht worden en hij wist dat geweren een groot verschil konden uitmaken. De Pawnee hadden er waarschijnlijk niet veel. De ochtend liet nog uren op zich wachten en er was genoeg tijd om de tocht naar het fort van de haarmonden te maken.

'De geweren zitten in dozen... Ze zijn bedekt met hout,' zei Dans van de Wolf, zijn gedachten onderbrekend. 'We hebben maar een paar mannen en sleden nodig om ze te halen.'

De oude man moest de gok wagen. Hij zei tegen Stenen Kalf dat hij Dans van de Wolf en twee andere mannen moest meenemen, en zes pony's, vier als rijdier en twee om de geweren te dragen. Hij zei dat ze zich moesten haasten.

## *drie*

Toen hij bij zijn tent kwam, stond Cisco opgetuigd klaar. Binnen brandde een vuur en Staat Met Een Vuist zat ernaast gehurkt, in een kleine kom iets te mengen.

Zijn wapens, het geweer, de grote revolver, de boog, de koker vol met pijlen en het lange mes, lagen netjes op de vloer.

Hij gespte juist de revolver om toen ze met het kommetje naar hem toekwam.

'Wend je gezicht naar me toe,' beval ze.

Hij bleef stilstaan toen zij haar vinger in de rode substantie in het kommetje stak.

'Dit hoor jij eigenlijk te doen, maar er is niet genoeg tijd en je weet niet hoe het moet. Ik zal het voor je doen.'

Met snelle, zekere halen trok ze een enkele horizontale streep over zijn voorhoofd en twee verticale over elke wang. Met een stippenpatroon schilderde ze de afdruk van een wolvepoot over de strepen op een van zijn wangen en deed een stap terug om haar werk te bekijken.

Ze knikte goedkeurend toen Dans van de Wolf de boog en pijlenkoker over zijn schouder zwaaide.

'Kun je schieten?' vroeg hij.

'Ja,' zei ze.

'Pak dit dan.'

Hij gaf haar het geweer.

Geen omhelzing of afscheidswoorden.

Hij stapte naar buiten, sprong op Cisco's rug en verdween.

## *vier*

Ze reden van de rivier weg, namen de kortst mogelijke weg door de graslanden.

De hemel zag er angstaanjagend uit. Het leek wel alsof vier onweren zich samenvoegden tot één. Overal om hen heen flitste het weerlicht als artillerievuur.

Ze moesten stoppen toen een van de sleden losbrak van de touwen en Dans van de Wolf had een verkillende gedachte terwijl ze die repareerden. Als hij de geweren nou eens niet kon vinden? Hij had de bizonrib al lang niet meer gezien. Zelfs als die nog steeds op de plek stond waar hij hem in de grond had gestoken, zou het moeilijk zijn hem terug te vinden. Hij kreunde inwendig.

De regen begon in grote, zware druppels neer te vallen toen ze het fort bereikten. Hij leidde hen naar wat volgens hem de juiste plaats was, maar kon in het donker niets zien. Hij vertelde hun waarnaar ze moesten uitkijken en ze waaierden op hun pony's uiteen, in het hoge gras op zoek naar een lang, wit bot.

De regen viel nu harder neer en er verstreken tien minuten zonder dat ze het bot zagen. De wind was opgestoken en het weerlichtte nu om de paar seconden. Het licht dat dat op de grond wierp werd tenietgedaan door het verblindende effect dat het op de zoekende mannen had.

Na twintig troosteloze minuten zonk het hart Dans van de Wolf in de schoenen. Ze doorzochten nu hetzelfde gebied opnieuw en nog was er niets te zien.

Toen meende hij boven het geluid van de wind, de regen en de donder uit iets onder Cisco's hoef te horen kraken.

Dans van de Wolf riep de anderen en sprong van zijn paard. Algauw zaten ze alle vier op handen en knieën blindelings in het gras te tasten.

Stenen Kalf sprong plotseling overeind. Hij zwaaide met een lang, wit stuk van de rib.

Dans van de Wolf stond op de plek waar het was gevonden en wachtte op de volgende lichtflits. Toen de hemel weer oplichtte, keek hij snel naar de oude gebouwen van Fort Sedgewick en liep daarop stap voor stap in noordelijke richting.

Een paar passen verder werd de prairie sponzig onder zijn voeten en hij riep de anderen. De mannen vielen neer om hem te helpen graven. De aarde kwam gemakkelijk los onder hun scheppende handen en enkele minuten later werden twee lange houten kisten uit hun modderige graf omhoog gehaald.

## *vijf*

Ze waren pas een half uur onderweg toen de storm met volle kracht over hen heen kwam en de regen in grote dichte vlagen omlaag zond. Ze konden niets zien en de vier mannen die de twee sleden over de vlakte leidden moesten op de tast terugkeren naar huis.

Maar met het grote belang van hun missie in gedachten stopten de mannen niet één keer en legden de terugtocht in verbazingwekkend korte tijd af.

Toen ze eindelijk in het zicht van het dorp kwamen was de storm gaan liggen. Daarboven waren een paar lange grijze strepen in de turbulente lucht verschenen en met behulp van dat eerste zwakke daglicht konden ze zien dat het dorp nog veilig was.

Ze reden net de laagte in die naar het kamp leidde toen stroomopwaarts een spectaculaire reeks bliksemflitsen oplichtte. Gedurende twee of drie seconden was het landschap zo helder als bij daglicht.

Dans van de Wolf zag het, en de anderen ook.

Een lange rij ruiters stak niet meer dan een kilometer boven het dorp de rivier over.

Het weerlichtte opnieuw en ze zagen de vijand in het struikgewas verdwijnen. Hun plan was duidelijk. Ze zouden vanuit het noorden naderen en het gebladerte langs de rivier benutten om tot op honderd meter van het dorp te komen. Dan zouden ze aanvallen.

De Pawnee zouden over zo'n twintig minuten in positie zijn.

## *zes*

In elke krat zaten vierentwintig geweren. Dans van de Wolf deelde ze persoonlijk uit aan de krijgers die zich rond de tent van Tien Beren hadden verzameld terwijl de oude man de laatste instructies gaf.

Hij wist dat de hoofdaanval vanaf de rivier zou komen, maar het was waarschijnlijk dat er een troep ter afleiding vanuit de prairie zou komen, wat de echte indringers de kans zou geven het dorp in de rug aan te vallen. Hij beval twee invloedrijke krijgers en een handvol volgelingen om de verwachte charge vanaf de prairie af te weren.

Toen tikte hij Dans van de Wolf op de schouder en de krijgers luisterden allemaal terwijl hij sprak.

'Als je een blanke soldaat was,' zei de oude man droog, 'en je had al deze mannen met geweren, wat zou je dan doen?'

Dans van de Wolf dacht daar snel over na.

'Ik zou me in het dorp verbergen...'

Er klonken spottende kreten uit de monden van de krijgers die binnen gehoorsafstand stonden. Tien Beren legde hun met opgeheven hand en een vermaning het zwijgen op.

'Dans van de Wolf is nog niet klaar met zijn antwoord,' zei hij fier.

'Ik zou me in het dorp verbergen, achter de tenten. Ik zou alleen op de struiken letten en niet op de mannen die vanaf de prairie komen. Ik zou wachten tot de vijand zichzelf liet zien. Ik zou de vijand laten denken dat we aan de andere kant aan het vechten waren en dat het dorp gemakkelijk in te nemen was. Dan zou ik de mannen die achter de tenten verscholen zaten met een bevel te voorschijn laten komen. Dan zou ik die mannen de vijand met messen en bijlen laten aanvallen. Ik zou de vijand de rivier indrijven en zovelen van hen doden dat ze nooit meer hierheen komen.'

De oude man had zorgvuldig geluisterd. Hij keek over zijn krijgers uit en verhief zijn stem.

'Dans van de Wolf en ik zijn het met elkaar eens. We zouden er zovelen moeten doden dat ze nooit meer hierheen komen. Laten we stilletjes gaan.'

De mannen bewogen zich steels door het dorp met hun nieuwe geweren en namen hun posities in achter de tenten die uitkeken op de rivier.

Voor hij zijn plaats naast hen innam glipte Dans van de Wolf de tent van Schoppende Vogel binnen. De kinderen zaten onder huiden verscholen. De vrouwen zaten zwijgend naast hen. De vrouwen van Schoppende Vogel hielden knuppels in hun handen. Staat Met Een Vuist had zijn geweer vast. Ze zeiden niets, evenmin als Dans van de Wolf. Hij wilde alleen maar weten of ze klaar waren.

Hij sloop langs het prieel en bleef achter zijn eigen tent staan. Die stond bijna het dichtst bij de rivier. Stenen Kalf stond aan de andere kant. Ze knikten elkaar toe en richtten hun aandacht op het open terrein voor hen. Dat liep over ongeveer honderd meter omlaag tot aan de struiken.

De regen was sterk afgenomen maar verduisterde nog altijd hun uitzicht. Boven hen hingen dikke wolken en het vage licht van de vroege ochtend was bijna geen licht te noemen. Ze zagen weinig, maar hij wist zeker dat ze er waren.

Dans van de Wolf keek langs de rij tipi's links en rechts van hem. Achter elke tent stonden Comanche-krijgers met hun geweren te wachten. Zelfs Tien Beren was erbij.

Het licht werd nu krachtiger. De onweerswolken verdwenen en namen de regen mee. Plotseling brak de zon door en een minuut later rees damp als mist van de grond omhoog.

Dans van de Wolf tuurde door de nevel naar de struiken en zag de donkere vormen van mannen, die zich als geesten tussen de wilgen en populieren voortbewogen.

Hij begon iets te voelen wat hij in lange tijd niet had gevoeld. Het was dat ongrijpbare iets dat zijn ogen zwart maakte, dat de machine inschakelde die niet kon worden uitgezet.

Hoe groot, hoe talrijk of hoe sterk de mannen daar in de mist ook waren, ze waren niets om bang voor te zijn. Ze waren de vijand en ze stonden voor zijn deur. Hij wilde tegen ze vechten. Hij kon niet wachten om tegen hen te vechten.

Achter hem klonken geweerschoten. De afleidingstroep had de kleine groep verdedigers aan de andere kant bereikt.

Terwijl het lawaai van de strijd aanzwol, keken zijn ogen de rij langs. Een paar heethoofden probeerden weg te komen en naar het andere gevecht te rennen, maar de oudere krijgers slaagden erin hen in toom te houden en niemand ontsnapte.

Opnieuw tuurde hij door de mist bij het struikgewas.

Ze kwamen langzaam naderbij, sommigen te voet, anderen te paard. Langzaam kwamen ze over de verhoging heen, schaduwachtige, kortharige vijanden die van een slachtpartij droomden. De cavalerie van de Pawnee bevond zich achter de mannen te voet en Dans van de Wolf wilde hen voorop hebben. Hij wilde dat de mannen te paard het merendeel van het geweervuur opvingen.

Breng die paarden naar voren, smeekte hij in stilte. Breng ze naar voren.

Hij keek de rij langs en hoopte dat ze nog een paar seconden zouden wachten en was verbaasd te zien dat zoveel ogen op hem gericht waren. Ze bleven kijken, alsof ze op een teken wachtten.

Dans van de Wolf hief een arm boven zijn hoofd.

Over de helling klonken vage keelklanken. Het geluid werd harder en harder en woei als hete lucht door de rustige, regenachtige ochtend. De Pawnee gingen tot de aanval over.

De cavalerie reed tijdens de charge voorop.

Dans van de Wolf liet zijn arm zakken en sprong met het geweer in de aanslag achter de tent vandaan. De andere Comanches volgden.

Hun geweervuur raakte de ruiters vanaf pakweg twintig meter afstand en voorkwam de charge van de Pawnees even snel als een scherp mes door de huid snijdt. Mannen tuimelden van hun paarden als speelgoed dat van een plank valt en wie niet echt was geraakt, was stomverbaasd door de verwoestende klap van veertig geweren.

Toen ze schoten, gingen de Comanches in de tegenaanval, kwamen door het blauwe rookgordijn op hen af om de verdwaasde vijand neer te slaan.

De charge was zo heftig dat Dans van de Wolf tegen de eerste Pawnee opbotste die hij ooit zag. Toen ze samen over de grond rolden, drukte hij de loop van zijn grote legerrevolver in het gezicht van de man en vuurde.

Daarna schoot hij op elke man die hij in de wirwar kon ontdekken en doodde er nog twee kort na elkaar.

Iets groots botste van achteren hard tegen hem aan en gooide hem bijna omver. Het was een van de overgebleven gevechtspony's van de Pawnee. Hij greep de teugels en sprong op het paard.

De Pawnee leken net kippen die door wolven worden opgejaagd en trokken zich nu al terug in een wanhopige poging de veiligheid van de begroeiing langs de rivier te bereiken. Dans van de Wolf koos een grote krijger uit die rende voor zijn leven en achtervolgde hem. Hij schoot op het achterhoofd van de man, maar er gebeurde niets. Hij draaide zijn wapen om en sloeg de vluchtende krijger met de kolf van zijn geweer in elkaar. De Pawnee viel vlak voor hem neer en Dans van de Wolf voelde hoe de hoeven van de pony het lichaam raakten.

Vlak voor hem kwam een andere Pawnee, zijn hoofd omwikkeld met een rode sjerp, juist overeind en ging ook op weg naar het struikgewas.

Dans van de Wolf schopte de pony hard in de flanken en toen ze naast de wegloper kwamen, wierp hij zich boven op de man en nam hem in de houdgreep.

De vaart van zijn sprong deed hen over het laatste stukje open ruimte tuimelen en ze klapten hard tegen een populier. Dans van de Wolf had het hoofd van de man tussen zijn handen. Hij sloeg al met de schedel tegen de boomstam eer hij tot het besef kwam dat de ogen van de krijger dood waren. Een gebroken tak laag aan de boomstam had hem doorboord.

Toen hij van dit akelige tafereel wegstapte viel de dode man naar voren en zakten zijn armen slap langs het lijf van Dans van de Wolf alsof hij de man die hem had gedood wilde omhelzen. Dans van de Wolf sprong nog verder achteruit en het lichaam viel voorover op zijn gezicht.

Op hetzelfde moment realiseerde hij zich dat het geschreeuw was opgehouden.

Het gevecht was voorbij.

Plotseling zwak strompelde hij langs de rand van het struikgewas, liep het brede pad op en naar de rivier toe, waarbij hij zijdelings over de Pawnee-lijken heen moest stappen.

Een dozijn Comanches te paard, onder wie Stenen Kalf, achtervolgden het Pawnee-uitschot tot op de andere oever.

Dans van de Wolf keek tot de patrouille uit het zicht was verdwenen. Toen liep hij langzaam terug. Bij het oplopen van de helling hoorde hij geschreeuw. Toen hij de top bereikte lag het slachtveld waaraan hij nog maar net had deelgenomen, breeduit voor hem.

Het zag eruit als een inderhaast verlaten picknickplaats. Overal lag rommel. Er was een groot aantal Pawnee-lijken. Comanche-krijgers liepen er opgewonden tussendoor.

'Ik heb deze gedood,' riep iemand.

'Deze ademt nog,' verkondigde een ander, waarop iedereen in de buurt dichterbij kwam om hem te helpen afmaken.

Dans van de Wolf bleef stokstijf staan, te moe om zich in het struikgewas terug te trekken, te vol walging om naar voren te lopen.

Een van de krijgers zag hem staan en riep zijn naam.

'Dans van de Wolf!'

Voor hij het wist was hij omringd door Comanche-krijgers. Als mieren die een steentje heuvelopwaarts rollen, duwden ze hem het slagveld op. Onder het lopen zongen ze zijn naam.

Verdwaasd liet hij toe dat ze hem meevoerden, niet in staat hun intense blijdschap te begrijpen. Ze waren uitzinnig van vreugde om de dood en vernietiging die aan hun voeten lag en dat kon Dans van de Wolf niet begrijpen.

Maar terwijl hij daar zo stond en zijn naam hoorde roepen, begon hij het te begrijpen. Hij had nooit een dergelijk gevecht meegemaakt, maar begon de overwinning langzaam aan op een andere manier te zien.

Ze hadden hier niet gedood in naam van een of andere politieke doelstelling. Het was geen gevecht om grondgebied of rijkdom of om mensen te bevrijden. Dit gevecht had geen ego.

Deze strijd was gestreden om de huizen te beschermen die

slechts enkele meters verderop stonden. En om de vrouwen en kinderen en geliefden te beschermen die daar binnen waren weggekropen. Deze strijd was gestreden om de voedselvoorraden te behouden die hen de winter door zouden helpen, voedselvoorraden waarvoor iedereen zo hard had gewerkt.

Dit was voor ieder lid van de troep een grote persoonlijke overwinning.

Plotseling was hij trots zijn naam te horen roepen en toen hij alles weer helder zag, keek hij omlaag en herkende een van de mannen die hij had gedood.

'Deze heb ik neergeschoten,' riep hij.

Iemand schreeuwde in zijn oor.

'Ja, ik heb gezien dat je hem neerschoot.'

Het duurde niet lang eer Dans van de Wolf met hen rondmarcheerde en de namen riep van andere Comanche-mannen wanneer hij ze herkende.

Zonneschijn overgoot het dorp met licht en de vechters begonnen spontaan aan een overwinningsdans, elkaar aansporend met schouderklopjes en triomfkreten terwijl ze over het slagveld vol dode Pawnee dartelden.

## *zeven*

Twee vijanden waren gedood door de macht die de voorkant van het dorp verdedigde. Op het grote slagveld lagen tweeëntwintig lijken. In het struikgewas werden er nog vier gevonden en Stenen Kalf en zijn groepje achtervolgers wisten er nog eens drie te doden. Hoevelen er gewond waren ontkomen wist niemand.

Zeven Comanches waren gewond geraakt, van wie slechts twee ernstig, maar het ware wonder zat hem in het dodental. Ze hadden geen enkele Comanche-krijger verloren. Zelfs de ouderen konden zich een zo eenzijdige overwinning niet herinneren.

Twee dagen lang koesterde het dorp zich in zijn triomf. De mannen werden overstelpt met eerbetoon, maar één krijger werd bovenal geëerd. Dat was Dans van de Wolf.

Gedurende al die maanden op de vlakte hadden de inboorlingen hun mening over hem vaak gewijzigd. En nu was de cirkel gesloten. Ze bezagen hem nu op een manier die veel leek op hun oorspronkelijke idee. Niemand stapte naar voren om hem tot god te verklaren, maar in het leven van deze mensen zat hij daar heel dichtbij.

De hele dag hingen er jongemannen rond zijn tent. Meisjes flirtten openlijk met hem. Zijn naam lag vooraan in ieders mond. In elk gesprek, ongeacht het onderwerp, werd Dans van de Wolf genoemd.

Het grootste eerbetoon kwam van Tien Beren. In een nooit eerder vertoond gebaar schonk hij de held een van zijn eigen pijpen.

Dans van de Wolf vond die aandacht wel leuk, maar deed niets om het aan te moedigen. Zijn onmiddellijke en voortdurende status van beroemdheid gooide zijn dagen in de war. Het leek wel alsof er constant iemand bij hem was. Het ergst was nog wel dat er weinig tijd overbleef om met Staat Met Een Vuist door te brengen.

Van alle mensen in het kamp was hij misschien het meest opgelucht bij de terugkeer van Schoppende Vogel en Wind In Zijn Haar.

Na enkele weken op het spoor hadden ze de vijand nog altijd niet gevonden toen ze in de eerste heuvels van een bergketen plotseling door vroege sneeuwvlagen werden overvallen.

Schoppende Vogel had dat gezien als een voorteken voor een vroege en strenge winter en had de expeditie afgelast, waarna ze naar huis terug waren gereden om voorbereidingen te gaan treffen voor de grote tocht naar het zuiden.

# 27

*een*

Als de troep al negatieve gevoelens had over het feit dat ze met lege handen terugkeerden, dan werden die weggevaagd door het ongelooflijke nieuws van de nederlaag van de Pawnee.

Een onmiddellijk neveneffect van hun terugkeer was dat het de grootste hevigheid van de aandacht die op Dans van de Wolf was gericht, wegnam. Hij werd niet minder geëerd, maar vanwege hun hoge stand ging nu veel van de aandacht naar Schoppende Vogel en Wind In Zijn Haar en iets dat leek op de oude routine werd hersteld.

Hoewel hij dat niet in het openbaar verklaarde, was Schoppende Vogel erg onder de indruk van de vorderingen van Dans van de Wolf. Zijn moed en succes bij het afslaan van de Pawnee-aanval konden niet over het hoofd gezien worden, maar het waren zijn vorderingen als Comanche, met name zijn beheersing van de taal, die de medicijnman ontroerden.

Hij had iets willen leren over het blanke ras en het was, zelfs voor een man met de ervaring van Schoppende Vogel, moeilijk te aanvaarden dat deze blanke soldaat die enkele maanden geleden nog nooit een Indiaan had gezien, nu een Comanche was.

Nog moeilijker te geloven was, dat hij een leider van andere Comanches was geworden. Maar het bewijs lag er: in de jonge mannen die hem opzochten en in de manier waarop iedereen over hem sprak.

Schoppende Vogel kon er niet achterkomen waarom dit alles was gebeurd. Ten slotte kwam hij tot de conclusie dat het weer een deel van het grote mysterie was dat de Grote Geest omgaf.

Gelukkig kon hij die snelle ontwikkelingen wel accepteren. Ze hielpen de weg te effenen voor nog een andere verrassing. Zijn vrouw vertelde hem erover toen ze de eerste avond na zijn terugkeer in bed lagen.

'Ben je daar zeker van?' vroeg hij, hevig ontsteld. 'Ik vind het moeilijk te geloven.'

'Je zult het weten wanneer je hen samen ziet,' fluisterde ze op vertrouwelijke toon. 'Iedereen kan het zien.'

'Lijkt het jou een goede zaak?'

Zijn vrouw beantwoordde die vraag met gegiechel.

'Is het dat niet altijd?' plaagde ze en kroop nog wat dichter tegen hem aan.

### *twee*

De volgende ochtend vroeg verscheen Schoppende Vogel bij de deurflap van de beroemdheid, zijn gezicht zo woest dat Dans van de Wolf ervan schrok.

Ze begroetten elkaar en gingen zitten.

Dans van de Wolf was net begonnen zijn nieuwe pijp te stoppen toen Schoppende Vogel, met een ongewoon vertoon van slechte manieren, zijn gastheer onderbrak.

'Je spreekt goed,' zei hij.

Dans van de Wolf hield op de tabak in de pijpekop te stoppen.

'Dank je,' antwoordde hij. 'Ik spreek graag Comanche.'

'Vertel me dan eens... wat is er aan de hand tussen jou en Staat Met Een Vuist?'

Dans van de Wolf liet bijna zijn pijp vallen. Hij stamelde een paar onduidelijke klanken voor hij eindelijk iets verstaanbaars wist uit te brengen.

'Hoe bedoel je?'

Het gezicht van Schoppende Vogel kleurde rood van woede toen hij zijn vraag herhaalde.

'Is er iets gaande tussen jou en haar?'

Zijn toon stond Dans van de Wolf niet aan. Zijn antwoord klonk als een uitdaging.

'Ik houd van haar.'

'Wil je met haar trouwen?'

'Ja.'

Schoppende Vogel dacht daar over na. Tegen liefde op zich zou hij zich hebben verzet, maar hij zag er niets afkeurenswaardigs in zolang die liefde bevestigd werd met een huwelijk.

Hij stond op.

'Wacht hier in de tent,' zei hij streng. Voor Dans van de Wolf antwoord kon geven, was hij weg.

Hij zou toch wel ja hebben gezegd. Het bruuske optreden van Schoppende Vogel had hem doodsbang gemaakt. Hij bleef zitten waar hij zat.

## *drie*

Schoppende Vogel ging naar de tenten van Wind In Zijn Haar en Stenen Kalf en bleef ongeveer vijf minuten in elke tipi.

Toen hij terugliep naar zijn eigen tent merkte hij dat hij weer met zijn hoofd schudde. Op de een of andere manier had hij dit verwacht. Maar het was toch nog een verrassing.

Ach, het grote mysterie, zuchtte hij bij zichzelf. Ik probeer altijd het te zien aankomen, maar het lukt me nooit.

Zij zat in de tent toen hij binnenkwam.

'Staat Met Een Vuist,' snauwde hij om haar aandacht te trekken. 'Je bent niet langer een weduwe.'

Daarop trok hij zich door de deurflap terug en ging op zoek naar zijn favoriete pony. Hij had behoefte aan een lange, eenzame rit.

## *vier*

Dans van de Wolf had nog niet lang gewacht toen Wind In Zijn Haar en Stenen Kalf voor zijn deur stonden. Hij zag hen naar binnen gluren.

'Wat doe je daarbinnen?' vroeg Wind In Zijn Haar.

'Schoppende Vogel heeft me gezegd te wachten.'

Stenen Kalf glimlachte.

'Dan kun je nog lang wachten.' Hij grinnikte. 'Schoppende Vogel is een paar minuten geleden de prairie opgereden. Het zag er naar uit dat hij er de tijd voor nam.'

Dans van de Wolf wist niet wat te doen of te zeggen. Hij zag een grijns op het gezicht van Wind In Zijn Haar.

'Mogen we binnenkomen?' vroeg de grote krijger sluw.

'Ja, natuurlijk... ga alsjeblieft zitten.'

De twee bezoekers namen plaats tegenover Dans van de Wolf. Ze glunderden als schooljongens.

'Ik wacht op Schoppende Vogel,' zei hij kortaf. 'Wat willen jullie?'

Wind In Zijn Haar leunde iets voorover. Hij grijnsde nog steeds.

'Er is sprake van dat je gaat trouwen.'

Het gezicht van Dans van de Wolf begon van kleur te veranderen. In een paar seconden tijd kleurde het van lichtroze tot donkerrood.

Zijn beide gasten lachten hard.

'Met wie?' bracht hij er krassend uit.

De krijgers wisselden een weifelende blik.

'Met Staat Met Een Vuist,' zei Wind In Zijn Haar. 'Dat hebben wij tenminste gehoord. Klopt dat dan niet?'

'Ze is in de rouw,' stamelde hij. 'Ze is een...'

'Niet meer,' onderbrak Stenen Kalf hem. 'Ze is vandaag van de rouw ontheven. Dat heeft Schoppende Vogel gedaan.'

Dans van de Wolf slikte de kikker in zijn keel weg.

'Heus waar?'

De beide mannen knikten, serieuzer nu en Dans van de Wolf begreep dat het tijd was voor nadere stappen om dit huwelijk door te zetten. Zijn huwelijk.

'Wat moet ik doen?'

Zijn bezoekers keken wat zuur de bijna lege tent rond. Ze besloten hun korte inspectie met een triest hoofdschudden.

'Je bent heel arm, mijn vriend,' zei Wind In Zijn Haar. 'Ik weet niet of je kunt trouwen. Je zult een bruidsschat moeten hebben, en zo te zien bezit je niet veel.'

Dans van de Wolf keek ook rond en werd met de seconde triester.

'Nee, ik heb niet veel,' gaf hij toe.

Het was even stil.

'Kunnen jullie me helpen?' vroeg hij.

De twee mannen buitten de situatie ten volle uit. Stenen Kalf vertrok zijn mond nietszeggend. Wind In Zijn Haar liet zijn hoofd zakken en wreef over zijn voorhoofd.

Na een stilte die lang en spannend was voor Dans van de Wolf, slaakte Stenen Kalf een diepe zucht en keek hem strak aan.

'Het zou kunnen,' zei hij.

## *vijf*

Wind In Zijn Haar en Stenen Kalf hadden een goede dag. Ze maakten voortdurend grappen over Dans van de Wolf, vooral over zijn komische gelaatsuitdrukkingen, terwijl ze door het dorp liepen om over paarden te onderhandelen.

Huwelijken waren gewoonlijk rustige aangelegenheden, maar het bijzondere van de bruid en bruidegom, die zo kort na de grote overwinning op de Pawnee met elkaar zouden worden verenigd, maakte dat iedereen overborrelde van goede wil en voorpret.

De mensen wilden graag deelnemen aan de nieuwigheid van een inzameling voor Dans van de Wolf. Het hele dorp wilde er zelfs deel aan hebben.

Degenen die veel paarden hadden, schonken met genoegen hun bijdrage. Zelfs de armere gezinnen wilden dieren opofferen die ze eigenlijk niet konden missen. Het was moeilijk hen teleur te moeten stellen, maar ze deden het toch.

Als onderdeel van een vooropgezet plan begonnen schenkers vanuit het hele kamp tegen de avondschemering paarden te brengen en tegen de tijd dat de avondster verscheen stonden er wel twintig pony's voor de tent van Dans van de Wolf.

Met Stenen Kalf en Wind In Zijn Haar als zijn leermeesters bracht hij de reeks paarden naar de tent van Schoppende Vogel en bond ze daar buiten vast.

De grote bijdragen van zijn mededorpelingen waren buitengewoon vleiend. Maar omdat hij ook iets kostbaars van zichzelf wilde geven, gespte hij zijn legerrevolver af en legde die voor de deur.

Daarna keerde hij terug naar zijn eigen woning, stuurde zijn leermeesters weg en bracht een onrustige nacht door met wachten.

Bij het ochtendgloren glipte hij naar buiten om een blik op de tent van Schoppende Vogel te werpen. Wind In Zijn Haar had gezegd dat als het aanzoek werd aanvaard, de paarden verdwenen zouden zijn. Zo niet, dan stonden ze nog voor de tent.

De paarden waren weg.

De volgende vier uur maakte hij zichzelf presentabel. Hij schoor zich zorgvuldig, poetste zijn laarzen, maakte de borstplaat schoon en oliede zijn haar.

Hij was net met die voorbereidingen klaar toen hij buiten de stem van Schoppende Vogel hoorde.

'Dans van de Wolf.'

De bruidegom wilde maar dat hij niet zo volstrekt alleen was, kroop door de deuropening van zijn woning en stapte naar buiten.

Daar stond Schoppende Vogel te wachten, die er buitengewoon knap uitzag in zijn mooie kleren. Een paar passen achter hem stond Staat Met Een Vuist. En achter hen had zich het hele dorp verzameld en keek plechtig toe.

Hij wisselde een formele groet met de medicijnman en luisterde aandachtig toen Schoppende Vogel een toespraak hield over wat er van een Comanche-echtgenoot wordt verwacht.

Dans van de Wolf kon zijn ogen niet van het tengere figuurtje van de bruid afhouden. Ze stond bewegingloos, het hoofd iets gebogen. Ze droeg de mooie herteleren japon met de elandstanden op het lijfje. Ze had de speciale mocassins weer aan haar voeten en rond haar hals zat de strakke band van pijpbeen.

Eén keer terwijl Schoppende Vogel sprak keek ze op en toen hij haar opmerkelijke gezicht zag wist Dans van de Wolf het zeker. Hij zou nooit genoeg van haar krijgen.

Het leek wel alsof Schoppende Vogel nooit zou ophouden te praten, maar eindelijk zweeg hij toch.

'Heb je alles gehoord wat ik heb gezegd?' vroeg de medicijnman.

'Ja.'

'Goed,' mompelde Schoppende Vogel. Hij wendde zich tot Staat Met Een Vuist en riep haar naderbij.

Ze kwam met het hoofd nog steeds gebogen en Schoppende Vogel pakte haar hand beet. Hij gaf die aan Dans van de Wolf en zei hem haar mee naar binnen te nemen.

Het huwelijk werd gesloten op het moment dat zij door de

deuropening gingen. Daarna gingen de dorpelingen stilletjes uiteen en keerden terug naar hun huizen.

De hele middag kwamen de mensen uit het kamp van Tien Beren in kleine groepjes geschenken voor de jonggehuwden brengen, waarbij ze slechts lang genoeg bleven om hun gaven voor de deur te leggen. Tegen zonsondergang lag er een indrukwekkende reeks cadeaus voor de tent opgestapeld.

Het leek wel Sinterklaas bij de blanken.

Voorlopig ging dat prachtige gebaar van de gemeenschap onopgemerkt aan het nieuwe stel voorbij. Op de dag van hun huwelijk zagen ze noch de mensen, noch hun geschenken. Op de dag van hun huwelijk bleven ze thuis. En de deurflap bleef gesloten.

# 28

*een*

Twee dagen na het huwelijk was er een belangrijke vergadering. De recentelijke zware regenval zo laat in het seizoen had het verdorrende gras nieuw leven ingeblazen en ze besloten de tocht naar het winterkamp uit te stellen ten gunste van de ponykudde. Wanneer ze iets langer hier bleven, konden de pony's een paar kilo extra aankomen, wat van doorslaggevend belang kon zijn om de winter door te komen. De troep zou nog twee weken in het zomerkamp blijven hangen.

Niemand was verheugder over die ontwikkeling dan Dans van de Wolf en Staat Met Een Vuist. Ze zweefden zorgeloos door de eerste dagen van hun huwelijk en wilden niet dat dat bijzondere ritme verbroken werd. Het was al moeilijk genoeg om uit bed te komen. Alles inpakken en honderden kilometers met een lange, luidruchtige colonne meetrekken was op dat moment ondenkbaar.

Ze hadden besloten te proberen haar zwanger te maken en mensen die langskwamen vonden zelden hun deurflap open.

Wanneer Dans van de Wolf wel te voorschijn kwam, werd hij door zijn vrienden onophoudelijk geplaagd. Vooral Wind In Zijn Haar was daarin echt meedogenloos. Als Dans van de Wolf langsging om samen met hem te roken, werd hij onveranderlijk begroet met een vraag naar het welzijn van zijn mannelijkheid of met gemaakte verbazing om hem uit bed te zien. Wind In Zijn Haar probeerde hem zelfs op te zadelen met de bijnaam Een Bij, een verwijzing naar het feit dat hij telkens weer dezelfde bloem probeerde te bestuiven, maar gelukkig voor de nieuwbakken echtgenoot sloeg die naam niet echt aan.

Dans van de Wolf trok zich van de grappen niets aan. Hij

voelde zich onoverwinnelijk nu hij de vrouw had die hij hebben wilde en niets kon hem deren.

Het leven dat hij buiten de tent leidde was buitengewoon bevredigend. Hij ging elke dag op jacht, bijna altijd met Wind In Zijn Haar en Stenen Kalf. De drie waren goede maatjes geworden en je zag ze zelden alleen vertrekken.

De gesprekken met Schoppende Vogel werden voortgezet. Ze verliepen nu vloeiend en de onderwerpen waren onbeperkt. De leergierigheid van Dans van de Wolf overtrof die van Schoppende Vogel ruimschoots en de medicijnman behandelde allerlei zaken, van stamgeschiedenis tot kruidengeneeswijze. Hij werd daarin sterk aangemoedigd door de grote interesse die zijn leerling voor spiritualisme toonde en genoot bijzonder van die honger.

De Comanche-religie was eenvoudig, gebaseerd op de natuurlijke omgeving van de dieren en elementen die hen omringden. De uitoefening van de religie was echter zeer complex. Die was rijk aan rituelen en taboes en alleen al dat onderwerp hield de mannen lang bezig.

Zijn leven was rijker dan ooit en dat was af te lezen aan de houding van Dans van de Wolf. Zonder theatraal gedoe verloor hij zijn naïviteit, maar zonder zijn charme op te geven. Hij werd mannelijker zonder echter aan vrolijkheid in te boeten en hij voegde zich gemakkelijk in zijn rol van radertje in het grote geheel zonder de stempel van zijn bijzondere persoonlijkheid kwijt te raken.

Schoppende Vogel, die altijd erg was ingesteld op de ziel van alle dingen, was geweldig trots op zijn protégé en op een avond, aan het eind van een wandeling na het eten, legde hij een hand op de schouder van Dans van de Wolf en zei:

'Er zijn vele wegen in dit leven, maar de belangrijkste daarvan kan slechts door weinig mannen worden bewandeld... zelfs Comanche-mannen. Dat is de weg van een waarachtig menselijk wezen. Ik geloof dat jij op die weg bent. Het doet me goed dat te zien. Het is goed voor mijn hart.'

Dans van de Wolf prentte zich de woorden goed in en bleef ze altijd koesteren. Maar hij vertelde ze aan niemand, zelfs niet aan Staat Met Een Vuist. Hij maakte ze tot een deel van zijn eigen medicijn.

## *twee*

Het was nog maar een paar dagen voor de grote tocht naar het zuiden toen Schoppende Vogel op een ochtend kwam zeggen dat hij naar een heel bijzondere plek wilde rijden. De rit zou heen en weer een hele dag en misschien een deel van de nacht vergen, maar als Dans van de Wolf meewilde was hij welkom.

Ze reden verscheidene uren achtereen dwars over de prairie in zuidoostelijke richting. De grootsheid van de ruimte waarin ze binnendrongen maakte hen nederig en ze zeiden geen van beiden veel.

Tegen de middag keerden ze naar het zuiden en binnen een uur stonden de pony's op de top van een lange helling die pas na anderhalve kilometer de rivier bereikte.

Ver ten oosten en westen van hen konden ze de kleur en vorm van de rivier zien. Maar recht voor hen werd die aan het zicht onttrokken door een gigantisch bos.

Dans van de Wolf knipperde een paar keer met zijn ogen als om een luchtspiegeling te doen verdwijnen. Vanaf deze afstand was het moeilijk de exacte hoogten te schatten, maar hij wist dat de bomen erg hoog waren. Sommige moesten wel achttien tot twintig meter zijn.

Het bos strekte zich over bijna een kilometer langs de rivier uit en vormde met zijn grootsheid een scherp contrast met het vlakke, kale landschap overal eromheen. Het leek de bizarre schepping van een of andere mysterieuze geest.

'Is dat daar echt?' vroeg hij, half lachend.

Schoppende Vogel glimlachte.

'Misschien niet. Voor ons is het een heilige plaats... zelfs voor sommigen van onze vijanden. Er wordt verteld dat het wild zich hier vernieuwt. Dat bos herbergt elk dier dat de Grote Geest heeft gemaakt. Men zegt dat ze hier huisden toen het leven begon en telkens naar de plaats van hun geboorte terugkeren. Ik ben lange tijd niet hier geweest. We zullen de paarden drenken en even kijken.'

Toen ze dichterbij kwamen leek het woud nog spookachtiger te worden en Dans van de Wolf voelde zich heel klein toen ze het bos inreden. Hij dacht aan de Hof van Eden.

Maar toen de bomen hen helemaal omringden voelden beide mannen dat er iets mis was.

Er klonk geen geluid.

'Het is stil,' merkte Dans van de Wolf op.

Schoppende Vogel gaf geen antwoord. Hij luisterde en keek met de gerichtheid van een kat.

Dieper in het bos was de stilte verstikkend en Dans van de Wolf besefte met een huivering dat slechts één ding dit vacuüm van geluid kon veroorzaken. Hij rook de geur ervan. De smaak lag op de punt van zijn tong.

De dood hing in de lucht.

Schoppende Vogel stond abrupt stil. Het pad had zich verbreed en toen Dans van de Wolf over de schouder van zijn leermeester keek, was hij ondersteboven van de schoonheid van wat hij zag.

Voor hen lag een open plek. De bomen stonden op flinke afstand van elkaar, genoeg ruimte overlatend om alle tenten en mensen en paarden uit het kamp van Tien Beren te herbergen. Zonlicht viel in grote, verwarmende vlekken op de bosgrond neer.

Hij kon zich een fantastisch Utopia voorstellen, bevolkt door een heilig ras dat een rustig leven leidde in harmonie met alle levende wezens.

Mensenhanden konden niets maken dat kon wedijveren met de omvang en schoonheid van deze openluchtkathedraal.

Mensenhanden konden het echter wel vernietigen. Het bewijs lag er al.

Deze plek was op afschuwelijke wijze ontheiligd.

Bomen van allerlei afmetingen lagen daar waar ze waren geveld, sommige over elkaar heen, als tandenstokers op een tafelblad. De meeste waren niet van de takken ontdaan en hij kon zich niet voorstellen met wat voor doel ze waren omgehakt.

Toen ze verder reden werd Dans van de Wolf zich bewust van een akelig gegons.

Hij dacht aanvankelijk dat het een zwerm bijen of wespen was en zocht de takken boven zijn hoofd af in een poging het nest te vinden.

Maar terwijl ze dichter bij het centrum van de kathedraal kwamen realiseerde hij zich dat het geluid niet van boven maar van beneden kwam. En het werd gemaakt door de vleugelslag van ontelbare duizenden vliegen.

Overal waar hij keek was de bodem bedekt met lijken, of delen van lijken. Er lagen kleine dieren, dassen, stinkdieren en eekhoorns. De meeste daarvan waren intact. Sommige misten hun staart. Ze lagen te rotten op de plek waar ze waren neergeschoten, en hadden kennelijk alleen dienst gedaan als schietschijf.

De voornaamste slachtoffers van de moord waren herten, die overal verspreid lagen. Een paar van de lijken waren heel, afgezien van de dodelijke wond. De meeste waren verminkt.

Lege, dode ogen staarden hem aan vanuit de prachtige koppen die ruwweg van de nek waren afgehakt. Sommige lagen alleen op de bosgrond. Andere waren onverschillig op stapels gegooid.

Op een bepaalde plek lagen de afgehakte koppen neus tegen neus, alsof ze een gesprek voerden. Dat werd verondersteld leuk te zijn.

De poten waren zelfs nog grotesker. Ook die waren van de lichamen afgehakt. Ze rotten slechts langzaam en zagen er helder en mooi uit, alsof ze nog steeds hun werk konden doen.

Maar het was triest, de tengere, gespleten hoeven en de gracieuze, met vacht bedekte poten... die nergens meer heen leidden. De ledematen waren op stapels gegooid, als brandhout, en als hij de moeite daartoe had genomen had hij er meer dan honderd kunnen tellen.

De mannen waren vermoeid van de lange rit, maar stapten geen van beiden van hun paarden. Ze reden verder.

Op een laagte in de grote open plek stonden vier vervallen hutten naast elkaar, vier lelijke zweren op de bosgrond.

De mannen die zoveel bomen hadden omgehakt hadden kennelijk hun ambitie als bouwers gestaakt. Maar zelfs als ze hun best hadden gedaan, zou het resultaat waarschijnlijk hetzelfde zijn geweest. De woningen die ze hadden opgericht waren zelfs nu al armzalig.

Ze waren absoluut niet geschikt om in te wonen.

Overal rondom de vreselijke hutten lagen lege whiskyflessen. Er lag een veelheid aan andere onbruikbare voorwerpen, een gebroken kopje, een half gerepareerde riem, de patronen van een geweer; alles lag nog precies waar het was neergegooid.

Op de grond tussen twee van de hutten vonden ze een stel wilde kalkoenen, met de poten aan elkaar gebonden, maar verder ongeschonden.

Achter de gebouwen vonden ze een grote kuil, tot de rand toe gevuld met de rottende rompen van afgeslachte herten, zonder vacht, zonder poten, zonder kop.

Het gegons van de vliegen was zo luid dat Dans van de Wolf moest roepen om er bovenuit te komen.

'Wachten we op die mannen?'

Schoppende Vogel wilde niet roepen. Hij bracht zijn pony vlak naast die van Dans van de Wolf.

'Ze zijn al een week weg, misschien langer. We zullen de paarden drenken en naar huis gaan.'

## *drie*

Het eerste uur van de terugreis zeiden de twee mannen geen woord. Schoppende Vogel staarde bedroefd voor zich uit en Dans van de Wolf tuurde naar de grond, zich schamend voor het blanke ras waartoe hij behoorde en piekerend over de droom die hij in de oude canyon had gehad.

Hij had niemand erover verteld, maar meende dat hij dat nu wel moest doen. Het leek nu niet meer op een droom. Misschien was het een visioen geweest.

Toen ze stopten om de paarden een rustpauze te gunnen vertelde hij Schoppende Vogel over de droom die nog vers in zijn geheugen lag, zonder een enkel detail weg te laten.

De medicijnman luisterde naar het lange verhaal van Dans van de Wolf zonder hem te onderbreken. Toen hij klaar was, staarde Schoppende Vogel somber naar zijn voeten.

'Waren we allemaal dood?'

'Iedereen die aanwezig was,' zei Dans van de Wolf, 'maar ik zag niet iedereen. Jou heb ik niet gezien.'

'Tien Beren moet over deze droom horen,' zei Schoppende Vogel.

Ze sprongen weer op hun paarden en reden snel over de prairie terug naar het kamp, dat ze kort na zonsondergang bereikten.

## *vier*

De twee mannen brachten rapport uit over de ontwijding van het heilige woud, een daad die slechts het werk kon zijn geweest van een grote, blanke jachttroep. De dode dieren in het bos waren ongetwijfeld slechts bijzaak. De jagers aasden waarschijnlijk op de bizons en zouden die op veel grotere schaal uitroeien.

Tien Beren knikte een paar keer terwijl het verhaal werd verteld. Maar hij stelde geen vragen.

Toen vertelde Dans van de Wolf opnieuw zijn lugubere droom.

De oude man zei nog steeds niets en zijn gelaatsuitdrukking was even ondoorgrondelijk als altijd. Hij gaf geen commentaar toen Dans van de Wolf klaar was. In plaats daarvan pakte hij zijn pijp en zei: 'Laten we samen roken.'

Dans van de Wolf had het gevoel dat Tien Beren alles zat te overdenken, maar terwijl ze de pijp doorgaven werd hij ongeduldig. Hij wilde nog iets meer kwijt.

Ten slotte zei hij: 'Ik zou graag nog wat zeggen.'

De oude man knikte.

'Toen Schoppende Vogel en ik pas met elkaar spraken,' begon Dans van de Wolf, 'werd me een vraag gesteld waarop ik geen antwoord wist. Schoppende Vogel vroeg me: "Hoeveel blanken komen er nog?" en dan zei ik: "Ik weet het niet." Dat is waar. Ik weet niet hoevelen er zullen komen. Maar ik kan u dit zeggen. Ik geloof dat het er heel veel zullen zijn.

De blanken zijn met velen, meer dan iemand van ons kan tellen. Als ze oorlog tegen u willen voeren, zullen ze dat doen met duizenden haarmond-soldaten. De soldaten zullen grote krijgswapens hebben die een kamp als het onze geheel kunnen verwoesten.

Het maakt me bang. Ik ben zelfs bang voor mijn droom, omdat ik weet dat die bewaarheid zou kunnen worden. Ik weet niet wat we moeten doen. Maar ik stam van het blanke ras en ik ken hen. Ik vrees voor het leven van alle Comanches.'

Tien Beren had tijdens die toespraak zitten knikken, maar Dans van de Wolf kon niet zeggen hoe de oude man het opnam.

Het opperhoofd kwam overeind en zette de paar passen tot aan zijn bed. Hij haalde een bundel van het formaat van een meloen van het plankje erboven en kwam terug naar het vuur.

Grommend ging hij zitten.

'Ik denk dat je gelijk hebt,' zei hij tegen Dans van de Wolf. 'Het is moeilijk te zeggen wat we moeten doen. Ik ben een oude man van vele winters en zelfs ik weet niet wat te doen aan de kwestie van het blanke volk en hun haarmond-soldaten. Maar ik wil je iets laten zien.'

Zijn knokige vingers trokken aan de strik rond de bundel die even later losliet. Hij schoof de randen van de zak omlaag waarbij geleidelijk een brok geroest metaal ter grootte van een hoofd zichtbaar werd.

Schoppende Vogel had dat voorwerp nooit eerder gezien en had geen idee wat het kon zijn.

Dans van de Wolf had het ook nooit gezien. Maar hij wist wat het was. Hij had een tekening van iets dergelijks in een tekst over militaire geschiedenis gezien. Het was de helm van een Spaanse conquistador.

'Deze mensen waren de eersten die ons land binnendrongen. Ze kwamen te paard... wij hadden toen nog geen paarden... en beschoten ons met grote dondergeweren die we nooit eerder hadden gezien. Ze zochten naar glimmend metaal en wij waren bang voor hen. Dat was in de tijd van mijn grootvaders grootvader.

Uiteindelijk hebben we hen verdreven.'

De oude man zoog lang en hard aan zijn pijp.

'Toen kwamen de Mexicanen. We moesten strijd tegen hen leveren en hadden succes. Ze koesteren een grote vrees voor ons en komen niet meer hier.

In mijn eigen tijd begonnen de blanken te komen. De Texanen. Ze zijn net als alle andere mensen die iets van hun gading vinden in ons land. Ze pakken het zonder te vragen. Ze worden kwaad wanneer ze ons in ons eigen land zien zitten, en wanneer we niet doen wat zij willen proberen ze ons te doden. Ze doden vrouwen en kinderen alsof het krijgers zijn.

Als jongeman vocht ik tegen de Texanen. We doodden velen van hen en stalen een aantal van hun vrouwen en kinderen. Een van die kinderen is de vrouw van Dans van de Wolf.

Na een tijd werd er over vrede gepraat. We ontmoetten de Texanen en troffen overeenkomsten met hen. Die overeenkomsten werden altijd verbroken. Zodra de blanken iets nieuws van ons wilden, telden de woorden op het papier niet meer. Zo is het altijd geweest.

Ik kreeg daar genoeg van en vele jaren geleden bracht ik de mensen van onze troep hier, ver weg van de blanken. We leven nu al lange tijd in vrede.

Maar dit is het laatste dat nog rest van ons land. We kunnen nergens anders heen. Wanneer ik er nu aan denk dat blanken ons land binnenkomen, is het zoals ik zei. Het is moeilijk te zeggen wat we moeten doen.

Ik ben altijd een vreedzaam man geweest, ik was gelukkig in mijn eigen land en verlangde niets van de blanken. Helemaal niets. Maar ik geloof dat je gelijk hebt. Ik denk dat ze zullen blijven komen.

Wanneer ik daaraan denk kijk ik naar deze bundel, wetend wat erin zit, en weet ik zeker dat we zullen vechten om ons land en alles wat erbij hoort te behouden. Ons land is alles wat we hebben. Het is alles wat ik wil.

We zullen vechten om het te behouden.

Maar ik denk niet dat we deze winter al moeten vechten en na alles wat je me hebt verteld geloof ik dat het nu tijd is om te gaan.

Morgenochtend breken we het dorp af en trekken naar het winterkamp.'

# 29

*een*

Net voor hij die avond in slaap viel realiseerde Dans van de Wolf zich dat er iets aan hem knaagde. Toen hij de volgende ochtend wakker werd was het er nog steeds en hoewel hij wist dat het te maken had met dc aanwezigheid van blanke jagers op een halve dagrit van het kamp vandaan en met zijn droom en het gesprek met Tien Beren, kon hij niet zeggen wat het precies was.

Een uur na het ochtendgloren, toen het kamp werd afgebroken, bedacht hij hoe opgelucht hij was dat ze hier weggingen. Het winterkamp zou zelfs nog afgelegener zijn dan dit. Staat Met Een Vuist dacht dat ze zwanger was en hij verlangde naar de bescherming die een afgelegen kamp zijn nieuwe gezin zou bieden.

Daar zou niemand hen kunnen bereiken. Ze zouden anoniem zijn. Hijzelf zou niet langer bestaan, alleen in de ogen van zijn aangenomen volk.

Toen schoot het hem te binnen, hard genoeg om zijn hart een slag te doen overslaan.

Hij bestond wel degelijk.

En hij was stom genoeg geweest om het bewijs achter te laten. Het hele verhaal van luitenant John J. Dunbar was opgeschreven. Het lag op de brits in de plaggenhut, veilig tussen de bladzijden van zijn dagboek.

Omdat ze weinig te doen hadden, was Staat Met Een Vuist een paar van de andere gezinnen gaan helpen. Het zou enige tijd kosten om haar in al die drukte voor de tocht te vinden en hij wilde geen tijd verspillen aan het geven van uitleg. Elke minuut van het bestaan van het dagboek vormde nu een bedreiging.

Hij rende naar de ponykudde, niet in staat aan iets anders te denken dan het terughalen van het verslag dat alles kon verraden.

Hij reed net met Cisco het kamp in toen hij Schoppende vogel tegenkwam.

De medicijnman maakte bezwaren toen Dans van de Wolf het hem vertelde. Ze wilden rond de middag op weg zijn en konden niet op hem wachten als de tocht naar het fort van de blanke soldaat langer duurde dan verwacht.

Maar Dans van de Wolf was vastbesloten en Schoppende Vogel liet hem met tegenzin gaan. Hun spoor zou gemakkelijk genoeg te volgen zijn als hij later terugkwam, maar de medicijnman maande hem om haast te maken. Hij hield niet van die verrassingen op het laatste moment.

*twee*

Het kleine bruingele paard genoot van de snelle tocht over de prairie. De lucht was de laatste paar dagen kil geworden en vanochtend stond er een flinke bries. Cisco vond het heerlijk de wind rond zijn hoofd te voelen en ze legden de kilometers naar het fort in hoog tempo af.

De laatste heuvel doemde voor hen op en Dans van de Wolf ging plat op de rug van zijn paard liggen en vroeg hem die laatste kilometer in volle vaart af te leggen.

Ze vlogen de heuvel over en schoten de helling af naar het fort.

Dans van de Wolf zag alles in één verbazingwekkende oogopslag.

Fort Sedgewick wemelde van de soldaten.

Ze waren alweer honderd meter verder eer hij Cisco tot staan kon brengen. Het dier sprong en draaide waanzinnig en Dans van de Wolf had grote moeite het te kalmeren. Hij had zelf ook moeite de onwerkelijke aanblik van een gonzend legerkamp te bevatten.

Een hele reeks canvastenten was opgezet rond de oude provisiehut en plaggenhut. Twee Hotchkiss-kanonnen op caissons stonden naast zijn vroegere kwartier. De gammele kraal was volgepropt met paarden. En het hele fort krioelde van mannen in uniform die liepen, praatten en werkten.

Zo'n vijftig meter voor hem stond een wagen met daarop vier soldaten die hem geschokt aankeken.

Hun gezichten waren niet zo duidelijk dat hij kon zien dat het nog maar jongens waren.

De tienersoldaten hadden nog nooit een wilde Indiaan gezien, maar in de paar weken van training na hun aanwerving waren ze er herhaaldelijk op gewezen dat ze spoedig tegen een vals, sluw en bloeddorstig volk zouden strijden. En nu zaten ze hier naar een visioen van de vijand te kijken.

Ze raakten in paniek.

Dans van de Wolf zag hun geweren omhoogkomen, juist toen Cisco terugweek. Hij kon niets doen. Het was een slecht gericht salvo. Dans van de Wolf werd afgeworpen en kwam ongedeerd op de grond terecht.

Maar een van de kogels raakte Cisco midden in de borst en doorboorde zijn hart. Hij was dood voor hij de grond raakte.

Zich niet bewust van de schreeuwende soldaten die op hem toekwamen, kroop Dans van de Wolf naar zijn gevallen paard. Hij pakte Cisco's hoofd beet en tilde de snuit op. Maar er zat geen leven meer in het dier.

Hij werd overvallen door woede die een zin vormde in zijn hoofd. Kijk nou wat je hebt gedaan. Hij wendde zich naar het geluid van de rennende voeten, klaar om de woorden uit te schreeuwen.

Toen hij zijn gezicht had omgedraaid werd het geraakt door de kolf van een geweer. Alles werd zwart.

## *drie*

Hij rook zand. Zijn gezicht lag tegen een aarden vloer gedrukt. Hij hoorde het geluid van gedempte stemmen en kon duidelijk enkele woorden onderscheiden.

'Sergeant Murphy... hij komt bij.'

Dans van de Wolf draaide zijn gezicht om en trok een grimas van pijn toen zijn gebroken jukbeen de hard aangetrapte vloer raakte.

Hij voelde met een vinger aan zijn gewonde gezicht en trok hem snel weer terug toen de pijn opnieuw door de zijkant van zijn hoofd vlamde.

Hij probeerde zijn ogen te openen, maar dat lukte maar met

één. Toen het goede oog helder werd, zag hij waar hij was. Hij lag in de provisiehut.

Iemand schopte hem in zijn zij.

'Hier jij, ga zitten.'

Hij werd door de punt van een laars op zijn rug gerold en Dans van de Wolf deinsde terug voor de aanraking. Tegen de achterwand van de provisiehut bleef hij zitten.

Hij staarde met zijn goede oog eerst naar het gezicht van de bebaarde sergeant die voor hem stond, toen naar de nieuwsgierige gezichten van blanke soldaten die zich voor de deur hadden verzameld.

Achter hen brulde iemand: 'Maak plaats voor majoor Hatch, mannen,' en de gezichten in de deuropening verdwenen.

Twee officieren kwamen de provisiehut binnen, een jonge, gladgeschoren luitenant en een veel oudere man met lange grijze bakkebaarden en een slechtpassend uniform. De ogen van de oudere man waren klein. De gouden strepen op zijn schouders droegen het eikeblad-insigne van een majoor.

Beide officieren keken hem vol walging aan.

'Wat is dat, sergeant?' vroeg de majoor op stugge, argwanende toon.

'Weet ik nog niet, majoor.'

'Spreekt hij Engels?'

'Weet ik ook nog niet, majoor... Hé, jij... spreek je Engels?'

Dans van de Wolf knipperde met zijn goede oog.

'Praten?' vroeg de sergeant opnieuw en bracht zijn vingers naar zijn lippen. 'Praten?'

Hij schopte zacht tegen de zwarte rijlaarzen van de gevangene en Dans van de Wolf ging wat rechter zitten. Het was geen dreigende beweging, maar hij zag beide officieren achteruit wijken.

Ze waren bang voor hem.

'Jij praten?' vroeg de sergeant weer.

'Ik spreek Engels,' zei Dans van de Wolf vermoeid. 'Het doet pijn als ik praat... Een van uw jongens heeft mijn jukbeen gebroken.'

De soldaten waren geschokt toen ze de woorden zo perfect uitgesproken hoorden en bleven hem even in stom stilzwijgen aanstaren.

Dans van de Wolf zag er blank uit, maar ook Indiaans. Ze

hadden onmogelijk kunnen zeggen welke helft echt was. Nu wisten ze tenminste dat hij blank was.

Gedurende de korte stilte hadden zich weer andere soldaten voor de deuropening verzameld en Dans van de Wolf sprak tegen hen.

'Een van die stomme idioten heeft mijn paard neergeschoten.'

De majoor negeerde de opmerking.

'Wie ben je?'

'Ik ben eerste luitenant John J. Dunbar, United States Army.'

Waarom ben je gekleed als een Indiaan?'

Zelfs als hij het had gewild, zou Dans van de Wolf die vraag niet hebben kunnen beantwoorden. Maar hij wilde het ook niet.

'Dit is mijn post,' zei hij. 'Ik ben in april vanuit Fort Hays hierheen gekomen, maar er was niemand.'

De majoor en de luitenant hielden, fluisterend in elkaars oor, even kort overleg.

'Heb je daar bewijs van?' vroeg de luitenant.

'Onder het bed in de andere hut ligt een opgevouwen vel papier met mijn orders erop. Op het bed ligt mijn dagboek. Ik zal jullie alles vertellen wat jullie moeten weten.'

Alles was voorbij voor Dans van de Wolf. Hij legde de goede kant van zijn hoofd in zijn hand en voelde hoe zijn hart brak. De troep zou hem zeker achterlaten. Tegen de tijd dat deze ellende was opgehelderd – als dat ooit zou lukken – zou het te laat zijn om hen nog te gaan zoeken. Cisco lag dood buiten. Hij kon wel huilen. Maar hij durfde het niet. Hij liet alleen zijn hoofd neerhangen.

Iemand verliet het vertrek, maar hij keek niet op om te zien wie het was. Een paar seconden gingen voorbij, toen hoorde hij de sergeant hees fluisteren: 'Je bent Indiaan geworden, nietwaar?'

Dans van de Wolf hief het hoofd. De sergeant stond over hem heen gebogen en loerde naar hem.

'Nietwaar?'

Dans van de Wolf gaf geen antwoord. Hij liet zijn hoofd weer in zijn hand zakken en weigerde op te kijken toen de majoor en de luitenant weer binnenkwamen.

Dit keer nam de luitenant het woord.

'Wat is je naam?'

'Dunbar... D-u-n-b-a-r... John, J.'

'Zijn dit je orders?'

Hij hield een vergeeld vel papier omhoog. Dans van de Wolf moest zijn oog dichtknijpen om het te zien.

'Ja.'

'De naam hierop is Rumbar,' zei de luitenant grimmig. 'De datum is met potlood ingevuld, maar de rest is in inkt. De handtekening van de betreffende officier is gevlekt en niet leesbaar. Wat heb je daarop te zeggen?'

Dans van de Wolf hoorde de argwaan in de stem van de luitenant. Het begon tot hem door te dringen dat deze mensen hem niet geloofden.

'Dat zijn de orders die ik in Fort Hays heb gekregen,' zei hij vlak.

De luitenant vertrok zijn gezicht. Hij was niet tevreden.

'Lees het dagboek,' zei Dans van de Wolf.

'Er ligt geen dagboek,' antwoordde de jonge officier.

Dans van de Wolf keek hem nauwlettend aan, ervan overtuigd dat hij loog.

Maar de luitenant vertelde de waarheid.

Een lid van de voorhoede, die als eerste Fort Sedgewick had bereikt, had het dagboek gevonden. Hij was een ongeletterde soldaat die Sheets heette en hij had het boek weggestoken in zijn tuniek, bedenkend dat het goed toiletpapier zou zijn. Nu hoorde Sheets dat er een dagboek werd vermist, en de wilde blanke man zei dat het van hem was. Misschien moest hij het afgeven. Dat kon een beloning opleveren. Maar bij nader inzien was Sheets bang dat hij een reprimande zou krijgen. Of erger. Hij had al meer dan eens in het arrestantenlokaal gezeten voor kleine diefstallen. Dus bleef het dagboek veilig onder zijn uniformjas.

'We willen dat je vertelt wat je verschijning hier te betekenen heeft,' vervolgde de luitenant. Hij klonk nu als een ondervrager. 'Als je bent wie je zegt te zijn, waarom draag je dan geen uniform?'

Dans van de Wolf ging verzitten tegen de muur van de provisiehut.

'Wat doet het leger hier?'

De majoor en de luitenant fluisterden weer met elkaar. En weer voerde de luitenant het woord.

'We hebben de opdracht gestolen eigendom terug te halen,

waaronder ook blanke gevangenen die tijdens vijandige overvallen zijn meegevoerd.'

'Er is geen overval geweest en er zijn geen blanke gevangenen,' loog Dans van de Wolf.

'Daar zullen we ons zelf wel van overtuigen,' pareerde de luitenant.

Weer begonnen de officieren te fluisteren en deze keer duurde het gesprek een poosje eer de luitenant zijn keel schraapte.

'We zullen je de kans geven je trouw aan je land te bewijzen. Als je ons naar het vijandelijke kamp leidt en als tolk optreedt, zal je gedrag opnieuw geëvalueerd worden.'

'Welk gedrag?'

'Je verraderlijke gedrag.'

'Denken jullie dat ik een verrader ben?' zei hij.

De luitenant verhief kwaad zijn stem.

'Ben je bereid mee te werken of niet?'

'Er valt daar voor jullie niets te doen. Dat is alles wat ik te zeggen heb.'

'Dan hebben we geen andere keus dan je onder arrest te plaatsen. Je kunt hier blijven zitten en je situatie overdenken. Als je besluit mee te werken, kun je dat tegen sergeant Murphy zeggen en dan kunnen we praten.'

Daarop verlieten de majoor en de luitenant de provisiehut. Sergeant Wilcox wees twee mannen aan om de wacht te houden bij de deur en Dans van de Wolf werd alleen gelaten.

## *vier*

Schoppende Vogel had het zo lang mogelijk gerekt, maar vroeg in de middag was het kamp van Tien Beren aan de lange tocht in zuidwestelijke richting over de vlakten begonnen.

Staat Met Een Vuist stond erop op haar man te wachten en werd hysterisch toen ze haar dwongen mee te gaan. De echtgenotes van Schoppende Vogel moesten haar hard aanpakken voor ze zich eindelijk liet meevoeren.

Maar Staat Met Een Vuist was niet de enige Comanche die zich zorgen maakte. Op het laatste moment voor het vertrek werd nog gauw overleg gepleegd en drie jongemannen op snelle pony's werden naar het fort van de blanken gestuurd om Dans van de Wolf te zoeken.

## *vijf*

Hij had daar drie uur gezeten, zich verzettend tegen de pijn in zijn kapotgeslagen gezicht, toen Dans van de Wolf tegen de bewaker zei dat hij naar het toilet moest.

Terwijl hij, dicht tussen twee soldaten in, naar de rand van de klif liep, merkte hij dat hij walgde van die mannen en hun kamp. Hun geur stond hem niet aan. Het geluid van hun stemmen klonk ruw in zijn oren. Zelfs de manier waarop ze zich bewogen leek ruw en onbevallig.

Hij plaste over de rand van de klif en de twee soldaten liepen met hem terug. Hij dacht erover te ontsnappen toen een wagen volgeladen met hout en drie soldaten het kamp in kwam rollen en vlak bij hen stilstond.

Een van de mannen op de wagen riep luchthartig naar een vriend die in het kamp was gebleven en Dans van de Wolf zag hoe een lange soldaat naar de wagen slenterde. De mannen op de wagen glimlachten tegen elkaar toen de lange man naderbij kwam.

Hij hoorde een van hen zeggen: 'Kijk eens wat we voor je hebben meegebracht, Burns.'

De mannen op de wagen pakten iets beet en tilden het over de zijkant. De lange man die daar stond sprong geschrokken achteruit toen het lichaam van Twee Sokken met een bons voor zijn voeten landde.

De mannen op de wagen sprongen eraf. Ze plaagden de lange man die terugweek voor de dode wolf.

Een van de houthakkers grinnikte: 'Het is een grote, nietwaar, Burns?'

Twee van de houthakkers tilden Twee Sokken van de grond, de ene bij zijn kop, de andere aan zijn achterpoten. Toen begonnen ze, vergezeld van het gelach van alle andere soldaten, de lange man te achtervolgen. Dans van de Wolf legde de afstand zo snel af dat niemand zich verroerde eer hij de soldaten had bereikt die

Twee Sokken droegen. Met korte, harde slagen van zijn vuist sloeg hij een van hen bewusteloos.

Hij deed een uitval naar de tweede man, schopte zijn benen onder hem vandaan toen hij probeerde weg te rennen. Toen lagen zijn handen rond de keel van de man. Zijn gezicht kleurde paars en Dans van de Wolf zag zijn ogen glazig worden toen iemand hem achter op zijn hoofd sloeg en er weer een gordijn van duisternis over hem heen viel.

Het werd al avond toen hij weer bij bewustzijn kwam. Zijn hoofd bonkte zo hard dat hij het aanvankelijk niet eens merkte. Hij hoorde eerst alleen gerammel wanneer hij zich bewoog. Toen voelde hij het koude metaal. Zijn handen waren geketend. Hij bewoog zijn voeten. Ook die waren geketend.

Toen de majoor en de luitenant met meer vragen terugkeerden, beantwoordde hij die met een dodelijke blik en spuugde een lange reeks vernederingen in Comanche over hen uit. Telkens wanneer ze hem wat vroegen, antwoordde hij in Comanche. Ten slotte kregen ze daar genoeg van en vertrokken.

Later op de avond zette de dikke sergeant een kom pap voor hem neer.

Dans van de Wolf schopte die met zijn gekluisterde voeten om.

## *zes*

De verkenners van Schoppende Vogel keerden rond middernacht terug met het vreselijke nieuws.

Ze hadden meer dan zestig zwaarbewapende soldaten in het fort geteld. Ze hadden het bruingele paard dood op de helling zien liggen. En juist voor het donker hadden ze gezien hoe Dans van de Wolf, aan handen en voeten geketend, naar de hoge oever bij de rivier werd geleid.

De troep kneep er onmiddellijk tussenuit. Ze pakten hun spullen bij elkaar en trokken in de nacht verder, in groepjes van twaalf of minder, verspreid in alle richtingen. Ze zouden elkaar later bij het winterkamp weer terugzien.

Tien Beren wist dat hij ze onmogelijk kon tegenhouden, dus probeerde hij het niet eens. Een troep van twintig krijgers, onder wie Schoppende Vogel, Stenen Kalf en Wind In Zijn Haar, vertrok binnen een uur met de belofte niets tegen de vijand te beginnen tenzij ze verzekerd konden zijn van succes.

## *zeven*

Diezelfde avond laat nam majoor Hatch zijn besluit. Hij wilde zich niet bezighouden met het lastige probleem van een wilde, half Indiaanse blanke onder zijn neus. De majoor had weinig fantasie en was vanaf de eerste aanblik overdonderd door en bang van zijn exotische gevangene.

Het kwam niet bij de kortzichtige officier op dat hij Dans van de Wolf zeer zinvol had kunnen gebruiken om mee te onderhandelen. Hij wilde alleen maar van hem af. Zijn aanwezigheid had het commando nu al verstoord.

Hem terugsturen naar Fort Hays leek een briljant idee. Hij zou als gevangene daarginds veel meer waarde voor de majoor hebben dan hier. De gevangenneming van een overloper zou hem een goede naam bezorgen bij de hoge heren. Het leger zou over deze gevangene praten en wanneer ze over de gevangene spraken, zou telkens weer de naam vallen van de man die hem gevangen had genomen.

De majoor blies zijn lamp uit en trok met een tevreden geeuw zijn dekens over zich heen. Alles zou prima verlopen, dacht hij. De campagne had voor hem niet beter kunnen beginnen.

## *acht*

Ze kwamen de gevangene de volgende ochtend vroeg halen.

Sergeant Murphy liet Dans van de Wolf door twee man overeind trekken en vroeg de majoor: 'Moeten we hem een uniform aantrekken, majoor, hem een beetje opknappen?'

'Natuurlijk niet,' zei de majoor scherp. 'Stop hem in die wagen.'

Zes mannen werden aangewezen voor de terugrit: twee te paard vóór de wagen, twee te paard erachter, één die de wagen bestuurde en één die de gevangene in de wagen bewaakte.

Ze trokken naar het oosten over de golvende prairie waarvan

hij zo hield. Maar op deze heldere ochtend in oktober was er geen liefde in het hart van Dans van de Wolf. Hij zei niets tegen zijn bewakers, gaf er de voorkeur aan heen en weer te hobbelen met de wagen en naar het gestage gerammel van zijn ketenen te luisteren terwijl hij in stilte de mogelijkheden overdacht.

Hij kon het escorte onmogelijk overweldigen. Hij zou er één, misschien twee kunnen doden. Maar dan zou hij zelf gedood worden. Hij dacht erover het toch maar te proberen. Het zou zo slecht nog niet zijn in een gevecht tegen deze mannen te sterven. Beter dan in een of andere gevangenis te belanden.

Telkens wanneer hij aan haar dacht, voelde hij zijn hart breken. Wanneer haar gezicht voor zijn geestesoog verscheen dwong hij zich aan iets anders te denken. Dat moest hij om de paar minuten doen. Ergere pijn kende hij niet.

Hij betwijfelde of er iemand achter hem aan zou komen. Hij wist dat ze het wel zouden willen, maar kon zich niet voorstellen dat Tien Beren al zijn mensen in gevaar zou brengen omwille van een enkele man. Dans van de Wolf zou dat zelf niet doen.

Anderzijds was hij ervan overtuigd dat ze verkenners hadden uitgezonden en inmiddels van zijn wanhopige situatie op de hoogte waren. Als ze lang genoeg waren blijven hangen om hem in de wagen te zien vertrekken, met slechts zes bewakers, dan had hij nog een kans.

Terwijl de ochtend zich voortsleepte klampte Dans van de Wolf zich daaraan vast als zijn enige hoop. Elke keer dat de wagen afremde om een heuvel op te gaan of omlaag reed, hield hij zijn adem in, hopend op het gesuis van een pijl of het geknal van een geweer.

Rond de middag had hij nog steeds niets gehoord. Ze hadden de rivier al een hele tijd niet gezien, maar nu kwam die weer in het zicht. Op zoek naar een doorwaadbare plaats volgden ze de rivier een halve kilometer tot de soldaten die vooraan reden een veel gebruikte oversteekplaats van bizons vonden.

Het water was niet breed, maar de begroeiing langs de rivier was buitengwoon dicht, dicht genoeg voor een hinderlaag. Dans van de Wolf hield zijn ogen en oren goed open terwijl de wagen de helling afreed.

De bevelvoerend sergeant riep de wagenmenner toe dat hij moest stoppen voor ze de rivier ingingen en ze wachtten terwijl de sergeant en een andere man het water overstaken. Een paar minuten lang doorzochten ze het struikgewas. Toen zette de sergeant zijn handen aan zijn mond en riep dat de wagen kon komen.

Dans van de Wolf balde zijn vuisten en ging op zijn hurken zitten. Hij zag niets en hij hoorde niets.

Maar hij wist dat ze er waren.

Bij het geluid van de eerste pijl kwam hij in beweging, veel sneller dan de bewaker in de wagen, die nog met zijn geweer zat te klungelen toen Dans van de Wolf de ketting aan zijn handen rond de hals van de man draaide.

Achter hem explodeerde geweervuur en hij trok de ketting strak aan tot hij het vlees eronder voelde meegeven toen de keel van de soldaat werd ingedrukt.

Vanuit zijn ooghoek zag hij de sergeant voorover van zijn paard vallen, een pijl diep in zijn onderrug. De wagenmenner was van de bok gesprongen. Hij stond tot zijn knieën in het water en vuurde in het wilde weg zijn pistool af.

Dans van de Wolf sprong boven op hem en ze lagen even in het water te worstelen voor hij zich kon vrijmaken. De ketting als een zweep gebruikend sloeg hij naar het hoofd van de wagenmenner en de soldaat zakte in elkaar en rolde langzaam in het ondiepe water. Dans van de Wolf gaf hem nog meer krachtige slagen en hield pas op toen het water rood begon te kleuren.

Hij hoorde stroomafwaarts gegil. Dans van de Wolf keek op en zag nog net dat de laatste van de soldaten probeerde te ontsnappen. Hij moest gewond zijn geraakt, want hij schudde heen en weer in het zadel.

Wind In Zijn Haar reed vlak achter de gedoemde soldaat. Toen de paarden naast elkaar liepen hoorde Dans van de Wolf de doffe dreun van de knuppel van Wind In Zijn Haar die het hoofd van de man verpletterde.

Achter hem was het stil en toen hij zich omdraaide zag hij de achterste bewakers dood in het water liggen.

Diverse krijgers staken hun lansen in de lichamen en hij was dol van vreugde toen hij zag dat Stenen Kalf een van hen was.

Een hand greep zijn schouder beet en Dans van de Wolf draaide zich om naar het stralende gezicht van Schoppende Vogel.

'Wat een geweldig gevecht,' kraaide de medicijnman vergenoegd. 'We konden ze zo gemakkelijk pakken en hebben niet eens gewonden.'

'Ik heb er twee gedood,' schreeuwde Dans van de Wolf terug. Hij hief zijn geketende handen de lucht in en riep: 'Hiermee.'

De reddingstroep verloor verder geen tijd. Na even gehaast zoeken vonden ze de sleutels van de ketenen van Dans van de Wolf op het lijk van de sergeant.

Daarna sprongen ze op hun pony's en galoppeerden weg via een route die vele kilometers ten zuiden en westen van Fort Sedgewick liep.

# 30

*een*

Gelukkig viel er een paar centimeter vroege sneeuw over de vluchtende mensen van Tien Beren en bedekte al hun sporen naar het winterkamp.

Iedereen maakte een uitstekende tijd en zes dagen later waren de splintergroepen weer verenigd onder in de reusachtige canyon die voor een aantal maanden hun thuis zou vormen.

De canyon was doorkneed in de geschiedenis van de Comanches en droeg de toepasselijke naam De Grote Geest Loopt Hier. De canyon was kilometers lang, op de meeste plaatsen anderhalve kilometer breed en hier en daar waren de wanden bijna een kilometer hoog. Ze brachten de winter hier al door zolang de meesten van hen zich konden herinneren en het was een perfecte plaats, die voedsel en water bood voor de mensen en pony's en voldoende bescherming tegen de sneeuwstormen die de hele winter boven hen woedden. Het lag ook ver buiten bereik van hun vijanden.

Ook andere troepen brachten er de winter door en iedereen was blij de oude vrienden en familieleden voor het eerst sinds de lente terug te zien.

Toen ze echter weer verzameld waren, kon het dorp van Tien Beren slechts wachten, niet in staat zich te ontspannen eer het lot van de reddingstroep bekend was.

Halverwege de ochtend van de dag na hun terugkeer kwam een verkenner het kamp in draven met het bericht dat de troep eraan kwam. Hij zei dat Dans van de Wolf bij hen was.

Staat Met Een Vuist rende vóór alle anderen het pad op. Ze liep te huilen en toen ze de ruiters in het zicht kreeg die boven haar achter elkaar over het pad reden, riep ze zijn naam.

Ze hield pas op hem te roepen toen ze bij hem was.

## *twee*

De vroege sneeuw was de voorloper van een angstaanjagende sneeuwstorm die die middag opstak.

De mensen bleven de volgende twee dagen dicht bij hun tenten.

Dans van de Wolf en Staat Met Een Vuist zagen bijna niemand.

Schoppende Vogel deed wat hij kon voor het gezicht van Dans van de Wolf. Hij deed de zwelling afnemen en probeerde het herstel te bevorderen met geneeskrachtige kruiden. Hij kon echter niets doen aan het tere, gebroken jukbeen dat uit zichzelf moest genezen.

Dans van de Wolf maakte zich niet druk over zijn verwonding. Hij worstelde met een veel ernstiger kwestie en zolang hij geen beslissing had kunnen nemen, wilde hij niemand zien.

Hij sprak alleen met Staat Met Een Vuist, maar er werd weinig gezegd. Meestentijds lag hij als een ziek man in de tent. Zij lag naast hem en vroeg zich af wat er mis was, maar wachtte tot hij het zou vertellen, want ze wist dat hij dat uiteindelijk zou doen.

De sneeuwstorm ging zijn derde dag in toen Dans van de Wolf in zijn eentje een lange wandeling ging maken. Toen hij terugkeerde zei hij haar te gaan zitten en vertelde haar over zijn onherroepelijke beslissing.

Ze wendde zich van hem af en bleef bijna een uur met gebogen hoofd zwijgend zitten nadenken.

Ten slotte zei ze: 'Moet het echt zo zijn?' Haar ogen glansden van droefheid.

Ook Dans van de Wolf was bedroefd.

'Ja,' zei hij zacht.

Ze zuchtte triest en vocht tegen haar tranen.

'Dan zal het zo zijn.'

## *drie*

Dans van de Wolf vroeg om een vergadering. Hij wilde met Tien Beren praten. Hij vroeg ook naar Schoppende Vogel, Wind In Zijn Haar, Stenen Kalf en iedereen die er volgens Tien Beren nog bij hoorde te zijn.

Ze kwamen de volgende avond bij elkaar. De sneeuwstorm nam af en iedereen was goedgehumeurd. Ze aten en rookten en voerden inleidende gesprekken, vertelden geanimeerde verhalen over het gevecht bij de rivier en de redding van Dans van de Wolf.

Al die tijd wachtte hij geduldig. Hij was blij bij zijn vrienden te zijn.

Maar toen het gepraat eindelijk afzwakte, benutte hij de eerste stilte die daar tussenin viel.

'Ik wil jullie vertellen wat me dwars zit,' zei hij, waarmee de vergadering officieel was begonnen.

De mannen wisten dat er iets belangrijks kwam en waren uiterst aandachtig. Tien Beren wendde zijn goede oor naar de spreker om geen woord te hoeven missen.

'Ik ben nog niet zo lang bij jullie, maar heb in mijn hart het gevoel dat het mijn hele leven is. Ik ben er trots op een Comanche te zijn. Ik hou van het Comanche-leven en ik hou van jullie allen alsof we bloedverwanten waren. Mijn hart en ziel zullen altijd bij jullie zijn. Daarom moeten jullie weten hoe moeilijk het voor me is te zeggen dat ik jullie moet verlaten.'

De tent werd vervuld van verbaasde uitroepen en iedereen gaf heftig uiting aan zijn ongeloof. Wind In Zijn Haar sprong overeind en stampte door de tent heen en weer en gebaarde wild met zijn handen om het idiote idee af te keuren.

Dans van de Wolf bleef stil zitten.

Hij staarde in het vuur, zijn handen gevouwen in zijn schoot.

Tien Beren stak zijn hand op en zei de mannen te zwijgen. Het werd weer stil in de tent.

Wind In Zijn Haar liep echter nog steeds rond en Tien Beren riep hem tot de orde.

'Ga zitten, Wind In Zijn Haar. Onze broeder is nog niet klaar.'

Tegenstribbelend gehoorzaamde Wind In Zijn Haar en toen hij zat, vervolgde Dans van de Wolf zijn betoog.

'Het was goed dat we die soldaten bij de rivier hebben gedood. Het gaf mij mijn vrijheid terug en mijn hart was van vreugde vervuld toen ik zag dat mijn broeders me te hulp kwamen.

Ik had er helemaal niets op tegen die mannen dood te maken. Ik deed het graag.

Maar jullie kennen de blanken niet zoals ik ze ken. De soldaten denken dat ik een van hen ben die is overgelopen. Ze denken dat ik hen heb verraden. In hun ogen ben ik een verrader omdat ik ervoor heb gekozen bij jullie te wonen. Het kan me niet schelen of dat juist dan wel onjuist is, maar ik vertel jullie dat ik dat oprecht geloof.

Blanken jagen nog op een verrader lang nadat ze andere mensen al hebben opgegeven. In hun ogen kan een soldaat niets ergers zijn dan een verrader. Dus zullen ze me opjagen tot ze me vinden. Ze zullen het niet opgeven.

Wanneer ze mij vinden, vinden ze ook jullie. Ze zullen mij willen ophangen en jullie op dezelfde manier willen straffen. Misschien straffen ze jullie zelfs als ik er niet meer ben. Ik weet het niet.

Als het alleen om onszelf ging zou ik misschien blijven, maar het gaat om meer dan alleen mannen. Jullie vrouwen en kinderen en die van jullie vrienden zijn er ook nog. Het hele volk zal eronder lijden.

Ze mogen me niet bij jullie vinden. Dat is alles. Daarom moet ik jullie verlaten. Ik heb het tegen Staat Met Een Vuist gezegd en we gaan samen.'

Secondenlang verroerde niemand zich. Ze wisten allemaal dat hij gelijk had, maar niemand wist wat te zeggen.

'Waar ga je naar toe?' vroeg Schoppende Vogel ten slotte.

'Ik weet het niet. Ver weg. Ver weg van hier.'

Opnieuw bleef het stil. Toen de stilte bijna ondraaglijk werd kuchte Tien Beren zacht.

'Je hebt goed gesproken, Dans van de Wolf. Je naam zal in de harten van onze mensen leven zolang er Comanches zijn. We zullen zorgen dat die naam blijft voortleven. Wanneer ga je?'

'Wanneer het ophoudt te sneeuwen,' zei Dans van de Wolf zacht.

'Dat zal morgen zijn,' zei Tien Beren. 'We moesten nu maar gaan slapen.'

## *vier*

Tien Beren was een bijzondere man.

Hij was al ouder dan de meesten op de vlakte en met elk nieuw seizoen van zijn leven had de oude man een opmerkelijke hoeveelheid kennis vergaard. Die kennis was gegroeid tot ze ten slotte naar binnen sloeg en Tien Beren in de schemering van zijn leven een hoogtepunt bereikte... Hij was een man van grote wijsheid geworden.

De oude ogen werden slechter, maar in het duister zagen ze met een helderheid waarmee niemand, zelfs Schoppende Vogel niet, zich kon meten. Hij was doof geworden, maar op de een of andere manier wisten de geluiden die van belang waren toch altijd zijn oren te bereiken. En de laatste tijd gebeurde er iets heel buitengewoons. Zonder te vertrouwen op de zintuigen die hem nu in de steek begonnen te laten, kon Tien Beren nu echt het leven van zijn mensen vóelen. Hij was van kindsaf al behept geweest met een bijzondere scherpzinnigheid, maar dit was veel meer. Dit was zien met zijn hele wezen en in plaats dat hij zich oud en afgeleefd voelde, wist Tien Beren zich gesterkt door de vreemde en mysterieuze macht die over hem was gekomen.

Maar de macht die pas zo laat was gekomen en zo onfeilbaar leek, was nu gebroken. Twee volle dagen na de vergadering met Dans van de Wolf zat het opperhoofd in zijn tent te roken en vroeg zich af wat er was misgegaan.

'Morgen houdt het op te sneeuwen.'

Het waren geen doordachte woorden geweest. Ze waren zonder nadenken in hem opgekomen, op zijn tong verschenen alsof de Grote Geest zelf ze daar had neergelegd.

Maar er was geen einde gekomen aan de sneeuw. De storm was in kracht toegenomen. Na twee dagen was de sneeuw hoog tegen de wanden van de tipi's opgewaaid. De sneeuw werd met het uur hoger. Tien Beren kon hem tegen de wanden van zijn eigen tent omhoog voelen kruipen.

Zijn eetlust verdween en de oude man wilde alleen nog zijn pijp en een vuur. Elke minuut van de dag bracht hij door met in de vlammen staren die midden in zijn woning opflakkerden. Hij smeekte de Grote Geest medelijden te hebben met een oude man en hem een laatste beetje begrip te gunnen, maar het was allemaal zinloos.

Ten slotte begon Tien Beren zijn misrekening als een teken te beschouwen. Hij begon te denken dat het een oproep was om zijn leven af te sluiten. Pas toen hij zich helemaal aan dat idee had overgegeven en hij was begonnen zijn doodslied te repeteren, gebeurde er iets fantastisch.

De oude vrouw die al die jaren zijn echtgenote was geweest zag hem plotseling opstaan van het vuur, een vacht om zich heen slaan en naar buiten lopen. Ze vroeg waar hij heenging, maar Tien Beren gaf geen antwoord.

Hij had haar helemaal niet gehoord. Hij luisterde naar een stem die in zijn hoofd had weerklonken. De stem sprak een enkele zin en Tien Beren gehoorzaamde het bevel.

De stem zei: 'Ga naar de tent van Dans van de Wolf.'

Niet wetend wat hij deed strompelde Tien Beren door de sneeuwstorm. Toen hij de tent aan de rand van het kamp bereikte, aarzelde hij even alvorens te kloppen.

Er was niemand buiten. De sneeuw viel in grote vlokken neer, nat en zwaar. Terwijl hij wachtte meende Tien Beren dat hij de sneeuw kon horen, dat hij elke vlok op aarde hoorde neervallen. Het was een hemels geluid en daar buiten in de kou voelde Tien Beren dat zijn hoofd begon te tollen. Even dacht hij dat hij naar de andere wereld was overgegaan.

Er schreeuwde een havik en toen hij naar de vogel opkeek zag hij een rookpluim opkrullen uit het rookgat in de tent van Dans van de Wolf. Hij knipperde de sneeuw uit zijn ogen en krabde aan de deurflap.

Toen die openging kwam hem een dichte muur van warmte tegemoet. Deze omhulde de oude man volkomen, trok hem langs Dans van de Wolf de tent binnen als was het een levend wezen. Hij stond nu midden in de woning en voelde dat zijn hoofd weer begon te tollen. Het tolde nu van opluchting, want in de tijd die het hem had gekost om van buiten naar binnen te gaan, had Tien Beren het mysterie van zijn vergissing opgelost.

Het was niet zijn vergissing. De vergissing was gemaakt door iemand anders en was ongezien langs hem heen geglipt. Tien Beren had de vergissing alleen doorgespeeld toen hij zei: 'Morgen houdt het op te sneeuwen.'

De sneeuw had gelijk. Hij had meteen al naar de sneeuw moeten luisteren. Tien Beren glimlachte en schudde zijn hoofd. Wat was het toch eenvoudig. Hoe kon hij het over het hoofd zien? Ik heb nog heel wat te leren, dacht hij.

De man die de vergissing had gemaakt stond naast hem, maar

Tien Beren was niet boos op Dans van de Wolf. Hij glimlachte slechts om de verbazing die van het jonge gezicht af te lezen was.

Dans van de Wolf hervond zijn spraakvermogen voldoende om te zeggen: 'Neem alstublieft plaats aan mijn vuur…'

Tien Beren keek kort de tent rond terwijl hij ging zitten en zag bevestigd wat zijn tollende hoofd hem al had verteld. Het was een gelukkige, goed geordende huishouding. Hij sloeg zijn vacht open en liet zich verder door de hitte van het vuur verwarmen.

'Dit is een goed vuur,' zei hij vriendelijk. 'Op mijn leeftijd bestaat er niets beters dan een goed vuur.'

Staat Met Een Vuist zette voor ieder van hen een kom voedsel klaar en trok zich toen terug op haar slaapplaats achter in de tent. Daar pakte ze wat naaiwerk op. Maar ze hield een oor gericht op het gesprek dat zeker zou volgen.

De mannen aten enkele minuten zwijgend, waarbij Tien Beren zijn voedsel zorgvuldig kauwde. Ten slotte schoof hij zijn kom opzij en kuchte zacht.

'Ik heb nagedacht sinds je je in mijn tent hebt uitgesproken. Ik vroeg me af hoe het met je ongelukkige hart was en dacht dat ik zelf maar moest gaan kijken.'

Hij keek snel de tent rond. Daarna keek hij Dans van de Wolf recht in de ogen.

'Dit lijkt me geen ongelukkig thuis.'

'Uhh, nee,' stamelde Dans van de Wolf. 'Ja, we zijn hier heel gelukkig.'

Tien Beren glimlachte en knikte. 'Dat had ik wel verwacht.'

Er viel een stilte tussen de beide mannen. Tien Beren staarde in de vlammen, zijn ogen vielen langzaam dicht. Dans van de Wolf wachtte beleefd, niet wetend wat te doen. Misschien moest hij vragen of de oude man wilde gaan liggen. Hij had door de sneeuw gelopen. Maar het leek nu te laat om dat nog te zeggen. Zijn belangrijke gast leek al bijna te slapen.

Tien Beren ging verzitten en sprak, en de woorden klonken alsof hij in zijn slaap praatte.

'Ik heb nagedacht over wat je hebt gezegd… over je redenen om weg te gaan.'

Plotseling sperde hij zijn ogen open en hun helderheid verbaasde Dans van de Wolf. Ze straalden als sterren.

'Je kunt ons verlaten wanneer je maar wilt… maar niet om die redenen. Het zijn geen goede redenen. Alle haarmond-soldaten van de wereld kunnen ons kamp doorzoeken zonder de persoon te vinden die ze willen hebben, degene die zich Lui Ten Nant noemt.'

Tien Beren spreidde zijn handen en zijn stem trilde van blijdschap. 'Degene die zich Lui Ten Nant noemt is niet hier. Ze zullen in deze tent alleen een Comanche-krijger vinden, een goede Comanche-krijger en zijn vrouw.'

Dans van de Wolf liet de woorden bezinken. Hij keek over zijn schouder naar Staat Met Een Vuist. Hij zag een glimlach op haar gezicht, maar ze keek hem niet aan. Hij kon niets zeggen.

Toen hij weer naar Tien Beren keek, staarde die naar een bijna gereedgekomen pijp die uit zijn zak stak. De oude man wees met een knokige vinger naar het onderwerp van zijn interesse.

'Ben je een pijp aan het maken, Dans van de Wolf?'

'Ja.'

Tien Beren stak zijn handen uit en Dans van de Wolf legde de pijp erin. De oude man hield hem dicht bij zijn gezicht, liet zijn ogen eroverheen dwalen.

'Dit kon weleens een heel goede pijp zijn... Hoe rookt hij?'

'Ik weet het niet,' antwoordde Dans van de Wolf. 'Ik heb hem nog niet geprobeerd.'

'Laten we dan een poosje roken,' zei Tien Beren en gaf hem de pijp terug. 'Dat is een goede manier om de tijd te verdrijven.'

# 31

Het was een winter om in bed te blijven. Afgezien van zo nu en dan een jachtpartij waagden de Comanches zich nauwelijks uit hun tenten. De mensen brachten zoveel tijd rond hun vuren door dat het seizoen bekend raakte als de Winter van Vele Pijpen.

Bij het aanbreken van de lente verlangde iedereen ernaar te vertrekken en het eerste ijs was nauwelijks gebroken of ze waren alweer op pad.

Er werd dat jaar een nieuw kamp opgezet, ver weg van het oude kamp bij Fort Sedgewick. Het was een goede plek met voldoende water en gras voor de pony's. De bizons kwamen weer bij duizenden en het was goed jagen, met heel weinig gewonden. Laat die zomer werden er vele baby's geboren, meer dan de meesten zich konden herinneren.

Ze bleven ver weg van de bereisde paden, zagen geen blanken en slechts een paar Mexicaanse handelaars. Het maakte de mensen blij dat ze zo weinig problemen hadden.

Maar in het oosten kwam een menselijk getij op dat ze noch konden zien noch konden horen. Het zou hen spoedig bereiken. De goede tijden van die zomer zouden de laatste zijn. Hun tijd raakte op en zou weldra helemaal voorbij zijn.